春隆桥

黄廉捷　著

南方传媒　广东人民出版社
·广州·

图书在版编目（CIP）数据

喜隆桥边 / 黄廉捷著. -- 广州 ：广东人民出版社，
2025. 4. -- ISBN 978-7-218-18562-0

Ⅰ. I247.5

中国国家版本馆CIP数据核字第2025NN3397号

XILONGQIAO BIAN

喜隆桥边

黄廉捷 著

出 版 人：肖风华

责任编辑：吴嘉文
封面设计：蒋 莉 蓝美华
版式设计：陈宝玉
责任技编：吴彦斌
封面题字：梁 斌

统 筹：广东人民出版社中山出版有限公司
执 行：王 忠
地 址：广东省中山市中山五路1号中山日报社13楼（邮编：528403）
电 话：（0760）89882926 （0760）89882925

出版发行：广东人民出版社
地 址：广东省广州市越秀区大沙头四马路10号（邮编：510199）
电 话：（020）85716809（总编室）
传 真：（020）83289585
网 址：https://www.gdpph.com
印 刷：广东信源文化科技有限公司
开 本：889mm×1194mm 1/32
印 张：10.5 字 数：150千
版 次：2025年4月第1版
印 次：2025年4月第1次印刷
定 价：68.00元

如发现印装质量问题，影响阅读，请与出版社（0760-89882925）联系调换。
售书热线：0760-88367862

序：新时代乡村叙事的伦理限度

陈　希

　　黄廉捷的新作《喜隆桥边》，即将付梓。墨香四溢，问序于余。雅意难却，欣然应命。认识廉捷已经很久了，印象中他身材挺拔，轻声细语，经常面含浅笑，务实、平和而低调，但敏学好思，条理清晰，目光坚毅，干练谦逊。他在中山日报社任职多年，是资深媒体人、单位中坚，同时兼任中山市政协委员、中山市作家协会负责人，组织和开展了很多有声有色、卓有成效的活动。在繁忙的工作之余，廉捷笔耕不辍，创作大量小说、诗文和戏剧等作品，发表于《中国作家》《诗潮》《诗歌月刊》等，出版小说集《淡淡的沉默》、长篇小说《爱情转了弯》、诗集《漫无目的》《一百年后，我凝视这村庄》《黄廉捷爱情短诗选》《金秋之手揪住风的尾巴》《站在平台看风筝》《穿行》《磨碎》等。他的小说以细腻的人物刻画和跌宕起伏的情节架构，展现出对人性和生活的独特洞察；诗歌则以灵动的语言和深邃的情感，抒发内心的感悟与思考。廉捷的作品不仅在数量上丰富多产，而且在质量上也屡获殊荣，被选入多种文学选本，获得"文华杯"全国短篇小说奖、广东省有为文学奖等奖项。

黄廉捷开始是以诗歌创作登上文坛，引人注目的。他的诗作多以当代社会生活为蓝本，通过平常的意象构造出一幅幅生命深层的画面，显示其诗歌创作本真的爆发力和张力。其诗歌单纯而轻盈，承载沉重而丰富的忧思，予平凡和卑微以深切的人文关怀。他立足岭南，本土叙写偏向重构，时间的穿行大于空间的想象。他的体验与感悟，深刻而独到。生命铺展在城市与乡村之间，裂开了的冬天难以缝合，诗歌便是唯一的光，照亮四季。

小说家，特别是优秀的小说家，本质上也应该是诗人。博尔赫斯从中学时代开始写诗，1923年出版第一部诗集《布宜诺斯艾利斯激情》，登上文坛，后来转向写小说。博尔赫斯的小说像诗，叙述干净利落，文字精练，构思奇特，结构精巧，情节荒诞离奇且充满幻想。象征主义先驱之一爱伦·坡低调地开始写作生涯，匿名出版诗集《帖木儿及其他诗》。他的诗精致优雅，后来创作小说，以象征、隐喻的方式表达自己对世界、对人性的理解，受到广泛的关注。爱伦·坡是天才诗人，也是侦探小说、悬疑小说、科幻小说的开山鼻祖。所以，诗人黄廉捷出版长篇小说，一点儿也不奇怪。

《喜隆桥边》篇幅长、容量大，有16章、15万多字，但小说好看、耐看，浑然天成，一鼓作气拽着读者从头看到尾。《喜隆桥边》具有独特的艺术风格和创作个性，语言简洁洗练，笔调清新、俊逸，情节单纯明快，细节丰富传神，描写细腻深入，意境优美，像散文诗一般。在叙事泛滥的年代，廉捷的小说娓娓道来，毫不拖沓、散漫，高扬一种深切的人文关怀，展现舒缓而富于变化的叙事节奏。这篇小说，叙事、描写和语言表达具有很强的诗性。

小说笔触细腻，擅长将情感与场景结合，增强代入感和抒情性，诗意盎然。仅举"陈大阳接手五叔鱼塘开始农村创业"那段情景描写为例，略窥一斑：

现在的陈大阳是鱼塘老板，他刚住到鱼塘这边，早起望着东边的霞光，又往西边望着喜隆村。一时间，他感觉到家乡是那么美丽，四方鱼塘纵横交织，如一块块豆腐。不时有飞鸟在鱼塘边的树上飞起飞落，一下在草地上觅食，一下穿过鱼塘，一下又转到另一边，鸟的飞落似无规律一般，随心所欲。

这段文字，情景交融，令人想起他近期发表的《密语》《南方的夏》《闻稻香》《远处》等诗作。譬如《远处》中，他描绘了雪与草木、大地与阳光的互动，形成了一幅静谧而美丽的画面："雪敲打复苏的草木／空旷的田野吹着口哨／大地温柔"。诗中的白雪、草木、阳光、山风和崖石，看似是自然元素的罗列，其实这些元素通过诗人的笔触被赋予了生命力。诗中的"大地温柔"和"阳光站起来"，将自然界的温柔与坚韧展现得淋漓尽致。诗人通过对自然的描绘，传达出对生命力的赞美和对自然循环的敬畏，不仅展示了自然的美，更透过自然景观传达出一种宁静与和谐的感觉。而《喜隆桥边》所描写的纵横交织的鱼塘、随心起落的飞鸟，不仅生动揭示主人公扎根农村，立志创业的愿望和信心，而且渲染了气氛，深化了主题，推动了情节发展。

《喜隆桥边》属于乡村题材小说。当前语境下，农村生活成为社会现实题材不可或缺的一部分。但很多作家写乡村，特别是城乡一体化进程中的乡村，其内容和套路不是思念、眷恋、归依，就是乡愁、失望、悲伤，而黄廉捷则慧眼独具，发现农村新气象，率先关注返乡青年如何通过自己的努力来创业的故事。在全面推进乡村振兴、加快推进农业农村现代化的时代背景下，《喜隆桥边》紧跟时代，以质朴讲述的风格深情书写乡村变迁，展现乡村美景、民族风情，书写返乡大学生陈大阳、黎秀芬、关来田等知识青年、新农人用自己的方式扎根田野，投身乡村振兴的火热实践。

随着乡村振兴战略的深入实施，乡村新产业新业态不断发展，乡村生活日益富裕，农民素质日益提高，乡村生态更加宜居，乡村文明内涵更加深刻，乡村文化魅力越发彰显。与此同时，都市人群、大学生的回流也给乡村带来新观念的融合。《喜隆桥边》创新的叙事方式和内容，运用青春化叙事语态和元素，展现新农民群体精神风貌，以及乡村各行各业的努力和奋斗。作品既具有时代感，又能引起读者共情，对如何建设生态美、产业优、文化兴的美丽乡村，给出富有青春价值与时代精神的解答。这是时代对创作者的要求，也是创作者对时代的最好回应。

农村创业小说是一种以农村为背景，讲述农民在创业道路上奋斗故事的文学体裁。这些小说不仅反映了当代农村的实际情况，还展示了农民的勇气和智慧，以及他们在现代社会中如何实现自我价值。《喜隆桥边》深入现实生活肌理，人物形象立体丰满，表达方式更加年轻、新潮、接地气。乡村创业叙事，聚焦青春奋斗、自我成长、爱情亲情、人生选择等内容和议题。小说以陈大阳养鱼的事件为背景，生动地描绘了农民在创业道路上所面临的种种挑战，以及他们如何克服困难并最终取得成功。

爱情是《喜隆桥边》的另外一个叙事线索和表现内容，淳朴真诚、平凡而浪漫的爱情描写是其特点，其中主要有陈大阳与黎秀芬的爱情离合，互相砥砺、共同成长的故事——牵涉黎秀芬的父亲黎大南与陈大阳的父亲陈仁威曾经的纠葛和矛盾，展示了乡村的人际关系、权力斗争和发展历史。而关来田与胡秋花的爱情虽然着墨不多，但也合情合理，象征资本与技术合作，刻画了年青一代知识青年热爱乡村、实干务实、有担当有作为的形象。

《喜隆桥边》取材岭南珠江三角洲地区。广东的汉族居民，主要可分为广府、客家与潮汕三大民系。小说以聚集三大民系的喜隆村这个虚构的家园为背景而构思创作：

> 喜隆村有近万人，组成喜隆村的三个自然村之间都被长方形格子一样的鱼塘隔开，喜隆河都有支流与这些鱼塘连通，像人的血管系统，大小串联。世间万物皆有联系，让人无法剪断。
>
> 村里由广府人、客家人、潮汕人三大民系融合，陈大阳的父母是广府人，在家里只讲白话，黎秀芬讲的是客家话，同学关来田讲潮汕话。

珠三角，水网纵横，田园阡陌，村落城镇相映成景。一方水土养一方人，滋养一方文学创作。黄廉捷笔下展现岭南文化的丰富而独特的气质、生动而绵长的韵味，注重饮食文化、地理风物和民情风俗的描写。

风景和民俗等文化描写不仅展示了该地区的自然美和人情美，而且增加了小说的抒情性，成为小说有机构成和叙述内容。譬如《喜隆桥边》中多次写到"刮塘"。刮塘是指定期清理鱼塘，包括挖走过多的淤泥、捕捞鱼虾、撒放药物等，以保持鱼塘的健康环境。作为一种传统的渔业活动，刮塘不仅需要技术和经验，还需要团队合作和准确判断，更成为农村习俗，具有一定的文化意义。在岭南，快要过年时，许多家庭都有刮塘捉鱼的习俗。一家刮塘，众邻帮忙，捕鱼捉虾，你争我抢，一派丰收喜庆景象。这不仅是村民共同劳动的体现，也是分享收获、庆祝丰收的方式。在刮塘过程中，村民会进行各种活动，如煮鱼、喝酒等，增加了节日氛围和乐趣。

成功处理不同的题材和元素，将故事内容与岭南文化相结合，是《喜隆桥边》叙事的特质和亮点。这部作品既有来自珠三角水乡的丰饶、朴实、勤劳，又富有灵动、清新、浪漫的氛围，营造独特意象，村落、食店、鱼塘、榕树、广场，包括月光、风云、鸟鸣、花朵等，成就了意象丛生、绚丽多姿的锦绣华章。

粤菜源远流长，历史悠久，立足于岭南当地风俗与物产资源，形成了独树一帜的饮食文化。黄廉捷注重展示和宣扬岭南饮食文化，对描写粤菜的精致与多样情有独钟。小说写人物聚会交往和情节发生，常常选址喜家美食店，享受乳鸽、烧鹅、白切鸡、咕噜肉、鲮鱼球、脆肉鲩等招牌菜肴：红烧乳鸽滋补、脆皮烧鹅香浓、白切鸡鲜嫩、咕噜肉酸甜、鲮鱼球鲜美、脆肉鲩爽脆可口。

脆肉鲩，原产于广东省中山市长江水库，是中山市地理标志之一，运用活水密集养殖法养育成的名特水产品。小说写陈大阳投身鱼塘养殖业，主要是改进方法，研发新的养殖技术，通过特定的喂养方式生产具有特殊生物特性（如肉不易煮烂）的草鱼，实现了肉质的改变。脆肉鲩外形像草鱼，而其生物特性异于草鱼，需要采用特殊的烹调方式，陈大阳专门开设喜隆隆餐厅，培育和推广脆肉鲩的烹饪方法。从选种、放养、捕捞、运输到销售、烹饪，陈大阳得到前辈养鱼人强叔的经验传授、省技术员胡秋花的技术合作，加上投资人关来田的资本加盟，以及村支书黎秀芬的政策支持，通过优化管理、改良鱼种、扩大规模、开拓市场，其养鱼业获得飞速发展。

黄廉捷是广东廉江人，出生于广东省西南部、雷州半岛北部一个不起眼的小村落。廉江市境内河流纵横交错，水源丰富。《喜隆桥边》虽然描写的是珠三角桑基鱼塘和风物民情，但很多地方反映了粤西廉江生活情境和特色，特别是关于乡村父母与子女之间的代沟、刮塘活动和先辈劳作及恩怨的描写，有作者少儿时期的印记和个人体验。黄廉捷通过自己的笔触还原逝去的生活，致敬乡村，在记忆深处努力搜寻、探照一个又一个在光阴里走散、漫漶不清的人。

乡土的灵魂在于人，离开了人的书写，哪还有什么乡情可言。而写作的最大魅力就在于，笔下的文字能够始终照见自己，既符合人性的需求，又符合写作的初衷。在这篇小说里，生活着陈大阳、黎秀芬、关来田、胡秋花，还有五叔、强叔、林波、陈仁成、黎大南，以及罗铁仔、周三根，等等。这些人，有的纯真善良，有的勤劳质朴，有的耿直仗义，有的宽容大度，有的狡黠滑头，有的心胸狭隘，有的心术不正、玩弄阴谋，但共同构成了故园的精神图谱。

黄廉捷书写乡村的可贵之处，在于率先较为准确地把握了叙事的伦理限度，无论是现实还是过去，无论是田园还是都市，无论遇到的是挑战还是机遇，也无论是成功还是失败，既没有歪曲丑化，也没有诗意美化。他们有奋斗，有成长，有困惑，有焦虑。在城镇化快速发展和乡村振兴背景下，陈大阳、黎秀芬、关来田等人审时度势，毅然返乡，扎根农村，成为新时代的新农民。

改革开放40多年，中国乡村发生了天翻地覆的变化，珠三角尤其明显。农村大部分中青年离开乡土，涌入城市，不仅导致农村出现严重的空巢问题，而且以前所未有的方式加剧了乡村的伦理道德冲突。农民工在城市接触并接受了现代文明理念，回到乡村时，他们的现代道德价值理念与乡村的传统道德价值理念很容易产生冲突。另外，乡村青少年大量涌入城镇读书，也加剧了中国乡村的道德记忆淡化、道德代沟日益严重等问题。

我国改革开放首先从农村开始，通过实行家庭联产承包责任制，农民获得了生产经营自主权，提高了生产积极性和生产效率。此外，农村改革还推动了乡镇企业的崛起和发展，为农村经济发展提供了新的动力。农村改革为城市改革提供经验和示范，之后改革开放的重心转到城市和工业。在改革开放进程中，我国城市长期居于发展的中心地位，从国家改革开放政策中受益较多，而广大农村长期处于边缘地带，受益相对较少。经过40多年的改革开放，中国式现代化得到顺利推进，达到比较高级、成熟的阶段，中国的发展理念应该进行必要的调整，将发展重心从城市转向农村。

农村是中国社会的根基，农村的发展水平从根本上决定着中国社会的整体发展水平。如果农村的发展水平长期落后于城市，中国式现代化就算不上真正成功。要振兴乡村，必须首先振兴乡村经济，但这并不意味着中国乡村必须始终聚焦经济。中国乡村的根本是具有中国特色的乡村伦理文化精神。

中国乡村急需陈大阳、黎秀芬、关来田这样的知识青年、新农民返乡创业，也需要五叔、强叔、陈仁威、黎大南这样勤劳朴实的老一代农民，只要自强不息、勤俭持家、邻里互助、尊老爱幼、包容礼让以及敬畏自然等传统美德依然赓续，并强有力地发挥作用，中国乡村就会改变落后状态。实现中国乡村振兴，必须从根本上振兴乡村伦理文化精神。

而《喜隆桥边》立足根本，聚焦改革开放先行区，率先反映知识青年返乡创业引发的新叙事伦理，赋能乡村振兴，改变和重塑农村文化生态，具有重要的文学价值和现实意义。

过往皆为序章，未来皆有可期。行走在新与旧的交替中，感受着文学赋能和乡村心跳，有力而铿锵。

是为序。

2024 年 12 月

（作者系诗人、评论家，中山大学教授、博士生导师）

目　录

第一章　回乡

太阳升得很快，如喜隆河的水流，转瞬即逝。陈大阳每一次看到东边的太阳升起，都能从白晃晃的光中感受到兴奋，那是一种领悟不透的兴奋，就像他当初第一眼见黎秀芬时的那种兴奋。

从武汉的最后一通电话到今天，已经是 1288 天，他心里记着这个日子，把这当作是与黎秀芬分手的日子。

恋爱真的会让人刻骨铭心，分开了，心里还藏着那段舍不去的记忆。也可能是回到了熟悉的家乡，触景生情，陈大阳脑袋里一下浮现了不少黎秀芬俏媚的影子。

夏天的五月，天空上的云朵跑得飞快，棉花团似的，团团卷卷，一溜烟儿随风飘去。不一会儿，后面又有几朵云急急忙忙追上来，你追我赶，让地面的影子在一线光影里杂乱换景，光线也上下交错，仿佛给村庄和河水穿上层层衣裳。

远处带着丝丝咸味的风吹过，这个味道让陈大阳永生难忘。那股咸风还夹带着一种腥香味道，就像生活在草原上的人，对草与泥土的味道是不会忘记的。生活在喜隆河边，每一滴水的变化都让人向往。

回到村里，陈大阳突然感到有点陌生。喜隆村有近万人，组成喜隆村的三个自然村之间都被长方形格子一样的鱼塘隔开，喜隆河都有支流与这些鱼塘连通，像人的血管系统，大小串联。世间万物皆有联系，让人无法剪断。

村里由广府人、客家人、潮汕人三大民系融合，陈大阳的父母是广府人，在家里只讲白话，黎秀芬讲的是客家话，同学关来田讲潮汕话。由于在学校里耳濡目染，陈大阳能听懂三大民系的方言。在陈大阳心里，一直想不通，这三大民系的人是如何融在一起的？

陈大阳回到村里，是因一份无法割舍的感情。只是，离开村子太久了，村里的变化让陈大阳有些陌生。他从小生活在这里，读完高中、考上大学到了外地，在外地又工作了三年多，一直十分眷恋着这片水土，现在回来，反而感觉陌生了。

"我的性格是不是变了？"陈大阳心里问道。是不是家里的时光变得轻盈了？还是自己的灵魂被绑在了这个地方？又或是这里的记忆过于温暖，让自己留恋着这片土地？

回到家里快一周了，趁着今天有闲心，陈大阳来到村中间的广场。说是广场，其实就是村里屋子围着的一块空地。一棵存活了一百多年的老榕树高高伫立在中间，树根粗壮，绿叶遮阴，树下有几张围着的长石凳。老榕树树根中间还有一个洞，两边就像是耳朵一样，中间是空的。上午和傍晚时分，村里的老人都爱在这里纳凉。这里也是村里阿姨大叔交流信息的平台。

陈大阳刚到广场，一众村民已围在一起七嘴八舌说着事。阴凉的老条凳上，四五个阿姨一排坐着，几个大叔围在一边聊得正热闹。有些认识陈大阳的老人，也没顾得上和他打招呼，只管着聊天。陈大阳感觉是不是出了什么大事，他走近一听，才知道是自己亲五叔家鱼塘的鱼死了。

陈大阳掏出手机拨打五叔的电话，只听到"嘟嘟"的回响，打不通。他对五叔鱼塘的位置还是很熟悉的，便马上离开广场走回家去。父母都去上班了，他就开着自己新买的小电瓶车，朝着五叔的鱼塘驶去。鱼塘田基的路不好走，一会儿是烂泥夹着杂草，一会儿是用碎石块整平的小路，小电瓶车驶过，后面尘烟扬起。陈大阳多年没回村，面对这些不熟悉的鱼塘路况，不得不放慢车速，七弯八拐，终于到了五叔的鱼塘。

　　一眼望去，鱼塘边的临时工房里，七零八落的农用工具显得毫无生气，堆在一角的鱼料散发着浓烈的味道。

　　五叔蹲在鱼塘边从网中抓起一条草鱼，上下左右翻看着，自言自语："红斑点，周身都有。"

　　陈大阳走过去。五叔没有和他打招呼，直接说起草鱼发病的事。

　　脚上一双拖鞋，黑裤子、灰白色横纹T恤衫的五叔，一脸无奈的样子，也忘了有多久没见到自己的侄儿，自顾自地说起他的事。

　　"我想找饲料厂的人过来帮忙看看，打了几个电话也没有人接呢。平时，饲料厂的人都会很积极过来推销，这时也不见影儿了。"五叔有点失意地说。

"不会是三个塘的鱼都发病了吧?"陈大阳没多想就问道。

"一共30亩鱼塘的鱼都同时发病。"五叔回了一句。

五叔对陈大阳讲,已经打电话叫懂医鱼病的朱四强过来。可没多久,朱四强就来电话,说开了十多年的奥迪车刚开到田基边就熄火了,"老爷车"也不知道什么原因开不动了,得叫拖车。

这可不得了,朱四强过不来,鱼塘里的鱼说不定都得死光。

这一天对于五叔来说,注定是极不平静的一天。

陈大阳掏出手机,拨了号码,他要把这件事通知父亲。父亲虽然没有养过鱼,但还是有些人脉,或许能找到熟人帮忙。

只要还有一线希望,都不应放过,这是陈大阳出来工作后得出的结论。不知为何,毕业后的陈大阳迷上了《易经》这本书。一次在武汉的一家书店,他在哲学社科类的书堆里看到《易经》,翻了几下便起了兴趣,只是没有再深入研究下去。可是,周期与自然循环的观念刻入了他的脑子里。

"鱼一起死亡的情况不多见吧？"陈大阳问五叔。
五叔说，以前从来没有过。一直在鱼塘边来回走动的五
叔心急如焚。

电话那头的父亲也有些急，马上问起情况。"充血，
眼球突出。"陈大阳讲了鱼的病症，父亲在电话那头说：
"你等等，我找人过去。"

五叔的鱼塘是去年才从村集体租下来的，每亩2500
元，一年租金七万多元。鱼塘旁边搭了一个临时工棚，
三块鱼塘都搭了暖棚，一共花了五叔十多万元，还养了
一万多尾草鱼苗。五叔全部的血汗钱都花在鱼塘里，如
今鱼一死，将血本无归。

人生充满未知，前一秒还过着平安如意的生活，下
一秒就可能会让你无所适从。

"大阳，这鱼是救不活了，钱也亏完了，五叔就是
命贱。别人养鱼都能赚钱，我一养就死。"五叔对陈大
阳说道，眼泪都落下来了。他用手抹了几下脸，原本沾
满塘水的手更显得湿漉漉，手抹完脸，又放到身后衣服
上左右擦了几下。

五叔是陈大阳唯一的亲叔叔，五十多岁了，至今未

娶妻。从外表来看，五叔像个六十多岁的人，可能是操心养鱼，近年来他老了很多，头发蓬乱，面色黑黄，就是身材比较高，村里人喜欢叫他"高佬五"。这外号叫多了，便很少有人还记得他的名字。陈大阳从小就被家里人教会认名。小时候，母亲天天教他："我们家有四口人，父亲叫陈仁威，五叔叫陈仁风，妈妈叫招爱娣，还有你这个小傻瓜。"

聪明的陈大阳一下就记住了家里人的名字。

父亲与五叔都是"仁"字辈，小时候妈妈常教他说五叔的名字。

五叔不爱念书，16岁时，父母在同一年去世。他读完高中就在村子外的喜隆市场边一家五金厂打工，天天打螺丝，每天上半天班，钱不多，但也不累人。打工期间，他在厂里谈过一个女朋友，后来没成，他就再没心思谈恋爱了。

前些年，五金厂搬到岐城的另一个镇去了，从村里过去有20多公里，厂里也想留下五叔，但他一听到这么远，就打退堂鼓干脆不做了。他没了工作，只能时不时地跟着村里的福源叔一起去刮塘，刮塘时见别人养殖能赚钱，他也想试一试。

一想到福源叔，陈大阳就感到十分亲切，心里暖洋洋的。高中一年级时，大年廿九，陈大阳跟着五叔去看刮塘，开始接触福源叔。那天，夜雨绵绵，趁着夜色，五叔开着摩托车载着陈大阳去福源叔家。从河涌小巷前往福源叔家，还没到他家，映入眼帘的便是堆在木架上的几堆渔网，房屋隔壁有一个铁棚小屋，摆着一大一小两个棕色皮沙发，十分抢眼。福源叔比五叔大三岁，矮个子，身材粗壮，说起话来脸上总带着笑。陈大阳不能随着五叔叫，他得叫福源叔。福源叔是一把刮塘好手，平时都是他当召集人，邀大家一起去刮塘。福源叔会提早分好工，八人组成一班就可以开工。

　　陈大阳清楚记得，这天在福源叔家，正在整理渔网的福源叔见到陈大阳，以为陈大阳想来打短工赚钱交学费，后来才知道陈大阳是想去看看如何刮塘。"大阳呀，你有出息，这么小就懂得到处了解社会了。我们这趟去南关捞鲩鱼、鲫鱼。"福源叔笑了笑，对着陈大阳说。滴滴细雨闪落在福源叔的脸颊上，陈大阳一辈子都记得福源叔那古铜色的脸。

　　福源叔把家门外的渔网收好并放到摩托车后座上，披上水衣。借着夜色，几辆摩托车一起发动向鱼塘出发，这让凌晨的村庄多了一些响动。摩托车在泥泞的路上拐来拐去，一会儿上坡，一会儿转弯。行驶一段时间后，一连片鱼塘隐约出现在眼前。

守着鱼塘的狗狂叫起来，一位穿着横条纹上衣和蓝色裤子、快 50 岁的男人从一旁的木棚里走出来。或许是没有睡足，他不断地用手抹擦眼睛，脸上也没过多的笑容。五叔告诉陈大阳，这个鱼塘就是他承包的。福源叔将摩托车开到鱼塘边，熄火下车，与鱼塘主打声招呼，就示意五叔他们下车卸网。

鱼塘边上躺着一条木船，刮塘人似有一种默契，不用说话就各自开始动手干活了。福源叔走上船尾，弯着腰和搭档将 30 丈长的渔网徐徐倒入渔船。陈大阳从五叔的摩托车下来后，就在鱼塘旁边观察。蚊虫在鱼塘主架起的大灯光前上下飞舞，好在他穿着长裤长衫，要不，他也成了蚊虫进攻对象。草地湿漉漉的，陈大阳的运动鞋沾上了黄泥。

"不用打灯，我们能看得清。"福源叔露出了自信的笑容。只见他用竹竿轻轻一撑，渔船便慢慢向塘中驶去，随着渔网被慢慢放下，五叔他们也深一脚浅一脚，分两个方向向围着长满杂草的鱼塘边沿前进。

铺好网后，另一些同伴也纷纷下水，两岸四角的人牵着渔网慢慢前行，在水里赶鱼。他们用自己的脚和木棍驱赶，一点一点把鱼往网里赶。赶到网边，再把网提起，鱼儿就成功被网住了。

五叔他们开始收网。他们收网的动作幅度不大，但每次往身边一拉，脸上的肌肉也随之抖动起来。偌大的渔网终于聚拢在一起，将数千斤的大鱼挤压在一片狭窄的水域里。随着渔网越来越窄，受惊的鱼儿跳出水面翻腾打滚。

当天边亮出鱼肚白，雨势也减弱了，天空呈现宝石般的蓝色。鱼贩的货车陆续赶到，福源叔他们有条不紊，分工合作，即将把一担担的鱼儿运上车。

"福源，鲩鱼放回塘里，先抓大头鱼和鲫鱼。"鱼塘主与福源叔相熟，福源叔已经不是第一次来这里抓鱼了，当鱼塘主朝鱼塘吆喝了一声，福源叔便点了点头。接着，五叔与三个同伴靠近渔网，开始分拣工作。他们眼明手快，双手往网里一兜就捧起一条大鱼，瞧一眼便可分辨出种类，不是鱼贩所要的悉数扔回塘里，大头鱼和鲫鱼则放进身边的水桶里。

岸上的四个同伴也没闲着。两位阿姨见水桶装满鱼，合力将桶抬出水面。塘主提前准备好了电子秤，水桶一放，显示屏上便立马显示出数字："114公斤！"鱼贩和塘主分别记下数字，两位阿姨则十分熟练地将水桶抬到货车旁边，再由鱼贩抛入车内水箱。陈大阳在一边看着，他也帮不上忙，只能待在一边做个看客，又不像样，便不时地给五叔递一下工具。

望着五叔他们抓、抬、称、抛，整个捞鱼的过程是那么流畅。时间过得快，黑夜也跑得快，不到两个小时，天空已放亮，空气里透着露水的味道。东边的太阳就要窜出来了，4000多斤大头鱼被抛入水箱，3977斤鲫鱼则被另一名鱼贩购走。清点无误后，鱼贩向鱼塘主付款。

"今天辛苦了！2180元，点一下数。"鱼塘主拍了拍福源叔的肩膀，然后递过去一把现金。接过钱的福源叔逐张逐张地清点。此时，初升的太阳照在福源叔和五叔等人身上。陈大阳在一边看着，觉得自己没有力气做这种活，一次担一百多斤鱼，来来回回几十次，得要有多大的力气啊，泡在水里的手也会发胀。那天，五叔分到150元，就算是一天的收入了。

自那以后，陈大阳常到福源叔那里去坐坐，如果福源叔不在家，他就与福源婶聊天。只要福源叔在家，见陈大阳到来，他总是忙着迎上来。爱赤着脚的福源叔常被老伴叫去整理一下形象，福源叔总是笑着讲，村里人，"无裤着"都不怕。听到他这么一说，福源婶就笑着挖苦道："刮塘佬就是刮塘佬，一世都是刮塘。"福源叔听了也不怒，照样笑容满面。

福源婶与福源叔年纪相当，她每次见到陈大阳都会把他当作自己儿子一样。"福源叔每天要在水里泡着，湿手、湿脚，怕得风湿。"福源婶对陈大阳讲起福源叔的工作。

其实，福源婶也刮塘多年，只是后来儿子、女儿相继生了小孩，她才不再做干了十多年的刮塘活儿了，留在家中照顾孙儿。她不断给陈大阳讲着刮塘对福源叔身体所造成的影响："夏天时还好一些。冬天的水很冷，双手都痛到心头。"

福源叔的儿子叫阿林，与福源叔长得有些像，但肤色稍白，平时也不爱讲话。他高中毕业后读了中专，之后从事运输行业，没有跟着福源叔刮塘。见到比自己小的陈大阳到家中做客，闲聊时，他也跟陈大阳说起对自己父亲的担心。"其实我们也担心父亲的健康，一年四季都去刮塘，长期泡在水中，对关节各方面都很不好。"听到阿林讲自己父亲，陈大阳也想到自己的父亲，他觉得自己对父亲的关心还是有点儿不够。

家人的担心并没有让福源叔打消继续做刮塘工的念头："能做一天就再做一天，很多刮塘人需要我找活儿干呢，我不能说不做就不做了。"

"下一次网每人200元起，翻网再加30元左右。渔网都是我自己的，塘主要刮塘就要租我的网，每张网5元。"福源叔对陈大阳讲，刮塘每年能收入八至十万元，家里的房子就是靠着自己刮塘赚来的钱重建的，"春节期间刮塘收费更高，工钱翻倍，只要有生意找上门，我们都会去。"

"我也没什么爱好，刮完塘后，多数时间在家晒晒网。"福源叔自从20多年前跟一位同村老乡去刮塘后，就没离开过这行，而当年带他入行的人早已转行去开货车了。刮塘除了要有经验，关键还要有力气，不怕苦不怕累。

"夏天水里有蛇，必须穿水裤，否则很容易被咬。

戴头盔是因为鱼打挺时劲道很大,如果不做好预防措施,眼睛、额角可能会受伤。"水裤、水衣、水鞋、头盔,这是刮塘人的标志性着装。"捞鱼一定要戴头盔,鱼跃起来时冲击力很大,有一次我就被鱼撞到眼角了。"福源叔对陈大阳讲起自己的捞鱼经历。

"刮塘是一种力气活,并不是一般人能承受的。凌晨3点就要起床出发,到了鱼塘,一个鱼塘一般起鱼5000斤左右,一桶抬150斤左右,光是一桶一桶抬鱼,就要走30多趟。"福源叔讲到这里时,提到五叔,说五叔也是一个有耐力的人。还提到一起刮塘的关姨,其实关姨是陈大阳的女友黎秀芬的小婶,也是福源叔刮塘团队四名女队员之一。她并不知道陈大阳与黎秀芬的关系,要不然一定会多与陈大阳聊聊天。在福源叔家里,关姨与福源婶一起讲着刮塘的事:"重的一桶要抬200多斤,又湿又重,不是一般人能做的。"关姨也做了十多年,她很喜欢这个工作:"与大家一起刮塘,我很开心的。"

"像我们这一行,基本上都是中年人在做,男女都有,以后没有年轻人会做这一行了。每天凌晨就得爬起来干活,太辛苦了,而且这也是一门技术活,学起来并不容易。"每讲到苦处，福源叔就感到十分无奈。

没去读大学时，陈大阳还跟着五叔去过几次刮塘，也知道他们的工钱不好赚。后来，五叔见别人搞养殖，自己也想去试试。当看到村里有鱼塘出租，他便一心想着去创一番事业，把自己打工多年的积蓄拿出来租塘养鱼。刚开始一切顺利，谁知道现在鱼全死了。

在陈大阳回到村里的第二天，父亲才告诉他五叔养鱼的经过。他也想过来看看五叔，没想到回来第一次见五叔就碰到这样的事。

五叔的思绪被这突如其来的变故牵动着，他还没意识到，自己这么久没见到侄子陈大阳了，应该用长辈的方式去客套几句。

五叔愁云满布的脸，似五月将要下雨的天气，阴沉沉的，云层下的光都带着阴暗，压抑沉闷。

陈大阳记得以前五叔脸上总带着憨厚的笑容，而这次见到，他脸上已经失去了那种笑容。

远处一辆丰田小轿车开过来，陈大阳认出是父亲的车子。在珠三角这座滨海城市——岐城，早年得益于改革开放，村民都会做点小生意，陈大阳的父亲就在喜隆桥边沿街开了一家士多。20 世纪 80 年代，喜隆桥两边有不少小五金加工厂，外来务工人员很多，士多开起来生意红火。陈大阳记得小学时自己的书包里装得最多的，就是从士多偷来的棒棒糖，一到学校就分给同学，所以同学都爱与他玩。到了初中，他考到城里的中学，与黎秀芬成了同学。从初中到高中，六年的同学时光，他记得从士多里只带过一盒进口饼干给她，至于什么牌子，已经不记得了。只知道那是高考前，黎秀芬胃口不好，不想吃东西，陈大阳特意在士多里找到一款进口的苏打饼带给她，他对黎秀芬说："尝尝这个饼，能养胃。"黎秀芬感动得眼泪都快流下来了，心里认定这个就是她的心上人。

"阿五，我带了吴医生过来帮你看鱼。"刚下车，车门还没关，就听到父亲洪亮的声音。胖胖的父亲因为有腿疾，走起路来并不稳，有些跛。跟在父亲后面的是吴医生。

吴医生并不是真正的医生，只是被村里人叫惯了这一称呼。他小时候跟一位村里的赤脚医生学过中医，懂得用草药为村民治病，村里人有事没事都爱找他。吴医生与父亲的年纪相仿，但比父亲的个子高一些，少言语。

他平素不爱穿白色的衣服，今天也一样，上身穿黑色短袖T恤，下身穿牛仔裤和一双亮锃锃的皮鞋。

吴医生踩在塘边的泥地上，鞋上沾满了黄泥，他也不在意，走到塘边蹲下来翻看一条死鱼，陈大阳跟着父亲、五叔站在一边。

"出血病，没得医，找人处理吧，要不然放久发臭了更难搞。"吴医生几句冷冷的话丢过来。

三人面面相觑，都不知道该怎么办。

"还有得医吗？"父亲首先问。

"是鱼塘消毒不好，由病毒引起的。"吴医生对着五叔问，"刚发病时你没留意吗？"

五叔说，前几天都忙着找人来搭暖棚，没有注意呢。

吴医生也没多讲，再走去另外两个鱼塘看了个详细，三个鱼塘都浮着很多死鱼，阳光照射下泛着刺眼的白光。

"吴医生，那我先搭你回去吧。"父亲说完，又对陈大阳说："阿阳，先帮五叔把死鱼捞出来。"父亲与吴医生往车的方向走去。不久，就听到发动机启动的声音，父亲搭着吴医生回去了。

空气是凝固的，阳光是静止的，鱼塘的水是没有生气的，唯有阵阵的鱼腥味让陈大阳觉得呼吸困难。

更难受的是五叔，十多万元的投资，一转眼就打了水漂。

上船下网，都是五叔之前帮人捞鱼时学的技巧。但这次没有那么讲究，死鱼都浮在水面，船在塘中时，一网网下去，鱼就被捞起来了。

陈大阳是第一次捞鱼，但他并不觉得难。五叔撑着船，陈大阳一网一网地拖着死鱼，每捞一网，犹如沉甸甸的钱，五叔的心里并不好过。死鱼被捞起放到鱼塘一角，一会儿就叠起一堆。

以往，下水捞鱼的人都有一套连体的水衣，可这次五叔并没有给陈大阳水衣，也许是五叔忘记了，也许是五叔没有心情。虽然没有水衣，但陈大阳的衣服也没有打湿多少，只有裤脚和运动鞋湿了。

他替五叔感到难受，先不说投资的那些钱，光是对着养了这么长时间的鱼，也是心痛的。他和五叔忙了近三个小时，将死鱼都捞起来了，五叔便打电话叫人来拖走处理。不知不觉间，就到了中午，他们还饿着肚子，中午的鱼塘四周，只有草虫和贪食的麻雀不时飞过，发出叫声，四处静得吓人。阳光似乎忘记了这里，没带一丝生气。一缕缕阳光洒在鱼塘边的杂草上，五叔在鱼塘边草地上休息。旁边一棵木瓜树的黄叶没精打采地垂下来，枝干上围着一堆木瓜，有几只已经黄了一半。

"阿阳，饿了吧，去摘几个木瓜过来吃吧。"五叔用铲子铲着死鱼，他也没心思吃饭，平时堆放工具的木工棚里，摆放着电饭锅，还有平时吃饭、喝茶用的桌子。木工棚里面靠鱼塘的一边还堆着用蛇皮袋装的饲料，陈大阳数了数，一共 14 包。

"五叔，这些饲料还能退货吗？"陈大阳还没去摘木瓜，就随意问了一句。他寻思着，这些原封不动的饲料也用不着了，把它们退回饲料厂，多少能减少一点损失。陈大阳不提还好，这一提，五叔冒出一句：

"鱼都死了，还退个鬼。"

这句发泄的话并非冲着陈大阳，只是五叔的心情就似天上的乌云，阴沉到了极点，此时哪里能压得住心火。

陈大阳先不管五叔低落的情绪，他走向木瓜树。熟了的木瓜刚好伸手可得，一手托着木瓜，用力一扭，一个又一个，摘了四个。木瓜扭断处流下的白色液体滴到手上，黏黏的。

五叔累了，他回到木工棚里，坐在平时吃饭的木桌旁，眼望着三个鱼塘，呆呆的，木木的。此时，他才觉得自己十分窘迫，像一个赌徒进了赌场，却输得一干二净。自己用多年打工的积蓄租鱼塘，本以为可以劳动致富，谁知现在血本无归，哪还有钱再进鱼苗。老婆也没娶，以后该怎么办？退塘？转租？租给谁？唉！

他看了一眼饲料，那十几包饲料是前几天在饲料厂赊的，还没来得及喂鱼，鱼就死了。

"五叔，饿了吧，吃木瓜。"陈大阳把刚摘的木瓜放在桌子上，便去找刀。五叔平时吃住都在这里，木工棚的一边用木板围了起来做厨房，做饭的用具都有。陈大阳找来刀子，将木瓜对半切开，木瓜内黑黑的籽儿密密麻麻地堆在一起，瓜肉血红。陈大阳递一块给五叔，自己也拿一块往嘴里送，五叔接了却没吃。

陈大阳知道五叔饮食无味、茶饭不思，问道："五叔，来拉鱼的车几点到？"

"说是下午，叫了村里阿七的车来运，一会儿就来了。"五叔说着就掏出电话看了看，可能见到没有信号，就顺手将电话放在桌子上。

陈大阳切了三个木瓜，五叔才开始吃。以往，陈大阳一定会大赞木瓜味甜，但此刻不合时宜，他理解五叔的心情。对于在湖北读商学院的高才生来说，预算成本他是好手，塘租、饲料费、日常开销、水电费、鱼苗费等都是五叔鱼塘的主要成本，前期完全在投入阶段，还没有产出，鱼就死了。可以说，五叔的心情与鱼一起死了，死得很彻底。

此时，五叔的电话响了，他接起来："日升饲料厂孙经理，哦……哦，你派人过来拉那十几包饲料回去吧，我没钱了，鱼都死了……不能退？可以打折？我不要了，不要不行……我不管了，你要就来拉，不要就算了。"五叔挂断电话，把手机咣当一声扔在桌子上，电话一会儿又响起来了。五叔不接，陈大阳望了望，眼里的五叔是一位无助的老人，孤零零的像身在茫茫沙漠里，无依无靠，茫然无助。

陈大阳心里酸酸的，说道："五叔，哪里来的电话啊？"

"饲料厂，说不能收退回饲料。这饲料是前天才运来的，赊账钱都没给，他们爱退不退，反正我不给钱。"五叔来气了。陈大阳问了饲料的价钱，五叔冷冷地回了一句"一百五"。钱虽不多，但五叔的钱都投进去了，口袋都空了。

鱼塘外，风在吹，鱼的腥味越来越浓，苍蝇也多了起来，死鱼得快些运走。在陈大阳心里，此刻想的是如何帮五叔把死鱼处理好，回来一周了，最忙的就是今天。

陈大阳无法用语言安抚五叔的心情，毕竟是长辈，而且他了解五叔的性格，少言寡语，有心事也不善与人言，小时候爸爸就常说五叔不爱说话。可是，他理解五叔的心情，他要陪着五叔处理完此事。

喜隆村人口众多，以陈姓、梁姓、关姓、黎姓居多。各姓的人都有，这是一个合村管理的试点，三个自然村合在一起，土地就多了起来，村里则可以有更多的土地出租养殖。

陈大阳从小在喜隆村长大，对这里的一草一木都是那么熟悉。不过今天，他感觉村子有些陌生。从五叔的鱼塘望过去，鱼塘与村庄，还有开阔的喜隆河映入眼帘，喜隆桥的身姿横跨在河的两岸。喜隆村错落建起的一幢幢楼房，不高，都是三层左右。陈大阳家里的宅基地房子是三层半的楼房，他住三楼，父母住二楼，200多平方米，挺宽敞的。五叔住的老屋在陈大阳家旁边，还是平房，政府说要改造，但并没有消息。

平时，五叔都是到陈大阳家搭餐，听母亲说，自从五叔养了鱼就很少来搭餐了。

吃完木瓜,肚子填饱了,陈大阳的手沾满了腻腻的木瓜汁,混杂着之前捞鱼的腥味。他走到五叔做饭的地方,拧开水龙头,冲了一下手。想着自己毕业后在武汉一家电脑公司做了快三年的营销工作,每个月能拿到5000多元的工资,有时业务多,提成加上工资也有7000多元。只是他爱交朋友,每次领了工资都与朋友吃大餐,到现在自己手上也没剩几个钱。在陈大阳到湖北读书的第一年,父亲将原来士多旁边的商铺扩大,做起了超市,生意不错。当初毕业,父亲就催着陈大阳回家帮忙管理超市。在珠三角,岐城是比较发达的城市,很多岐城人都在海外,同时在港澳地区大都有亲朋好友。改革开放初期,得益于华侨、港澳同胞回乡办厂,岐城的手工业发达,厂子多,外来务工人员越来越多,消费水平就起来了。用陈大阳父亲的话来说,就是"人多,推个小车卖牛腩萝卜都能发达"。

正是赶上了这波务工潮,陈大阳父亲的超市很快就开起来了。

陈大阳自小就想在外面闯一闯,他深知不离开父母身边,自己的羽翼便无法丰满。他就是想锻炼一下自己,在外面闯荡一下。

当年他没答应回家帮忙，逆了父亲的意愿，父亲有几分不快，但陈大阳当时刚好遇到一个好项目，就是在武汉和朋友合伙投资办一家木料加工厂。这事他是瞒着父亲的，但投资的12万元是从父亲那里借来的。儿子向父亲伸手要钱，父亲并不想给，但想到自己的钱迟早都是儿子的，他也没有多问，就直接将钱打到了陈大阳读书期间开的银行卡里。

陈大阳十分感动，没想到父亲这么信任自己，在他没答应回家帮忙的情况下，父亲并不怪他。他清楚地记得那一天，因为那天也是他与黎秀芬分手的日子。

虽然也是夏天，可这个夏天对陈大阳来说，感受不到鲜花的热烈。那天上午，他和同事清典一起坐大巴车从武汉汉口出发，到荆州谈业务。他们公司想在荆州开拓业务。一上车，他就接到父亲的电话，父亲说："阿阳，回家帮忙吧，你在外面又赚不到几个钱，还是回家好。"陈大阳和父亲讲了几句客气话，意思是不想回家。车子摇摇晃晃，同事清典就与自己并排而坐，自己讲的每一句话，他都听进耳里。清典是江门人，听得懂粤语，陈大阳又是一个不喜欢将家事被同事知道的人，可没办法，大巴车空间有限。

当年，陈大阳的舍友林波是武汉人，想在武汉开一家木料加工厂，专做家具木料加工。林波已经物色好了地方，因为手头缺资金，便想找人合伙。一天晚上，两人在宿舍楼下的一间热干面小馆里吃饭，叫了两瓶青岛啤酒、一盘酱鸭脖，两人就开始聊起来。陈大阳觉得林波是个靠得住的人，平时上班很准时，讲义气，虽然不是山东人，但有山东汉子的气质。陈大阳喜欢与这种性格的人交往。当林波说出自己的创业想法时，陈大阳用大拇指向林波晃了晃，点赞就是支持，并随口问他差多少资金。

"30万就够了，先不做大，慢慢来，保守一点。"林波脸上红红的，微醺着说。

"小心驶得万年船，经营什么的我不管，只管投资，我出一半。"陈大阳喝得少，十分清醒地说。

"好兄弟。"林波一手拍过来与陈大阳击掌，随后补充说道，"大股东还得是我，你就当支持我，出资12万，只占40%的股份，如何？如果你有什么难处，等公司做起来了，我随时和你分红。我多占20%不是占兄弟便宜，而是因为我全身心投入公司，你不用管经营，好不好？"醉醺醺的林波说完就笑起来。

"好好好！"陈大阳也没有太多想法，他相信这个人，像兄弟一样的人。他这一代独生子女居多，缺失兄弟姐妹之情，他把林波当作兄弟。

第二天，陈大阳就出差去荆州。在大巴车上，他本不想让清典知道，因为林波正准备从公司辞职，清典又是同事，搞不好，出点什么乱子也说不定，可是他手上又没那么多资金，唯有向父亲开口了。在大巴车上，父亲欣然答应借钱给他。陈大阳也不清楚清典是否听到，他总感觉清典正竖起耳朵听着。

也是那时候，陈大阳刚挂断与父亲的电话，心情正激动着，手上有粮心中不慌，喜悦写在脸上。突然，电话铃声响了，看了电话号码是黎秀芬，他连忙接起来。正想和黎秀芬说自己投资的事，黎秀芬却问："大阳，你真的不回广东发展吗？你是怎么打算的？如果你不回来，我们怎么办？"

陈大阳很少接到黎秀芬的电话，但每次她一来电话，就总把一堆问题端上桌面，令他有些无所适从，原本兴奋的感觉因突如其来的问题消失得无影无踪。他喜欢黎秀芬，可是，他又想在外面多闯几年。黎秀芬在广州大学读公共管理专业，毕业后就进了广州一家外贸公司当总经理助理。从大学开始，他们就分隔两地。日子一长，她更希望陈大阳能跟她一起回广东工作，这样，两人便有更多时间在一起。

"秀芬，你问这个我现在很难回答你，我想在外面闯一闯。"陈大阳望着窗外远处，压低声音说。

"你总得给我一个准信，什么时候能回来，我也好和爸妈说。爸妈问起我拍拖的事，我都说没有，他们现在天天介绍人给我，我都应付不了呀。"黎秀芬在电话那头说。

"你可以告诉他们，你有男朋友了，但不在广东。"陈大阳很想安慰秀芬。

"我说了，他们不信。我不管了，你给个时间，什么时候能回广东？要不我们就分手。"黎秀芬这一句冷冰冰地递过来，让陈大阳心里的温度直线下降。

"分手？！"陈大阳控制不住大声反问一句。这话让一旁的清典听到了，他开玩笑地大声接了一句："大阳，分就分了，湖北这里姑娘这么多，找一个更漂亮的。"说完还"哈哈"笑了两声。

这一说，被在电话那头的黎秀芬听得清清楚楚。

"大阳，你在那边还有女朋友？！"

"秀芬，分手……我是说……分手……"陈大阳一
着急本想解释一番，却语无伦次地说了好几个"分手"，
他本不想分手，但是黎秀芬已经挂断电话。再打过去，
黎秀芬都不接。

黎秀芬生气了。

陈大阳看着幸灾乐祸的清典，很想骂他，但话到嘴
边又咽了回去。

大巴车外一路田野芬芳，远远望去，翠绿撩人，但
陈大阳无心欣赏，他一路打着黎秀芬的电话，却都是关
机。陈大阳留言说："秀芬，刚才是个误会，我不是想
分手，是同事在旁边开玩笑。"无论陈大阳说什么，黎
秀芬就是不回信息。接下来几周，他都无法打通黎秀芬
的电话。

就这样，陈大阳和黎秀芬分手了，两人三年没有
再联系。

世事难料，男女相恋与分手，就像船只行驶于江水
中，或许能一路顺风顺水，或许说翻船就翻船。

望着鱼塘边的三堆死鱼，感受着热辣辣的夏风，这
个季节算不上好季节。对于生活在珠三角的人来说，一
年四季里，暑热最难熬，这风中还夹杂着陈大阳回来后

的思绪。

不一会儿，听到汽车的声音，向外望去，一辆黑色小轿车正向着五叔的鱼塘开来。不对呀？这不是来运死鱼的货车？陈大阳心里纳闷着。五叔也起身向外望。小车很快就到了近前停下来，车门一开，一个高高瘦瘦、脸黑黑的 30 多岁小伙子，肩上挂着一个黑包，下车走进木工棚。还没等陈大阳向他打招呼，就听小伙子开口说："五叔，那十几包饲料不能退哦。"小伙子径直找了一个小凳子坐下。

"不退就留在这儿，我没钱给你。"突然间五叔的火气上来了，红着脸回了一句。

"你不能耍横呀，这是赊的饲料，说好的，运来就给钱。"

"我这还没用呀，好好摆着呢。"五叔指着那堆饲料，突然站起来向前走了几步，情绪激动。"一千斤的鱼都死了，哪有钱给你，拉回去……"五叔的声音近似低吼，把小伙子吓了一跳。此时，五叔用手拍了拍胸口，大口喘着气，突然向后倒去。

"五叔……"陈大阳急忙上前扶起五叔，小伙子也忙上前帮忙，"你是哪个饲料厂的，叫什么名字？"

"我是日升的孙经理。"小伙子答道。

　　"快！快！先送五叔去医院。"陈大阳背着五叔，坐着孙经理的车将五叔送到附近的坦升医院。

第二章　接手

五叔住院了。

鱼塘的死鱼由陈大阳父亲来处理，陈大阳则在医院照顾五叔。

坦升医院离喜隆村最近，这是一家综合性二级甲等医院，村里人有小病小痛，都往这家医院跑。医生给五叔的诊断是，肝血上冲，高血压突发引起晕倒，好在及时送到医院，没有出现脑出血，但得留院观察。

这家医院人不多，但住院部设备齐全，五叔住的康复中心里，都是一些脑中风、脑出血的病人。一个病房三张床，五叔算是症状最轻的那个。当时将五叔送到医院急诊室不久，五叔就慢慢醒了。五叔醒来的第一句话就是："阿阳，死鱼处理了没？"望着躺在病床上的五叔，陈大阳忙安慰五叔，说打电话让父亲处理了，而孙经理则和自己一起送五叔到医院，他等五叔醒了才离开。

"陈先生，不好意思，我不知道五叔养的鱼都死了，知道的话就不来了。十几包饲料也不是什么事，就是公司有规定，我们搞销售的也做不了主。"孙经理忙向陈大阳赔不是，还不忘讲其原因，他生怕五叔出什么问题，到时候再把账算在他头上。

他们站在医院护士站旁边的走廊一角，陈大阳随口回了一句："你不来追债，五叔也不会晕倒啊！"这一说，将孙经理吓了一跳。他急得提高声调："陈先生，真不关我的事，我也不是有意的。"孙经理拔高的声调引来护士和几个病人家属的目光。他四处看看，忙压低声音："我真的是无意的。现在五叔也没事了，我就先走了，饲料的事以后再说。"孙经理只想着快点离开医院，再待下去，到时候五叔又跟他急就不好办了。

陈大阳并不想为难孙经理，做销售的去收款是常事。只是孙经理来得不是时候，而且一来就直接要钱，五叔本来就心情烦闷，被这样一催，郁结攻心血压升高。他心疼五叔，也不是有意为难孙经理。

"谢谢你，有什么事我们再联系。你留个电话号码给我吧。"两人互相留了电话，孙经理就走了。陈大阳为五叔办了入院手续，他在医院一楼的小卖部买了面包和矿泉水。从中午一直忙到傍晚，他的肚子有点撑不住了。医院可订餐，晚上他要了两份菜，有豆腐、紫菜汤、瘦肉、白饭，他与五叔一起吃饭。饭后陈大阳给林波打电话：

"波波兄，生意怎么样？"

林波很久没接到陈大阳的电话了，自从陈大阳回到广东，他们就很少联系了。林波自然也会有很多话要问陈大阳，比如回广东后的情况、生活怎么样。别看林波性格豪气，他有时候心思也特别细腻，问得陈大阳都不想讲太多。陈大阳说现在手头有些紧，想先拿回12万元资金。

"没问题。"林波的回答和陈大阳想的一样。

其实，陈大阳与林波合作的木料厂在第一年就收回了成本，第二年厂里的利润就翻了一番。只是林波想加大投入，扩大生产，就还没和陈大阳分红。可是，林波并没有瞒着陈大阳，在陈大阳决定回广东发展的当晚，林波就把自己的这个决定告诉了陈大阳。

陈大阳相信这位兄弟，也没多问。"你把银行卡号发给我，我叫财务转给你。"他们聊了几句就挂了电话。

陈大阳把自己当年读书时用的银行卡账号发给了林波，当晚，他就收到了银行转账15万元的信息。林波多转给陈大阳 3 万元，以备急用。

对于在医院过夜的陪护人员，医院会给他们发一张折叠椅和一张毯子。五叔睡得早，陈大阳就躺在椅子上想，自己年纪不小了，这次回来，要不就是帮父亲打理超市，要不就另找一个工作。人可以有不同的活法，可是做人得有担当。五叔现在这样了，如果自己不出手相助，他很难挺过这个难关。

自己的钱并不多，但陈大阳想挑起五叔这个担子，养鱼是一个好项目，只是五叔没有经验、没有技术，才有了这次事故。自己还认识些有相关资源的同学和朋友，应该可以好好筹划一下。

翻来覆去的陈大阳左思右想，接还是不接？顶了五叔的鱼塘容易，可能不能做得好呢？父母会不会支持他？他又想着第二天应当如何和五叔讲这件事。

陈大阳生怕讲不好，让五叔胡思乱想，到时会病得更重。此外，自己接手五叔的鱼塘前还得与父亲通个气，如果他不同意，那也不好办。病房里其他人都睡了，唯有陈大阳到半夜也没睡着。陌生的靠椅让人很不舒服，自己放在扶手上的两只手臂开始感到发麻。最后陈大阳翻了个身侧躺着，看着沉睡的五叔，索性什么都不想了，他打定了主意，明天一定和五叔讲。

早晨的窗户洒满阳光，病房里的点滴瓶是时间与眼睛关注的地方，生命与希望随着点滴流动。三张床上的病人有着不同程度的病情。第一张病床上是一位70多岁的老伯，他躺在病床上呆呆地望着五叔，陪护的家人很少来。第二张病床上是一个刚做完手术转移来的女病人，60多岁，瘦黑的脸上皱纹层层。因为大家都不相熟，彼此的交流并不多，但配合打针吃药的节奏都十分默契。阳光在窗台上伸着长颈张望，不时看看这些病人。五叔病情有所好转，经过昨天的打针和吃药，睡了一晚后，他的脸色也比昨天好了。

陈大阳是6点多起来的，收好折叠椅，到卫生间刷牙洗脸后，就下到一楼食堂吃早餐，顺便带了早餐给五叔。回来时，五叔也醒了，在等着医生查房、护士打针派药。前前后后，陈大阳忙了一早上。

病患惆怅的神情与护士忙碌的身影随处可见，病患的呻吟声起伏不断。陈大阳不熟悉这样的环境，也不喜欢这样的环境。

五叔躺在病床上，他的眼神有些呆滞，陈大阳则坐在病床一边的椅子上。

"五叔，我想和你说个事。"

"什么事？"五叔低声回道。

"你那个鱼塘投资了 15 万元吧？这样，我回来也没事做，要不，你把鱼塘转给我。"

"转给你？"五叔听了，看了看陈大阳。

陈大阳也在注视着五叔，生怕五叔有其他更多的想法，会影响身体。

"五叔，养鱼这事，得让专业人士来做，我有朋友专门做这行的，他熟。我请他来帮忙，这样应该能养好。"一向不爱说谎的陈大阳编了个借口。

"你朋友养过鱼？那好呀，鱼不会死了。"

五叔的心思还停在死鱼这个结上绕不出来。

"是呀，你把鱼塘转给我，我就有事做了，我爸才不会整天对我唠叨。"陈大阳又一次强调道。

"你如果也像我这样把鱼养死了，你爸不得骂我呀。"五叔说。

"和我爸说过了，他同意了。"陈大阳再次撒了个谎，他深信，五叔这时不会打电话问父亲的。

"你爸也同意了？"五叔有些将信将疑。

"就这样定了，你不要多想了，五叔。你好好养病，我一会儿就把钱转给你，就算转手了。"陈大阳要尽快，越快越好，把这事定下来。

五叔在床上沉默了一会儿，又看了看陈大阳，说："大阳，这鱼可难养了，你也不懂就不要接手了。我出院就去处理鱼塘。"五叔也不想把这副担子压在侄子身上。

"五叔，你是在帮我呀，我爸正发愁怕我没事做。现在你把鱼塘转给我，我就有正经事做了。"陈大阳又把父亲"搬出来"，他知道当哥的能唬住这个弟弟，他要好好用一用这一招。

五叔不想陈大阳接手鱼塘是出于好意，自己已经血本无归了，还进了医院，要不是侄子在帮忙，他更狼狈。哪还能把侄子往火坑里推。

"五叔，你给我个银行账号。"陈大阳说完想了想，"我还是拿现金给你吧。"五叔一听，忙说不用现金，又问陈大阳："你真的想好要去养鱼了吗？你还这么年轻，外面的工作挺多的，大不了到你爸的超市帮忙也可以。养鱼太累了，又要整天盯着，人都晒黑了，到时找老婆都找不到。"

陈大阳明白五叔的心思，五叔这是在担心他。

"不怕的，我能吃苦，总会娶到老婆的，你不用担心。"陈大阳说到老婆时，才觉得自己说错话了，五叔至今单身，他是不是觉得自己娶不到老婆，怕陈大阳步自己后尘。

陈大阳急忙转了话题。

"出院后你先回家休息，等身体好了以后来帮我看鱼塘。反正这边也要请人打理，我一会儿就去拿钱给你。"陈大阳说。

此时，护士进来查房，"三号床，打针了"。陈大阳让五叔躺好，护士开始给他打点滴。

病房里，阳光透过窗户照进来，也照进陈大阳的心里。他的心中浮现出一派繁华的景象。经过昨夜的左思右想，把重建鱼塘的事情好好梳理了一遍，今天他心情激动，内心充满希望，就好像走在春天的广场上，有欢声笑语、花团锦簇，他听到了春天万物生长的声音。

五叔的点滴才打到一半，陈大阳的母亲就来了。母亲是属牛的，快60岁了，身板还算硬朗，平时都是她操持着超市的里里外外，无论是货柜理货、上新品，还是与工人一起搬货卸货，她的精神头都很足，就是圆圆胖胖的身材让她自己不太满意。圆脸、嘴大，平时总是大大咧咧的，她与陈大阳父亲微胖的身材有几分相似，

"不是一家人，不进一家门"，也真是应了这句话。

陈大阳的母亲叫招爱娣，她迈着轻松的步子进了病房，没发出一点点声响，连陈大阳都没察觉到。直到她把提着的水果放在床头的柜子上，五叔与陈大阳才见到她。

见五叔准备坐起来，招爱娣忙说："别起来，你躺着，正打针呢。"

"妈，就你一个人来呀，没人送你吗？"陈大阳站起来问道。

"傻大阳，我有摩托车呀，平时外出我都是自己骑车。"母亲习惯在"大阳"前面加个"傻"字。村里人都习惯粗生粗养，母亲自大阳小时候起就说，男孩傻点好，傻人有傻福。所以她每次叫大阳，前面总安个"傻"字，但是她叫别人家的孩子就不加。

母亲一来就嘘寒问暖，与五叔聊了起来。母亲认为，五叔这个病不是个事儿，明天就能出院。母亲边和五叔聊天边将拿来的水果分类，剥开一个橙子，说："尝一下，很新鲜很甜的。"她递一半给大阳，另一半给了五叔。五叔示意大阳先别说鱼塘的事。招爱娣过来探视，她这种乐呵呵大咧咧的聊天方式，让五叔的心情好了许多。

在大阳心里，母亲永远是温暖的。

"阿五，鱼塘的死鱼都处理了，我也叫超市搬货的欧仔去帮你看鱼塘了。你就好好养几天，不用担心，天塌下来当被盖。"说着，母亲就笑起来，其他床的病友都看了过来。

"村里过几天有唱咸水歌活动，我都想去唱一下。阿五，你好了可以去听'歌仔'。"招爱娣无话找话，手里还在不停地剥着橙子。一会儿，陈大阳的手上就有了三个剥了皮的橙子。

"妈，你去帮忙打点开水吧。"

"没有开水了？"招爱娣摇了摇柜子上的热水瓶，又打开盖子探了探，"有水，就是不热了，我去换一瓶热的来。"说完提起瓶子就往外走。

陈大阳让母亲出了病房，关于鱼塘的事，他不好当着五叔的面和母亲说。母亲出去他才好找借口出去和母亲谈接手鱼塘的事情。自己自作主张，也没和父母商量就接下了五叔的鱼塘，万一父母反对，五叔这边知道鱼塘的事儿没处理好，还会影响他养病。母亲的软肋就是儿子，她总是无条件地支持他。陈大阳深知这一点，所以要先把母亲拉到自己这边，万一自己说服不了父亲，到时候母亲还可以出来帮忙。

母亲前脚刚迈出病房，陈大阳就跟五叔说自己要去洗手间，后脚立刻跟了上去。母亲见状，说道："你出来做什么？怕我找不到加热水的地方？"其实，加热水的水箱就在病房旁边的走廊上，一眼可见。

陈大阳一瓣瓣吃着手里的橙子，满脸堆笑，走到母亲面前，眼睛眯眯的，像极了小时候向母亲卖乖的样子。

"又出什么鬼主意啦？"知儿莫若母。见陈大阳笑眯眯的，她就知道了儿子的小心思。

"妈，我有个事儿想和你讲讲。"

"别吞吞吐吐的，要像个爷们儿。"

"我想接手五叔的鱼塘。"

"什么？！我没听错吧？"

招爱娣不敢相信自己的耳朵，她又怕五叔听到，就迈出一大步，探头向病房里瞄了几眼，转头拉着陈大阳往远处走了几步。"你傻吧？！你五叔养成那样，都养到病房来了。你又没养过鱼，到时候血本无归。"母亲有些激动，把手上的热水瓶晃了晃，水咕咕作响。儿子有这个想法，她感到很意外，她不能接受。陈大阳往嘴里送完最后一瓣橙子，说："妈，你不是最支持我的吗？你不帮我啦？"

"帮你个大头鬼！这事儿你爸要是知道了，肯定跟你没完。做什么不好？偏要养鱼，养鱼可没有前途，你又不懂！投入、产出、风险，你考虑过没？五叔就是个活生生的例子，你还要步他后尘，养你真是没用，就是傻！"说完就想去打热水。

　　陈大阳拉着母亲的手说："妈，你听我说。我们就五叔一个亲人，他这个摊子我们不接，他会顶不住的。你就见死不救？"母亲听儿子这么一说，态度软了一点儿："我也不是见死不救，但这是大事，我不想让你去做这个没有把握的事情。""算我求你啦！支持一下我！我想留在家里，不出去工作了，先在这个行业闯一下。"

　　母亲此时嘴角慢慢扬起来，细细打量着儿子，望得陈大阳心慌慌的，有些不好意思起来。

　　招爱娣没想到儿子的闯劲这么大，还要留在家乡不出去了，原以为这次回来只是暂住一段时间，之前在湖北就是几头牛都拉不回来。现在好了，自己愿意回乡创业，又挑这种没人看好的行业来做，越看越像他老妈的性格。招爱娣心底又乐又担心，但嘴上仍不松口，也不表示支持儿子。在招爱娣心里，只要儿子留在身边，做什么事都不重要。

陈大阳挽着母亲的手，摇了摇。其实招爱娣早就心软了，儿子又不是干什么坏事，就让他闯一闯吧，栽了跟头就会老老实实地回超市帮忙了。

"好吧，我不反对。"招爱娣表明自己的态度，"不过我没有钱支持你，你自己想办法。"陈大阳很开心，忙说："好好好，不过你还得帮我说服父亲，让他同意。""没问题，只要不用我们出钱，你自己拿主意。我打水去了。"

招爱娣提着热水瓶去打水，嘴里不停地叨叨着，这个傻小子，傻到家了，真是没办法。刚才口头上说没有钱支持，可她早就想好了，把这些年与老伴儿辛苦攒的二百多万元留给大阳去创业。

陈大阳见母亲答应支持自己，开心地哼着歌儿，回到五叔的病房，站在床边说："五叔，吊瓶快打完了，我叫护士来换药。"五叔点了点头。

陈大阳摁下床头的呼叫铃，一段《兰花草》的铃声响起。不一会儿，一身白衣的女护士端着托盘进来了。

"三号床，换药。"护士边说边把手中托盘里的药瓶倒过来挂上吊架，从空瓶上拔下针头插到新瓶里，动作娴熟自然。

"五叔，把银行账号发给我，你手机上有存吧？"

"我钱包里有张纸条写着，在柜子里。你拿出来。"

陈大阳想趁护士换药的时候把这事处理完，再过一会儿母亲就要回来了。

"傻大阳，去问问医生，五叔什么时候能出院。"

"好呀，我一会儿找医生问问。"

没过一会儿，陈大阳就回来了。

"医生怎么说？"

"就说先观察，等病情稳定了再出院。"

招爱娣又问五叔："你有什么事要办的，就叫傻大阳去好了，你这个侄子可得好好用用。"

五叔连连说好。招爱娣看看时间，说超市忙，得回去了。

陈大阳把母亲送到一楼，看着她戴好头盔，朝自己摆摆手，摩托车一响，一溜烟就跑远了。他觉得母亲有一种敢闯敢拼的劲儿，骑摩托车也是那么麻利。送走母亲，陈大阳刚想上楼，电话就响了，掏出手机一看是陌生号码，大阳犹豫片刻。按下接听键，同学关来田的声音从电话那头响起。

"大阳，你不够意思，回家了也不来找我聚聚，不把我关来田当哥们儿。"关来田把"哥们儿"拉得长长的。

"你小子跑哪里去了？怎么找到我的电话号码？还找你，找得到你吗？你小子跑出去吃外国牛排，还记得我们这里的小伙伴？"

"我在国内，回国一年多了。"

陈大阳不相信，关来田留学回来了？自己还以为他一直在国外读书呢。

关来田是陈大阳同村的发小。两个人也算是臭味相投，都是喜隆村人，两人的家一个在村头、一个在村尾。关来田讲潮州话，陈大阳讲白话，但交流没障碍。两人小学、中学都是同学。高考后，关来田选择去英国留学，因为关来田的叔叔在英国开了一家货运公司，让关来田高中毕业就过去读书，费用他全包。后来，关来田便去了英国伦敦上大学，两人就少了联系，没想到关来田一年前就回国了。

"晚上一起聚聚？想吃什么菜？"陈大阳问关来田。"你请客，我当然得挑个本地菜了，我知道你喜欢吃什么，就去喜家美食吃乳鸽，晚上六点。"与关来田定好晚上相聚的地方，陈大阳回到病房，见五叔还在打点滴，他就到护士站找医生。一位值班医生还在写病历，陈大阳向他询问起五叔的病情。

医生说，也没什么大事，住院观察两天，等血压稳定了，没有其他问题，就可以出院了。

第三章　老友关来田

　　喜家美食店是岐城一家老字号的食店，就在喜隆桥边上。在陈大阳的记忆里，这家食店以乳鸽闻名。在陈大阳读中学时，父母常带他过去吃乳鸽，店里还有蒸莲藕、萝卜焖牛腩、脆肉鲩等。想起这些菜名，陈大阳口水都多了起来。在吃这方面，和关来田相比，陈大阳自愧不如。关于吃，陈大阳记忆里抹不去的一次经历，就是关来田吃生禾虫。平时，禾虫都是蒸熟了才上桌，那次关来田却要吃生禾虫。当他的筷子从碗里夹起糊成一团还在蠕动的禾虫时，陈大阳一阵反胃，差点吐出来。而关来田吃着送进嘴里的生禾虫，还不忘发出用力吸出禾虫时令人恶心的声音，那声音让陈大阳起了一身的鸡皮疙瘩。在吃这方面，陈大阳对这位同学打心底佩服。

　　五叔还需再观察两天，陈大阳准备见完关来田就回到医院陪五叔。只是一个傍晚的时间，五叔这边应该没什么事，也不用打吊针。五叔自从答应转鱼塘给陈大阳后，心情也明显开朗，在病房里与另外两个病人家属也熟络起来，不时闲聊几句，陈大阳觉得五叔也是闷得慌。

下午5点左右，陈大阳与五叔打了声招呼，说要与同学聚聚。五叔说："你忙去吧，我可以照顾自己。"

陈大阳的摩托车还留在鱼塘那边，他原本想过去拿，但一来一回浪费时间，他索性去街边坐载客的摩托车了。医院门口有很多这种"搭客仔"。

喜家美食店离医院不到五公里。出了医院大门，陈大阳的眼睛就四处寻找搭客仔的身影。靠近医院门口停着五辆摩托车，每辆摩托车上的男人不是靠着就是半坐在车上。陈大阳看看哪辆车的车头挂着头盔，却发现都有头盔。他在门口打量片刻，其中一辆摩托车突然发动，冒着尾气，"嗖"一声就到了陈大阳跟前。搭客仔没等陈大阳反应过来就问道："到哪里？"另外两个搭客仔也飞车到跟前，抢着说："叫车吗？我熟路。"搭客仔抢客的劲头让陈大阳有些措手不及。他朝一位看上去顺眼的搭客仔问了声："到喜家美食多少钱？"

"20块。"

"这么贵？"陈大阳下意识地反问一句，这是谈价的技巧，他很久没有在家里"打摩的"，也不知道价格合不合理。

"不贵啦，我可能还要空车回来，油价高啊！"

另外两位搭客仔在一边不停地转来转去，但他们没上来谈价钱。陈大阳深知，这是他们在这里搭客的行规，第一个人谈不拢价，其他人才能再上去谈。

陈大阳瞧了瞧另外两辆摩托车，与他谈价钱的搭客仔连忙松口："18块，上车！"说完就把头盔递给陈大阳，陈大阳伸手一接，就算谈成了。另外两个搭客仔见生意谈成，也很有默契地走开了。

陈大阳手里那个头盔是红色塑料的，轻飘飘的，不同于搭客仔头上戴的那个圆外壳头盔，套上脑袋后只露出眼睛、鼻子和嘴巴。陈大阳心想，这东西就是个摆设，能起到防护作用吗？但他也不多计较，就十来分钟的路，应该不会有事的。但当他戴上去时，一股汗臭味扑鼻而来，难闻极了。带子过紧，下巴就是套不进去，陈大阳用力拉了拉，好不容易扣上了。上了车，陈大阳的呼吸就开始不畅通，头盔里全是汗臭味，因为客人用多了，味道都留在头盔里面。车在路上开着，搭客仔的话语不断，问陈大阳是做什么的。陈大阳不想讲得太多，在陌生人面前，能不说就不说。就说自己没事做，搭客仔够精明，知道这位客人不爱说话，也不再多问。

"停车，停车。"搭客仔刚开进105国道，一转弯，车子就被路边的两个管营运的执法人员拦停了。搭客仔的眼力不太好，没留意转弯处有执法人员。他们迎了上来，搭客仔见没办法，只能将摩托车停了。

陈大阳也没想到现在查车这么严。搭客仔把车一停，他也从车上下来。"你这不是营运车，你在非法营运。"执法人员对搭客仔说。

"他是我的表弟，不是在非法营运。"搭客仔撒了个谎，对执法人员说。

陈大阳原本想方便一点，才搭了摩托，没想到被执法人员拦了，钱还没有给搭客仔，不认账也没问题。

陈大阳还在寻思要不要帮这个搭客仔。想想，搭客仔也不容易，虽然有违规，但也没什么意外。

"我是喜隆村的，过来买点东西，我们是老表。"陈大阳对着执法人员主动说。执法人员望了望陈大阳，表示怀疑。"这是我的身份证。"陈大阳主动将身份证递过去。执法人员一看，真是喜隆村人，也没多说，扬了扬手，说："走吧走吧，我知道你们不是老表，但都是乡里人，放过你们了。"

离开后，搭客仔开车时，一路都在感谢陈大阳。

到了喜家美食店，陈大阳给了搭客仔20元，递过头盔，说了一句"不用找了，换个头盔吧"。搭客仔挺开心的，忙说："老板发财。老板发财。"

傍晚的喜家美食店比白天时多了几分魅影，大厅的廊道灯光映出几分繁华，空气中飘荡着烧焦的味道，一会儿这味道又变成荔枝木的香味。陈大阳见到熟悉的大煎堆，一名男服务员手托一个只比篮球小一点的煎堆从身边走过，油炸的香甜味道扑鼻而来，挑起了他的食欲。喜家美食店比他读中学时扩大了许多，走进大厅，左边一排包房，右边的窗外一排烤炉，一个个烧鹅吊在烤炉里旋转着，给五月的空气添了热量。再往里是一间煎堆作坊，一块块面团安静地躺在桌子上的盘子里。一位50多岁的阿婆身穿厨师服，一手拿着网筛，一手拿起一块面团丢进油锅里，用网筛不断转动着面团，面团周围冒着气泡，发出"嗞嗞嗞"的声音。阿婆手法纯熟，面团在热油锅里慢慢变大变圆，越滚越大。

陈大阳对煎堆很熟悉，小时候家里都是自己做小煎堆，那是来自妈妈的手艺。不过，快像篮球这么大的煎堆真不多见，估计是这几年改良的做法。

走过点菜区，服务员在一边候着，各色海鲜在一排排水箱里，旁边还摆着南瓜、番薯、辣椒、青瓜、通心菜、生菜、豆苗……墙上挂着一幅幅标着菜名和价格的图片。最前面的水箱里是帝王蟹、龙虾一类的海鲜。这样的点菜方式很直观，客人点菜也方便，这么多年都没变过。珠三角的人爱吃，也懂得吃，鱼米之乡的岐城人同样会吃。陈大阳在这方面比不上关来田，但也是一个喜欢美食的人。他心想，某天自己也要开一家餐厅。正想着，一名女服务员热情地迎上前来，堆着笑容问道："先生，你要点菜吗？今晚有特价龙虾……"还没等女服务员说完，陈大阳说："我不点菜，先看看。"女服务员就停止了报菜名。

关来田还没到？陈大阳心里念叨着，他掏出手机拨通了关来田的电话，问："你到了没有？"

"过十分钟就到了。你到 V3 包房，是大房间。"

陈大阳回了一声"好"，就挂断电话，对身边的女服务员说："我要到 V3 包房。"女服务员领着他往前走，边走边说："先生，V3 包房这边走。"一直往前，过了走廊，再转一个弯并上了台阶，V3房号映入眼中。门已打开，空调风吹得清凉了，顶上的灯亮着，包房里可以坐十几个人的大圆桌上的碗碟、酒杯、茶具布置齐全。"先生，你喝什么茶？""菊花茶。"女服务员便立刻去冲茶。

"等一会儿再去点菜。"陈大阳随意拉开一张椅子坐下，对女服务员说道。女服务员边冲茶边回答："先生，这个房间的菜都点好了，到时候叫起就好。"

点了！关来田这小子，总喜欢抢先。"我们两个不用这么大的房间吧？"陈大阳边观察周围环境边问道。"先生，这个房间定的是十位，菜也是按十位点的。"

不是只约了我吗？还按十个人的量来点菜，关来田这小子到底约了多少人呀？陈大阳正感到意外之时，关来田迈着轻快的步伐进了门。女服务员响亮的一声"欢迎"，才让陈大阳看见进了门的关来田和他后面跟着的一行人。

多年没见的老同学，热情拥抱是少不了的。跟着关来田进来的还有三女五男，年龄都跟陈大阳差不多，不过他们的衣着让陈大阳感觉不是本地人。

陈大阳被安排坐在关来田身边，其他人也一一落座，没想到还是个大聚会。陈大阳心里一时难以适应，之前以为就和关来田两个人小聚一番，说说私密的话，没想到是这种聚会，也就只能应酬一下了。

房间一下热闹起来，这一餐原本是两个人的小聚，现在却变成了十人大聚会。

关来田把夹在手臂下的小包放在自己座位上，脱下外套放在椅背上，露出白色格子衬衣，身穿黑色西裤。其他五位男士倒是穿得休闲些，三位靓女都染了头发，其中一位长得还与黎秀芬有几分相似。

"你没变啊，一点没老。"坐下来的关来田对陈大阳说。

"你也一样。"陈大阳笑了笑答道。这个场合里，关来田是主角，但陈大阳还是有点拘束，主要是他自己没有心理准备，一下面对这么多陌生面孔，不知道说什么好。在湖北打拼了这么多年，也见过形形色色的人，可说到交际，陈大阳并不是很在行。

"大阳，我给你介绍一下。这是阿星，澳门人，这是忠仔，也是澳门人，他们两个都是做贸易的。还有康弟、麻仔、祥少，他们是做水产的。三位靓女，这是玲玲、阿丽、妞妞，她们都是香港人。"妞妞有点像黎秀芬，陈大阳记住了，其他人倒是听了，但也没记在心里。

关来田刚介绍完，大家纷纷起身给陈大阳派名片。陈大阳起身一一接过，忙说自己的新名片还没印好，各自加了微信，再客气几句说多联系。

上菜了，五只乳鸽都被一开四，鲮鱼球、烧鹅、白切鸡、顶骨大鳝、草鱼肠、脆肉鲩、酿节瓜、白虾、罗氏虾、炒生菜、莲藕猪骨汤，满满一桌。有人说，岐城就是广东的美食之城，一点儿都没错。陈大阳还听过一个没有经过考证的事，就是广府菜的"鼻祖"出自岐城。

"不喝酒了吧？"关来田问大家，"今天就不喝了，下次吧。"

"田哥，这是什么鱼？和其他鱼不一样，脆脆的很弹牙，口感也挺好，豉汁好入味，真的很不错。"澳门的星仔对脆肉鲩特别感兴趣。

"你很会吃，这是本地特有的脆肉鲩。"关来田介绍道。

陈大阳对脆肉鲩并不陌生，高中时候就吃过，但对脆肉鲩的历史并没有过多了解。

"姐姐，你觉得这脆肉鲩怎么样？"阿星问姐姐。

"星哥，你家不是有一位在澳门酒楼做大厨的'老窦'吗？在吃这方面，你在行。"姐姐笑着说。那一笑让陈大阳心里莫名有些熟悉，突然就想起一个人。

"所以大家以后要多回来体验家乡的美味美景啊！家乡需要你们，我也需要你们。"

关来田"哈哈"笑着，突如其来的这一句话，像领导发言一样。

陈大阳正啃着一块乳鸽，听关来田这一说才知道，这几位其实都是本地人。

"大阳，你不知道吧，这几位大少、小姐姐的祖辈都是喜隆村人。"关来田说。

"真的？"陈大阳声音一落，嘴边的乳鸽也放了下来，"真没想到，原来大家都是老乡。"陈大阳双手合起来向大家一拱手。

大家也都举起茶杯回敬一下。

"你有所不知，他们的父母早年去了香港和澳门发展。他们都在那边出生，很少回来，加上我们村是由几个自然村合并的，你不认识他们也很正常。我也就是这两年跑香港、澳门多了，才认识他们的。"关来田说完，话头一转，"好像少了酒。"康弟接着说："田哥，下次我带酒，你叫上阳哥，我们再喝个一醉方休。"

"那好，今天我们就以茶代酒一起干杯。"关来田说完，大家起身一起碰杯，叮叮当当，气氛十分融洽。

陈大阳知道大家都是同村人后，心里也放松下来，没有了之前的拘束。

聚会到了尾声，关来田突然带着狡黠的笑意拍拍陈大阳，低声地说："我给你带来一张照片……你看看。"说完突然眯着眼笑起来，其他人都在各自聊天，没有关注他们。

关来田的笑让陈大阳疑惑不已，摸不着头脑。

"什么照片？"

关来田神秘兮兮地拿起身后的夹包，不知道在玩什么花样。陈大阳不想胡猜，但又疑惑是什么，就像今天的饭局，多认识几个朋友也挺好，毕竟"多个朋友多条路"。

等关来田摸索着掏出来，原来是他与黎秀芬的合照——也不算二人合照，后面还有几个人。

"哪儿照的？"

"大阳，这照片是特意为你留的。前不久，我在广州见到秀芬，就一起吃了个饭，顺便拍了这张照片。"关来田低声说："我知道你们的事，真的分开了？也可以复合呀！"关来田边说边观察陈大阳的脸色，他不是很清楚他们分开的原因，但他有心想帮兄弟一把。

"秀芬说和你分开了，我都不信，还以为她开玩笑呢。"

"是分手，不是分开。"陈大阳强调了一句。

"别管怎么说，你们俩也没什么大事，现在你回来了。"关来田说起此事，一派云淡风轻，他这几年在国外浸了洋墨水，长了见识，做起事来也不再是以前的样子。

此时，阿星、康弟他们过来敬茶，对关来田说，自己有事要先走，等有空再约。阿丽、玲玲、姐姐、忠仔、麻仔、祥少也一起来敬茶。场面再次热闹起来，叮叮当当的碰杯声，大家纷纷告辞，相约下次再见。

跟关来田一起来的几位朋友都要先走，陈大阳看看桌上的饭菜，也被吃得所剩无几。

"你们咋走？"关来田问。阿星说："我们有人来接。"

"那好，我就不送了。照顾好阿丽、玲玲、姐姐。"

阿星拍了拍胸口，"包在我身上"。说完，他们几个就收拾东西向门外走。关来田与陈大阳送他们到门口，寒暄了几句便挥手告别。

两个人又走回房间，关来田对外面喊了一声："服务员，加些茶水。"

"好嘞。"候在门外的女服务员忙进来加了茶水。

他们坐回原位。"就剩我们兄弟俩了。"关来田此时更加轻松随意起来，毕竟没有外人。

"你怎么知道我回来了？"陈大阳问。

"你小子真不地道，回来也不告诉我一声。我有个小外甥在你家超市当收银员呀，你家的一举一动都逃不过我的法眼。"

"你还有亲戚在我家做事？"陈大阳也有些意外。父亲的超市他也没去过几次，并不熟悉那里的员工，只是和财务部的张小爱比较熟。也可能是父亲平时唠叨，被他们听到了。

"秀芬的事，日后有机会再帮你撮合。秀芬并不是不讲道理的人，人家是心疼你，才希望你回来的。你倒好，还真是，没一点儿男子气概。"

陈大阳没想到关来田站在秀芬那边，这么多年没见，关来田说话都有些洋味儿，时不时会冒出一个英文单词。

"来田，你是来帮我，还是来损我的。几年没见，第一次见面你就这样看我，你到底是不是我哥们儿？"
陈大阳佯装生气，他还补充了一句，"是不是今天没跟
你喝酒？"

"今天不喝，下次我一定和你喝！"关来田接了话，
"我没帮哪边。对付女人，你就得死缠烂打。人家关机
不接电话，你可以跑过去找她啊。那次，如果你真的回
一趟广州，秀芬说不定就和你结婚了，人家就是想证明
一下你是不是真的在意她。你倒好，来真的，气不气人？
那天秀芬和我说，都被你气哭了。"

陈大阳都不知道芬芳那边的状况，当听到黎秀芬哭
了，他赶紧问："真的吗？那她现在好不好？"

"好不好？你说呢？"关来田反问。

见陈大阳不作声，关来田停了一会儿，又把刚才的
照片拿出来，说："这张照片能拿给你看，也就说明，
秀芬是个明事理的人，要不，也不会同意和我照相啊。
她又不是不知道我们是穿一条裤子的人。不过，这事也
不急。"关来田继续说。

高中时，关来田就已经知道陈大阳与黎秀芬很要好。
三人在一起时，关来田总是会有意无意地帮陈大阳，陈
大阳是他的"死党"。黎秀芬也当关来田是大哥一般，

有什么不懂的都常请教他。在班上，论学习成绩，关来田是排在前面的。

"你有她电话吗？"

"我就知道你会问这个，我有，但现在还不能给你。"

陈大阳没想到关来田不答应。

"为什么？"

"不为什么，没到时机，现在给你也没什么意义，这个先不说。我回岐城开了一家基金公司，你来不来我这边帮忙？我需要人。"陈大阳没想到关来田也回岐城开展业务了。他一心想知道秀芬的近况，脑子里转来转去的都是秀芬的样子，他更想知道秀芬是不是还在广州。陈大阳现在的心思就是想再联系上秀芬，把之前的误会给她讲清楚。

"我是做营销的，又不是做金融的。"

"金融行业这几年生意很好，你要把握机会。"

"我准备租塘养鱼。"

"养鱼？养什么鱼？"关来田怀疑自己听错了。

"养草鱼啊，就是刚才那道草鱼汤的草鱼。"

"你疯了？"关来田想不到自己的兄弟有这种不切实际的想法，"你在湖北读书读傻了吧？"关来田有些

61

急了。

"我们公司有老板出资做后台，做业务也不难，做几年，到时候你想出国也可以呀。"

"来田，我没想过出国，金融我也真做不了。我准备回乡养鱼，到时候你来投资，我们一起。"

陈大阳来了个反推销，要拉关来田合伙一起干。可是关来田并不赞同他去养鱼。

"大阳，养鱼风险大，农业、畜牧养殖这类属于第一产业，利润低。要做就做第三产业，做服务业，如果你开餐厅这类，我就和你做，我也可以投资。"

关来田给陈大阳分析道："况且你又不懂养殖，你去做这行，你父母也不同意啊！"

"来田，我爸妈不反对。"

"那我问你，你哪来的前期资金？"

"我自己有一点儿。"陈大阳没把五叔的事对关来田讲，他只是说想回来养鱼。

两人谈了一会儿，服务员过来让他们先买单，关来田抢着买单，已经九点多了，他俩也没有再谈下去。之后，关来田问陈大阳如何回家，陈大阳说是搭摩托车过来的。

关来田说："那我送你。"两人一起出了包房，向门口停车场走去。走到一辆黑色雅阁面前，关来田打开车门上了车，陈大阳坐到副驾驶的位置。

坐在关来田的车上，陈大阳多了几分安全感。

"到坦升医院，我五叔病了，我要去照顾他。"于是，关来田发动汽车就向坦升医院方向开去，没有十分钟就到了医院门口。晚上，医院外灯火微弱，偶尔有人被送到急诊处。陈大阳下了车，关来田和他说了一句："到时我们再约时间喝一杯。今天人太多了，都是一帮朋友，我们也没好好聊聊。下次再约。"

关来田刚准备开车，又停下，摇下副驾驶位的车窗，对着陈大阳喊："代我问候五叔，祝他早日出院。"脚步向着医院门口迈去的陈大阳回望了一下，扬了扬手，让关来田开车走。进到医院病房，快10点了，五叔已在床上睡着了，呼吸有些急促。

借着走廊的微光，陈大阳轻手轻脚地把折叠椅打开，生怕整出声响吵到大家。这一晚，陈大阳的心却被照片上黎秀芬的笑容牵走了，他知道自己又要一夜难眠。

第四章　养脆肉鲩

　　东边天色微亮，草丛中小鸟轻鸣，喜隆桥的身影在晨曦的微光下显得十分娇媚，河面在红光的反射中闪闪发亮。四野笼罩在晨色中，闪闪点点的鱼塘增氧机"隆隆"作响，水花向上翻滚，呈棉花状。岐城又迎来了新的一天。

　　这天，陈大阳起得很早，他在一周前就处理好鱼塘的事，但他觉得时间过得太慢，他时不时数着与黎秀芬分手的日子。上次关来田拿出的照片让他一直心神不安。他自己也有黎秀芬上学时的照片，搬到鱼塘前，他在家里翻出旧照片，专找了一张放在钱包里，不时拿出来看上几眼。

　　应该说，现在的陈大阳是鱼塘老板，他刚住到鱼塘这边，早起望着东边的霞光，又往西边望着喜隆村。一时间，他感觉到家乡是那么美丽，四方鱼塘纵横交织，如一块块豆腐。不时有飞鸟在鱼塘边的树上飞起飞落，一下在草地上觅食，一下穿过鱼塘，一下又转到另一边，鸟的飞舞毫无规律，随心所欲。

穿着黑色短袖T恤和运动裤的陈大阳想早起运动，在这么好的环境下跑步，呼吸着带着青草味的空气，能让人舒心醒脑。

可惜，陈大阳发现自己的运动鞋并没有带到鱼塘这边来，要不，从鱼塘出发跑到喜隆河边再跑回来，那可多好呀。但这个想法落空了。

在这一周里，陈大阳处理了很多事，五叔原来的木工棚已经不适合再用了，他就找人改造了一番，重新用铁架和铁皮搭了棚，修整后配了空调、小厨房、茶室，再加上一个小休息室。从外面看，白墙铁皮，也挺洋气。他将靠鱼塘的另一处做成堆放饲料杂物的地方，这花了近5000元。后来，又运来两个集装箱，这一整下来，他又投入了两万多元。

充实的一周让陈大阳忘了时日，装修总算完成了，他得正式在鱼塘边驻扎安家了。

厨房里有电饭煲、电磁炉、炒锅各一个，电冰箱是母亲前天送来的。原本想着在鱼塘边搭建简易铁皮房，目的就是要守着鱼塘将鱼养好。这倒好，母亲这一张罗，搞得像要安家一样。陈大阳也没推辞，这些都是实用的设备，收下就好了，也是母亲的一份心意。

陈大阳在家门口摆了一张茶台和几张椅子，方便接待客人。他寻思到时在办公室也放在这个位置，因为他还请了两位帮手。一位是童晓东，之前是在附近一家超市帮忙搬货装货的，是邻近坦湖村人；另外一位是财务张小爱，她是陈大阳父母超市的财务，算是过来帮忙的。

陈大阳在家中已经与父亲商量过，他用自己的坚持，有力地消除了父亲对他现状的顾虑。父亲起初并不同意，但转念一想，儿子这么坚持，无论成败都得尝试。搞得不好，就当是交学费，儿子能留在家里做事，也是天大的好事。之前在外面总是见不到人，让人担心。

于是，父亲就不再反对，反而他更多的是想办法帮助陈大阳去创业。

另一边，陈大阳也与五叔讲好了，等他出院后养好身体，再过来当帮手。

陈大阳吸取五叔养鱼失败的教训，没技术养不了鱼，所以他通过熟人联系了一家广州的、省农科所下属的养殖技术公司，过几天该公司就会派技术人员来指导。

陈大阳算独自创业了，三个鱼塘的规模不大，陈大阳想扩大到1000亩，如果没有量，就无法做大产业，也不能将成本降下来。他见到自己的鱼塘旁边还有五个鱼塘，也不知道是哪家的，他得去了解清楚。原来，喜隆村的鱼塘还是各家各户自己出租，没有统一管理。如果要租鱼塘，那就得找村委会帮忙。

陈大阳做起事来，有板有眼，他还到市场做过调查。昨天下午4点，他跑到喜隆村市场转了一圈。市场有2000多平方米，分肉档、菜档、鱼档，还有卖香蕉的水果档，鸡档在靠北边的一角。靠鱼档那边的地面湿滑，一股股腥味不时钻入鼻子，有些难闻。

鱼档池子里增氧的管子在冒着泡，还没到村民买菜的时间，市场里行人三三两两。陈大阳见到众多淡水鱼品种，草鱼、鲮鱼、桂花鱼、鲶鱼，样样都有，于是问一位在冲洗池子的档主，哪种鱼好卖。老板说这可不好讲，一时一时的。由于其他鱼档的档主还没到，陈大阳的市场调查并不成功。

万事开头难，养什么鱼种是陈大阳最大的苦恼，养草鱼、鲮鱼、桂花鱼，还是鲶鱼？适合这方水土的鱼太多了。单纯的想法，如果没有科学技术的支撑，陈大阳心里也没底。

在鱼塘铁皮房里吃早餐不像在家里那么方便，陈大阳从冰箱里拿出麦片，用开水冲一冲就吃了起来。8点多，他正想出门去村委会，就见到一辆小轿车向这边开过来，这不是父亲的车吗？

父亲的车开到铁皮房前，母亲就先下了车。父亲还是一瘸一拐地下车，身后跟着一个与他年龄相仿的男人，黝黑的脸，穿着白色衬衣和灰色裤子，留着平头，四方脸，比父亲高些。

"这就是我儿子的鱼塘，还可以吧？"母亲手指着铁皮房，对身边的男人说。

"大阳，这是强叔，我们村的老前辈，现在在镇农业服务中心上班。"母亲介绍完，示意陈大阳向强叔打招呼。

"强叔好。"陈大阳礼貌地向父母带来的强叔问好，然后引他们进到铁皮房。强叔姓罗，比陈大阳父亲年纪要小些。罗姓一族在村中不是大姓，关姓才是大姓。喜隆村开村多年后，罗姓一族才从外地迁入，他们也属于客家人。也许是强叔与父亲相熟，今天父母带他过来聊聊天。

陈大阳的茶台有自助煮茶功能，他坐下来从桶装水接满水就开始烧水，他要冲点好茶给父母和强叔。父亲领着强叔进到屋内，打量着改造后的铁皮房，细细查看屋内的环境。

在陈大阳的印象里，好像没见过这位强叔。他在桌子上找了一盒普洱茶，问强叔："强叔，我们喝普洱吧？"

"好呀，我不讲究的，有茶喝就开心。"强叔边参观铁皮房边回答陈大阳。

父亲拉强叔坐到茶台边。"这里连桶装水都是我们送来的，要不哪里有水喝呀。"母亲连忙对强哥说。

"强叔和我同辈，小时候见过你，后来他就出外做生意了，也是近几年才回家乡发展。强叔当年在我们村是第一批养脆肉鲩发家的。"一坐下来，父亲就对着陈大阳介绍。陈大阳这时才知道，父母怕他养鱼没经验，又像五叔一样出事，就找了一位有经验的行家来给他"辅导"一番。陈大阳冲好茶，就向强叔请教，现在养殖什么鱼种最合时宜。

"就养脆肉鲩。"强叔脱口而出。

陈大阳想起脆肉鲩，脆脆爽爽的，上次与关来田一起吃过呢。"强叔，那就要多请教你了。"陈大阳客气地对强叔说。"你抽烟吧？"陈大阳自己不抽烟，但他知道父亲手里有烟，就主动问强叔。

"我自己有带烟。"强叔说完，就从上衣口袋里摸出了一包大中华，拆开一个小口子，抽出一根递给陈大阳。陈大阳忙摆手说自己不抽烟。强叔收回手，另一只手从口袋里掏出打火机点上。火光一闪，烟圈就从强叔的口中吐了出来。

铁皮房还算干净，没什么垃圾，母亲早已拿着扫帚在外面空地上扫来扫去，不一会儿母亲就放下扫帚进来到茶台边。

童晓东与张小爱已经到了鱼塘，正在清理五叔留下的收尾工作，还没有回铁皮房。父母和强叔的到来，让陈大阳的铁皮房一下热闹起来。强叔说话时，浓眉一紧一松，时不时眯一下眼睛，他一坐下就有一种袭人的气势，陈大阳觉得强叔不是平常人。

"大阳，养鱼真的风险很大，技术不行就养不好，市场不行就卖不到好价钱。现在水电费、租金又贵，很难养的。"强叔给陈大阳泼冷水。烟在他口中一吸一吐，整个铁皮房的空气都弥漫着烟味。"不过，也不是完全没得做。养新品，市场还是有的。"强叔又接着说。

"养什么新品好？"陈大阳顺势问道。

"脆肉鲩不错的！"强叔强调。

"我很早就开始养脆肉鲩了，中间停了一段时间，后来又租了150亩鱼塘来养，之后再加到270多亩，最后年纪大了做不动了，我才不养了。"作为喜隆村最早一批脆肉鲩养殖户，强叔见证了脆肉鲩的养殖发展历程。

"90年代初，我刚中学毕业，就开始养殖脆肉鲩。每天早上，我挑着一袋鱼，从喜隆河码头搭船去佛山、东莞等地叫卖。"强叔讲到这里笑了笑，"大阳，当年我们还没有喜隆桥，只能在码头'过渡'。"

强叔还讲起了他早年的故事。有一年他用大货车穿越两千公里，将脆肉鲩从岐城送到北京的餐桌上时，鱼还活蹦乱跳的。"你知道我是如何做到的吗？"强叔问陈大阳。强叔就好像专为解决陈大阳的问题而来，也不知道父亲为何能找到强叔过来，也算是雪中送炭。

父亲一边倒茶一边笑着不断恭维强叔。陈大阳又问："强叔，这个就要你给我们这些后生仔讲一下了。"强叔难得有机会在这些年轻人面前晒自己的"威水史"，他越讲越兴奋。

父母坐在长条的红木沙发椅上开心地听着。铁皮房成了一个听故事的地方。此时，张小爱从外面进来，提着的水桶往角落一放，发出一声脆响。本来她想与招爱娣嗔娇几句，但见到有外人，随即压低了声音说："娣姐，在这里上班没在超市有意思。"

"陪我仔都没意思，你还想陪我们老人家呀，慢慢你就中意了。"招爱娣笑道。

"带多点好吃的过来，要不大阳哥饿了，可不关我的事呀。"张小爱伸出一只脚把地上的水桶踢到靠墙的位置，又拿起一捆绳子就要走出门外。招爱娣忙说："'衰女包'，就知道吃，下次我带多点花生过来，你最中意吃的。"张小爱口中连说了几个"好"，笑着出了门。

大家望着张小爱的身影逐渐远去，强叔又接着讲："我当时到北京市南三环附近的海鲜市场做生意，那里是北方最大的海鲜市场，做水产的人很多，我想找到一个立足点。不过，那个市场的租金也是很贵的，一个十平方米的档口每月租金是一万多块钱。一开始，大家都在讲，居然有人在这里开档卖草鱼，哪能赚到钱呀。而且，这些'草鱼'竟然卖到25元一斤，是市场价的三四倍，来买的都是北京一些星级酒店和高档酒楼，你就说厉不厉害吧？"强叔讲到这里，来了一个反问。

母亲接过话，称赞强叔真有胆色，并竖起了大拇指。

强叔听了很开心，笑容满面。

"我每次对不熟的人都讲，这不是草鱼，是脆肉鲩，是专门从2000公里外的珠三角岐城运过来的。"逛市场的消费者见到强叔这样讲，都是半信半疑。强叔就介绍说，岐城脆肉鲩自1973年培育成功后，20世纪80年代就开始有人在喜隆村饲养，之后脆肉鲩被推向全国市场。

"北方的冬天长，吃火锅的时候多，脆肉鲩可以用来涮火锅。这种鱼肉质爽脆，用来打火锅口感会很特别。一家人买回一条，在一起涮火锅，其乐融融。"强叔说到这里，大声笑了起来，"大阳，打火锅我们不喜欢，但北方人喜欢，一家人围坐在一起，热闹极了。"

招爱娣接着强叔的话说："我们家到了天冷也爱打

火锅。炒菜的话，菜上桌很快就冷了，还是打火锅好。"强叔当年到北京开拓市场是很不容易的，陈大阳没听过这些养殖故事，对此很感兴趣。

"我的普通话讲得不好，北京人很难听得懂，半咸半淡，'无计'，你又不能进到居民家里去卖。即使天寒地冻，我也只能提着脆肉鲩到一家家酒楼去介绍，酒楼的大厨都问我：'为什么卖这么贵？'他们都觉得这和草鱼没有区别，因此需要我不断给他们介绍、解答。"

强叔的话，可以让人身临其境，他手上的香烟烧了一半，拿烟的手指有些焦黄。陈大阳坐在一边，心想，强叔这个故事是不是逢人都会讲？今天在这里，一家人听得津津有味。

"我的普通话讲得一块一块的，没办法。我想说的是，你们试着做，看脆肉鲩是不是与草鱼一样，是不是够特别，其实一吃就知道。"

陈大阳父亲接过话："当然了，我们养的鱼，北京人一定说好吃，我们这边水质好，又是鱼米之乡。"

见强叔没打断自己的话，父亲就接着说。当时，酒楼大厨在现场做，由他指导，菜品一做出来，味道还真不一样。一下子，这种鱼就打开了市场，强叔生意也好了起来。

虽然大家听得津津有味，但强叔也不忘讲到自己当年在北京的艰苦。

"北京的冬天，寒风刺骨，可这个天气，才是推广脆肉鲩的好时候。"强叔越讲越有兴致，声音也大了起来，不时还笑起来。强叔好像不渴，他茶杯里的茶没喝多少，反倒是陈大阳父亲的茶杯加了几次茶。强叔自小到大都在温暖的岭南水乡生活，刚到北京非常不适应，皮肤干裂，手脚都生冻疮。强叔说，为了脆肉鲩，他只能忍着。

强叔在北京把销路打开后，订货的酒楼越来越多，销量逐渐增长的同时，又出现了新问题，就是运输跟不上。2005 年 10 月，强叔空运第一批脆肉鲩上京，由于空运两头需要分别运装，所以整个过程并不算快。首先在岐城的塘头将鲜活的脆肉鲩装入特制的密封袋，灌水灌氧，然后用汽车将脆肉鲩送往广州白云机场。空运到北京首都机场，强叔就赶忙用车将鱼送往海鲜市场。即便是这样，脆肉鲩的存活率也很低。

"最严重的一次，100 条鱼死了 90 多条，真让我非常痛心。"强叔说，空运货物经常在时间上有拖延，一旦超过 20 个小时，脆肉鲩就不行了。而且脆肉鲩是小包货物，上下飞机时经常被甩来甩去，导致其死亡率偏高。

强叔无比痛心但无能为力，他曾考虑在岐城将脆肉鲩冷冻后运至北京，但北京人不爱吃冻鱼。"脆肉鲩一冻，口感全没了。"强叔还曾设想汽车运输，直接用车将脆肉鲩从塘头运到北京批发市场，但因为购置专业车辆需要高昂费用，而且将脆肉鲩以鲜活状态运送到2000公里外，在技术上很难实现，当年的交通和物流行业没有现在发达。

有一次，岐城的领导到北京参加农产品展销会，听到当地人说有个岐城人在北京卖脆肉鲩，卖得很好，一行人就寻到了强叔的档口。强叔把自己的运输难题与领导一说，领导当即敲定，如果强叔购置运输车，政府将大力补助。强叔立刻行动，购买了五十铃汽车，然后又购置了专用鱼桶等设备，全套下来一共花了120多万元，政府补助了50万元。"当时很多人都很犹豫，现在回头看，我真佩服自己那时候的勇气。"强叔将车的问题解决后，又要面对另一只"拦路虎"：如何超长距离运输活鱼，还要保证成活率。跑长途运输的老司机说，脆肉鲩在运输过程中，会因排泄造成车里的水污染，到一定程度时鱼便会大量死亡。

强叔找了几个经验老到的专业运输户，还去武汉、广州等地请教水产研究专家，终于想出"瘦身"的办法——在装车运输前控制喂食，把鱼肚子里多余的东西排出来，确保运输过程中不会排泄，从而保证了成活率。一车脆肉鲩运到北京，用时30个小时左右，死亡的不过几条，成活率极高。"我在北京和一家档口合作，他们提供地方帮忙卖、打广告，我负责送鱼。"

回忆当年，强叔很是感慨。

陈大阳问了强叔一个问题，养脆肉鲩最难的是什么？强叔大声说，不是"养"，而是"推广"。"当时是无人知道，所以最难点在于推广。卖不出去，养殖再多也没有用。"强叔用自己的经验为陈大阳给出答案。

陈大阳懂得强叔的意思，也清楚知道父母专门请到强叔给自己上这一课的意义。强叔与陈大阳一家聊得很开心，快到中午直到张小爱与童晓东回到铁皮房，强叔才与父母离开。送强叔出门时，强叔用粗厚的大手紧紧握着陈大阳的手说："有前途，好好做，能赚大钱。我可以当你的顾问。"陈大阳懂得强叔的意思，想也没想就说："有你的支持就好了。"

临走时，父亲也对陈大阳讲，做大事者要不耻下问，瞄准目标，胆大心细，不怕失败，放心地干就是了。

陈大阳听这话从父亲嘴里讲出来，感觉怪怪的，不是他平时说话的风格。他想，父亲平日是不讲这些大道理的，是不是近来从电视上学的？

陈大阳送走强叔和父母之后，就着手准备鱼塘的晒干工作，他心里也认准了养殖的目标，就养脆肉鲩。等明天省农科所下属养殖技术公司的技术人员过来，得好好请教他们，技术、资金、市场、人才，缺一不可。

省里来的技术员胡秋花的格调与张小爱的完全不同，只有在一起共事过，才会有对比。胡秋花身材高挑，白净的圆脸泛着红润，一双大眼睛，能读懂人心，笑起来爽朗大气，是个人见人爱的姑娘。她与张小爱都有爽朗的笑声，可胡秋花一笑，总有大家闺秀的感觉，而张小爱就是村里姑娘的淳朴可爱。

胡秋花过来与陈大阳谈了初步的合作，有关技术上的支持，需要每年支付五万元的技术费，可以做到随叫随到。那天早上8点，胡秋花从省汽车站坐车到岐城汽车总站，陈大阳把胡秋花的电话号码给了张小爱，让张小爱10点去接人。谁知道，张小爱那天迟到了，让胡秋花在汽车站等了一个多小时。当张小爱载着胡秋花来到鱼塘铁皮房时，胡秋花出现低血糖且满头大汗。好在有糖果，胡秋花进到铁皮房坐下，就赶紧吃了糖果，脸色才有所好转。陈大阳还没来得及责怪张小爱，她倒先来了一句："省城人这么孱的，还会饿晕。"

陈大阳瞪了一眼张小爱，她才做了个怪脸，算是认错了。原本，陈大阳是想让张小爱接到胡秋花后，在鱼塘转一下，了解一下情况。没想到时间过得快，一下子就到了吃饭时间，事没有谈多少，又没有听到专家更多的指导。

可是，人家胡秋花就不同，她等血糖平稳后，还是坚持要到鱼塘看看。走到鱼塘边，她收集了一些水土样本，说要回去检验并做个报告，日后好开展工作。之后，她在铁皮房里与陈大阳开门见山把事摊开说。说到费用时，胡秋花大大方方地问陈大阳能否接受，陈大阳觉得技术费用还在合理范围之内。他只是想，如果养殖新品种，他能否得到足够的支持。张小爱与陈大阳坐一边，面对着胡秋花。"这个我可以保证，技术上全力支持，合同上也会写清楚，农户养殖场就得保证安全。市场变化是有波动的，能不能赚到钱，这个我们管不了。但养

79

殖技术层面，你放心，我们签了合同后，我会一直跟进。"胡秋花说话很干脆。张小爱听后，顿时感到自己的气势比不上胡秋花，别看自己平时大大咧咧的，在胡秋花面前，还是缺少气势。

喜隆村的鱼塘纵横交错，一眼望到高高的喜隆桥横在河面上，胡秋花就喜欢上了这个地方。

合同签好，他们就去喜家美食店吃午餐，胡秋花觉得由客户请吃饭，有些不妥。但陈大阳说，难得到岐城一趟，总得尝尝这里的特色菜。

陈大阳一早就让童晓东开着父亲的车子在鱼塘边候着，谈完事就出发去吃饭。胡秋花推托不过，与张小爱一起坐上后排，陈大阳则坐副驾驶位。车子还没开动，陈大阳就接到了关来田的电话，说自己回到喜隆村了，想约陈大阳一起聚聚。

陈大阳对着电话另一头的关来田说，来喜家美食店一起用餐，还介绍个美女客户给他认识。陈大阳边说边示意童晓东开车。张小爱与胡秋花刚在后排坐稳，车就在鱼塘基路上摇晃着前行。"开慢点，别吓着我们胡专家。"张小爱在后面提高声调向童晓东说。有客人在车上，当然要开得稳，童晓东放慢了车速。一路上，张小爱像个向导，不断为胡秋花介绍喜隆村的风景，"喜隆河水清，养出的鱼清甜……这里的人好，帅哥美女多……"听得陈大阳心里直笑，没想到张小爱还有这一套说辞，也好，有人陪着胡秋花聊天，自己也省得费口舌。

车子还没到喜家美食店，陈大阳又接到了关来田的电话。"多少号房？V6？……好，马上到，你先泡点茶。"陈大阳没想到关来田捷足先登，连房间都订好了，看来自己做事还不够成熟，要是没关来田，今天估计得在大厅用餐了。

人如果有了钱，做起事来也会更加豪气。像关来田那样，读书时大家都觉得他比较内向，但进入社会工作后，具体讲，应该是做金融赚了钱后，做起事来阔气多了。他也不问要来多少人，就自己订了个房间。

到了喜家美食店，大厅人头攒动，坐满了喝茶的人。胡秋花要去一下洗手间，她一早从广州搭车过来，在陈大阳那里忙来忙去，还没来得及"方便一下"。张小爱识趣地带着胡秋花走向喜家美食店靠北边的小门去洗手间。陈大阳大声地对着张小爱吼："V6房！"张小爱回了头，扬起手做了一个"OK"的手势。

房间在二楼，当陈大阳进到房间时，只见一张大桌子上的碗碟筷都已经摆好了，天花板上吊着一个大水晶灯，灯光闪射在周围，显得颇有档次。众人还没落座，一身西装的关来田就指着童晓东说："这位是？"

　　"我们的员工。"

　　"那好，你叫什么名字？"

　　"童晓东……"没等童晓东讲完，关来田就说："你去帮忙点菜吧，看着人头点，要有汤，还要有乳鸽，其他的你定。"童晓东一下就被关来田支出去了。

　　陈大阳还没回过神来，关来田已经为他倒了杯茶，还讲起另一件事来。"你炒股吗？"

　　"没有。"

　　"那就好。"关来田自己提起杯喝了一口茶，继续说，"前两年的股灾你知道吗？"

　　"听说过，有不少人赔了钱呀。"陈大阳说。他也不知道关来田想讲什么，但还是静下心来听。

　　关来田开始笑了起来："我在股灾前就把自己手中大部分的股票卖了，没想到卖在了最高位。到现在，我好多朋友都赔得很惨。你觉得我的金融投资水平怎么样？"关来田微笑地望着陈大阳。

"真的牛。"陈大阳竖起了大拇指。

"我想把手上的一部分资金投到你这里，就当我支持你了。"陈大阳压根没想到这个老同学会这样讲，他突然觉得同学这话不靠谱，之前还在反对自己做养殖，一转眼，反而向自己投资合作。陈大阳疑惑的眼睛直直看着关来田，意思就是：你说的是不是真的？

关来田见这眼神，忙说："你放心，我之前不看好你这个行业，不等于现在不看好。"

"听你这话，我就放心了。"陈大阳接了话。

"不过，你得做好规划，我不是白投资的，最终是要做到鱼能供港供澳，还要向绿色化养殖方向靠拢。我占大股，60%，其他的我不管了，全由你来把关。"关来田说得很直接，好像没有什么商量的余地。

陈大阳见他愿意投资，解决了自己资金上的一大难题，有关来田在背后支持，他更可以大胆地做事了。陈大阳没说什么，扬起手来，与关来田击个掌。"啪"的一声，他们就把这事说定了。

"不过，我觉得你做养殖还得要有技术支持才行。"关来田刚说完话，陈大阳就接着说："这你可以放心，我今天刚好请来了省里的专家过来指导。"

"动作够快的呀，技术难关一过，什么都好办了。"关来田坐在椅子上，跷起二郎腿，样子有些放松。他给陈大阳数了一下，说："资金不缺了，技术不差了，人还少了点。"

陈大阳说，人在找了，村里可以请到不少人，这个不用担心。

关来田听了，就说："那好，前期要投入多少，你做好规划书就发给我。到时定了，我就让公司的人对接好。希望合作愉快。"

关来田还没讲完"愉快"两字，张小爱就带着胡秋花推门进来，大家相互客气了一番。陈大阳与关来田坐在一起，对面就是胡秋花与张小爱，童晓东负责催促上菜，便坐在靠近门口的位置。落座后，陈大阳给关来田介绍胡秋花认识。没想到，在这个餐桌上，胡秋花与关来田成了主角，两人自来熟，一下就成了朋友。

不一会儿，菜就上桌了。

"来来来，大家都吃菜。"关来田说着，就将桌子上的菜先夹给胡秋花，"你是客人，得先尝尝我们本地的美食。"关来田将一整只乳鸽送到了胡秋花面前的碟子上。"一整只吃呀？"胡秋花还没见过这样的吃法。

张小爱在一旁帮腔说："我们这里的人都这样吃。"

对于吃，胡秋花没有多少研究，但还是戴好塑料手套，才拿起乳鸽吃起来。

关来田见到胡秋花，话也多了起来，不断地向她介绍岐城乳鸽的美食故事，说岐城有一道菜，名叫"没有一只鸽子能飞出岐城"，惹得胡秋花哈哈大笑。

关来田听胡秋花说没吃过榄角蒸鱼，又让童晓东加菜。烧鹅、扣肉、焖鸭、炸鱼球，又加了四个菜，还问胡秋花喝不喝酒，全当自己是主人。

最后，胡秋花也没有答应喝酒，只是大家以茶互敬了一下。

陈大阳压低声音对关来田说："今天是我请客，我来买单。"

"都可以，不用讲究。"关来田与陈大阳讲完，又热情招呼起胡秋花。原本爱说话的张小爱，在这场饭局中，完全搭不上话。

胡秋花面对关来田的盛情，显得很乐意，这让陈大阳有些意外，自己带来的客人，怕得罪了不好。在这桌子上，自己本应是主人家的姿态，但关来田这个兄弟顶替了自己的位置。

陈大阳一直在观察胡秋花的神情，见到她也很接受关来田的这种热情霸气的风格，也就放心了。

大家终于都吃饱了，桌子上的菜还剩不少，张小爱张罗着打包回去。陈大阳问胡秋花如何回广州，胡秋花说还得到汽车站坐车。

"这不行，大阳，以后胡专家过来都要安排人接送。"关来田没喝酒，说出的话倒有点酒味儿。

"我们也想。但现在人少，抽不出人来。"陈大阳想，自己一个养鱼的，还说不上开公司，才刚搭了个架子，可以说啥都没有，还没有业务，也没有派人派车的能耐。可也不能把心里话说出来。

关来田很清楚陈大阳的心思，忙说："今天我送胡专家回广州，不用担心。"

胡秋花一听，有专人送自己回广州，忙扬起手说："不用这么麻烦，搭车也很方便。"第一次来岐城，胡秋花感受到这里人们的热情。

就在胡秋花不断推脱时，关来田站起来，双手一扬："专家，就这么定了，我到广州也还有业务，就是顺路，你在广州哪里下车？"

"天河客运站附近。"胡秋花一个技术人员，也没想那么多，就讲了自己下车的地点。

"行，我知道那个地方，保证安全送到。"关来田讲完就开心坐下来了。

"那就看麻烦关总了。"陈大阳也不客气。他太了解这位同学，说出来的话，他一定会做，而且会做到十分完美。

等一切都安排好，张小爱打包的饭菜也摆在了桌子上，陈大阳买了单。下楼后，陈大阳对着坐在关来田车上的胡秋花说："一路平安。"车子转出喜家美食店停车场后，一溜烟就不见了。

第五章　遇见

好大的雨⋯⋯

农历十月的广州，下这么大的雨，还夹着刺骨的寒风，让黎秀芬始料不及。雨打在车窗上，她将雨刮调到最快，还开着双闪灯，前方的车开得慢。一会儿加速，一会儿刹车，让她的脚都发麻了。一路堵车，一路堵心，快到中午12点了，她才开到目的地。在广州生活三年多，像这种日子，黎秀芬很少遇到。之前没有开车出行，坐车除了要花些时间外，反而不用这么花心思。不过，下个月她就要解脱了，她要回岐城团市委工作了。

这是黎秀芬参加公考，凭着硬实力考入体制内的结果。

她压根没想过自己最终还是选择了回家乡工作。有时，她想，估计是自己厌倦了广州那种独自一人举目无亲的生活。大学毕业前就考了驾照的黎秀芬，一考回岐城，父母就给她买了一辆"荣威350"。这个月，她把车开到了广州，一到周末就开车回岐城，顺便带些东西回去，每次见面，母亲就唠叨要她在广州找个男朋友。

都怪这个陈大阳，叫他回广州工作他又不回来，上次分手后，也不主动回来，也不死缠烂打，哪个女孩不爱面子，难道还要我去追回他？黎秀芬一想到这儿，心里就来气。刚开始父母经常讲毕业了要先把重心放在工作上，现在他们倒是天天都在念快点找男朋友，自己天天忙工作忙考试，对待感情也管不了那么多了。

与陈大阳分手的那阵子，下班后，黎秀芬就抽时间去省立中山图书馆看书。自己的公司在区庄立交附近，公司里没有住的地方，她就在一旁小区租了一个30多平方米的小单间，一个月1500元的租金，加上水电费，如果再买件衣服和手袋，自己赚的工资也剩不了多少了。公司楼下有一家"面来王"，有包子、饺子，还有小米粥、大碴子粥，平常下班后在这里吃点就去图书馆，去给自己"充电"提升。没想到，有一天在电子阅览室里见到岐城招考公务员的信息，她就想着试试。就这样，成了她回家乡工作的一条路。

在广州三年多，黎秀芬变得十分独立，凡事都不想麻烦父母，就像今天要拉东西回岐城一样，她坚持自己一个人搞定，只是没想到会下雨。好在大部分东西已经搬回去了，黎秀芬想，也不能怪老天，是自己没看天气预报。目的地就是租住的小区，昨天与房东太太结清了上个月的房租和水电费，三个月的押金也转到自己微信账上了，现在只需要收拾东西就可以回岐城了。房东太太是广州人，性格爽朗，在电话里对黎秀芬说："妹仔，真不舍得你走，回家平安顺利呀，临走前把钥匙留在小区保安那里就可以了。"

雨小了，随着天空的风一起，飘飘丝丝，一时似轻纱，一时似银丝，有时又似珍珠。黎秀芬自嘲这是"出门招风雨，不是大蛇就是飞龙"。有时，这种自我嘲笑的方式能开解心情。小区没什么人，保安也躺在保安室内不露脸。进了小区，停好车，黎秀芬在后排拿了一个大行李箱，打着伞，就踩着湿腻的地面走上了租住的楼层。这是一个老旧的小区，一层楼梯的门经常没锁，黎秀芬住四楼，房东太太为了能收到更多的租金，把原本的套房隔成三个小间对外出租。自从黎秀芬租进来后，另外两个单间就没人租过。也就没有像电视剧里演的那样，出现在出租屋里找到爱情的机会。

搬家是个好日子，可这个天气，能是好日子吗？黎秀芬心想，要是有陈大阳帮自己搬一下东西就好了。这讨厌鬼，没良心的东西，见了一定要揍他。此时，黎秀芬心里直骂着陈大阳。

黎秀芬收拾东西才发现一个行李箱不够装，那就减少要带的东西，把自己日常要用的东西带上就行了。终于装好了，简单点说，就是自己不舍得扔的东西，没什么贵重的，全是一些没用完的化妆品，还有一些衣服。其中，有一个红色的小提包，提包的金链子还闪着光，黎秀芬一直没舍得用，连标签牌还好好的，这是陈大阳去湖北后买来送给她的，这个得留下。收拾好，一个人半拖半拉着行李箱，像逃难的样子。

也好，在没有男朋友的日子里，自己也能独当一面了。下到楼下，雨变小了，将行李箱放到车的后备厢，正准备开车时，才想到钥匙还在自己手上，就下车跑去小区保安室。保安在乐悠悠地听着粤曲，那悠长的乐曲"啊……啊……啊"配上冷雨天，带着几分凄冷。在广州工作这几年，黎秀芬觉得这个城市人多，处处都显出温暖，如果陈大阳回来和她在一起，估计她就定居在这座城市了。但人生的轨迹变幻莫测，留恋是有的，但只能放在心里了。

车出了小区就上到环市东路，向着天河方向，转到黄埔大道，还没到南沙港快速，雨便停了。一路上，黎秀芬都是想着陈大阳。难道是自己对陈大阳太强硬了？分手后，黎秀芬有时不断自问，是不是因为自己没有给陈大阳解释的机会，也没有回他的电话，因此断了两人的联系。

那次与陈大阳通完电话后，黎秀芬还想，有段空窗期也好，可实际上，每到了夜里做梦，都是出现与陈大阳在一起时各种离奇古怪的景象，是不是日有所思夜有所梦呢？有时，一早醒来，黎秀芬就在回忆夜里的梦，很想记住，可左思右想，都只是一些破碎的片段，而这些片段好像都有陈大阳相伴。黎秀芬与陈大阳分手后，做什么都没心情，在单位也不爱与人说话，只是埋头做事。

自那次在广州遇到关来田后，黎秀芬的心情又开朗起来，没想到这小子出国回来从事金融业。那天，下了晚班后，他们约在广州华泰宾馆二楼的餐厅吃饭，喜欢热闹的关来田还邀来几个黎秀芬不认识的朋友一起。老同学见面，自然少不了叙旧一番，当提到陈大阳，黎秀芬原本还想细说一下，但碍于人多，不好细谈。吃完饭后，黎秀芬等其他朋友都离开，便和关来田到一楼大厅的红木椅上坐下。黎秀芬对关来田一五一十讲起她与陈大阳分手的事。

讲到激动处，黎秀芬还含着泪。黎秀芬对着关来田讲心里话，也是想关来田能帮自己圆回来。一来，她知道关来田是陈大阳的"铁哥们儿"；二来，她也找不到什么好法子了。关来田坐在大厅的红木椅上，身穿白衬衫黑裤子，打着领带，油光的头发，这是标准金融行业人士的装束。就这身行头，黎秀芬在吃饭时，还想调侃关来田几句，可现在，在大厅金黄色灯光下，他与亮丽豪华的大厅融为一体，很搭配。如果有人说，关来田在这个酒店上班，也会有人相信。两个人聊了半个多小时，关来田答应黎秀芬，一定会帮忙。

两人要离开宾馆时，关来田问黎秀芬，陈大阳会不会在湖北有女朋友了？

"不会的。陈大阳这个人我很了解，如果他有女朋友，他会第一时间告诉你的。"黎秀芬说。

"为什么？他可以藏着不告诉你呀。"关来田反问黎秀芬。"他那个人比较专一，不会随便找一个女的。

更何况，在大家面前，他最喜欢找朋友给他做参谋，而你是他最要好的朋友，他不问你问谁呀？"听了黎秀芬的话，关来田带几分怀疑，他望了望黎秀芬，一副不相信的样子。

"你就信我吧，这是第六感，这方面我还是很有自信的。"黎秀芬刚说完，又低下头不讲了，心里闷闷不乐的。

"OK，我相信女人的第六感，要不要我现在就给陈大阳打电话？"

"不要，等合适的机会吧。平常你帮我关注一下他的动态就好。"黎秀芬对关来田说，好像要关来田做她的间谍，"我不是要你当间谍，就当是帮同学好了。"

"好。"关来田爽快答应了。

那次与关来田见面后，黎秀芬就没有再见过他。有一次，关来田给黎秀芬发信息，说已经打听到，陈大阳还没有女朋友。那天收到这个信息，黎秀芬又想笑又来气，信息里也没说陈大阳在哪里、现在怎么样、过得好不好。再说难道我黎秀芬就不是陈大阳的女朋友？后来想想，关来田这话也没毛病，大家都以为他们分手了，只有自己还自认为是他的女朋友。

黎秀芬赶紧回电话给关来田，但没有打通，关来田回信息说在开会，之后两人就再没有联系了。黎秀芬就是想问问关来田具体情况，还有这个信息的来源是不是可靠的，如果只有自己一直这样坚持，真的把自己的婚事耽误了。听天由命吧，谁叫自己这么坚持。又不主动一点，如果自己打个电话过去，说不定陈大阳就回广州来了。不能打，讨厌的陈大阳，为什么他不打电话过来？一想到这儿，黎秀芬的气就不打一处来。

　　回到岐城，黎秀芬开始在团市委上班，离家是近了，可新的工作环境，要求她加快熟悉方方面面。一忙起来，也就忘了与关来田联系。

　　自从回到岐城工作，父母就在离喜隆村不远的一个新建楼盘买了一套房子给黎秀芬，说是女儿总得有一个属于自己的小窝，可以住也可用来养老，这又是现楼，不怕烂尾。但整套房子总价要80多万元，黎秀芬不舍得，叫父母不要买，但父母说了，只给首付30万元，剩余的让黎秀芬自己分期付款供楼。

　　"这是什么事呀，我都不想买房，父母还要我去供楼，还当作是养老。"黎秀芬心里是不想买的，可父母有十足的理由，不买房价还得涨，这个小区离喜隆村近，上班方便回家也方便，搞得黎秀芬没有回旋的余地。买就买吧，回到岐城后，每次与一些老同学，还有单位同事聚一起，谈得最多的就是房价了，黎秀芬也相信岐城的房价以后还会涨。黎秀芬找时间与父母到售楼处办理了手续，房产证上父母坚持只写黎秀芬的名字，无所谓了，都是自己供楼，写谁的名字无关紧要。那天，就为了房产证上写谁的名，母亲还说了黎秀芬："傻女，房产证写你的名，以后你即使结婚了，那也是婚前财产，男方都无份呀。"这话从母亲口里说出来，让黎秀芬吃了一惊，她问母亲从何得知。"电视日日都播，个个都这样说的。"母亲讲得头头是道，让黎秀芬无法反驳。

岐城地处珠三角的几何中心，近年来农村发展得较慢，但城市建设日新月异，那些日子，城区楼盘不断拔地而起。

从岐城团市委上班地点回到家，要经过 105 国道，平时车多，时不时都有堵车，黎秀芬工作日是 6 点起床，洗漱完就出发，30 分钟就到单位了。在单位饭堂吃完早餐，她还有很多时间处理手上的事务。她被分到宣传部门，负责宣传工作。

回到团市委上班快一年，黎秀芬才记得打个电话给关来田通报一下自己的近况。当电话那头听到黎秀芬回到岐城工作，关来田说这是好事，回到家乡，人熟情深，做起事来，有劲儿。关来田说，自己也有意在岐城开一家公司，以后可以为家乡服务。那一次是关来田快要上飞机时的通话，他也就简单讲了几句，没有聊更多的内容。

黎秀芬没有想到关来田做金融会这么忙，不是在飞机上，就是在其他城市搞活动。

黎秀芬很喜欢一句话——世界上最遥远的距离，莫过于我坐在你对面，而你却在玩手机。现在有了微信，好像随时都能联系上，可自己与关来田这位老同学的联系反而变少了。

黎秀芬报名参加驻村第一书记选调考试，只因打听到是回喜隆村，当年，她父亲就是村里的书记，也许是自己身体里流淌着这腔热血，她没有过多考虑就报了名。在团市委，黎秀芬是第一个报名的，她也没想到会被选中。不久，经过组织部门谈话，黎秀芬定了回喜隆村。这件事，黎秀芬没有与父母商量过，直到确定的那天，黎秀芬才告诉父亲。

这晚下班后，黎秀芬驱车回到小区。华灯初上，夜色迷人。晚上8点了，父亲黎大南和母亲彭燕早就做好饭菜，等黎秀芬回家吃饭，菜已摆上桌子。他们家是三房一厅，黎秀芬住一间房，父母住一间房，其余一间原本想做书房，黎秀芬坚持留出来做客房，日后有亲戚过来，也好有一个地方住。

装修费是父母出的，黎秀芬起初不肯，但父母说日后他们要过来住，出装修费是应该的。黎秀芬回到岐城，手上也没多少钱，这也算是父母支持自己了。其实，他们更加想住在喜隆村的老屋里，但又想与女儿常见面，所以在工作日，便过来做晚饭。到了周六日，就回村里住。他们来回两边跑，只为让黎秀芬可以吃到父母做的热饭菜。见到父母这样两边跑，黎秀芬感到愧疚，也感到不安。回到岐城工作后，她只回过喜隆村一次，那次是开车送父母回村，送到了村口，自己就走了，也没下车。

直到今晚，黎秀芬才知道喜隆村这么复杂。原本，这一餐与平时的晚餐没有什么不同，灯光下，黎秀芬享受着美食，鱼头豆腐汤、红烧排骨、炒番茄、焖虾。这些都是黎秀芬爱吃的，可当她把自己要调回喜隆村当第一书记的事讲出来，饭桌上的气氛就变了。黎大南放下筷子，不吃了，脸上红红的。长这么大，黎秀芬还是头一次见父亲这样子。母亲彭燕忙说："老头子，别把女儿吓着了，吃饭。"她夹了一只虾给黎秀芬，说："吃，不理他，又不好好吃又不好好说，脸红什么？"

"你知道什么，喜隆村的书记有那么好当的吗？你知道村里出了什么事吗？"黎大南用手把沾在嘴角上的米饭擦去，离开了饭桌，走到客厅沙发坐下。

母亲彭燕接话："什么事，你倒说呀，我都不知道，你女儿当然不知道了。"过了一会儿，她又说道："是不是你当年的那些陈年旧事呀？"

"不是。"黎大南回了话。

"村里没点事，那还叫什么村呀，哪个村没事的。"母亲说完，转头对黎秀芬说，"阿女，我支持你，干工作嘛，到哪里都一个样。好不容易回家做事，又离我们近，多好呀。"母亲彭燕倒是一个乐天派，似乎没事一样。

"爸，你说给我听听。"黎秀芬说。母亲也说："是呀，老头你说来听听呀。"

黎大南一五一十地把近来喜隆村的事讲给黎秀芬听。原来，喜隆村之前有一个村委会主任和一个村民小组领导，在出租村里土地时向承租方索要 22 万元的"茶水费"，这是前几年的事了。前几天，法院以非国家工作人员收受贿赂罪名判处两名村干部。父亲黎大南像在讲法院的判决书，黎秀芬听了这么离奇的事，饭意全无。

"抓了这些人后呢？"母亲边收拾餐桌上的碗碟边说。"哪还有好事呀，刚刚本村被列为'软弱涣散基层党组织'，接下来就要开展整顿工作，要成立专门整顿工作领导小组了。"父亲黎大南大声地讲。"秀芬，现在回喜隆村做书记，不是好时候。我的意见，还是不回的好。"

"爸，组织上都定下来了，现在我没法反悔了。"黎秀芬走到父亲身边的沙发坐下，"我也不是一个怕事的人，走得正站得直，要像你一样做个好书记。"

听到女儿夸自己，父亲黎大南就来劲了，脸上也有了一丝笑容。

"我当书记时，拉了好多企业进村里办厂，手袋厂、塑花厂，这些都是代工厂，用了村里的旧祠堂来做事，机器都不用几台，还极大地解决了村民的就业问题。那时，在厂里做一个月都有200多元，那可是20世纪90年代初，村里的人都好高兴，人人有工做。我们村当时是附近最好的村。"父亲黎大南越讲越开心。母亲在厨房洗碗，听了也笑着说："还这么大声，天天讲自己的老皇历，也不怕被人笑话。"

"当时，有一家布料厂想进村里，我不想同意，布料要用化学材料来洗，工厂要排污水，而我们喜隆河边有好多涌，这些都是最好的排污出水口，布料厂最想来到这里办厂。我坚决不同意，这些都是严重的污染物，有钱也不要。"

没等父亲讲完，黎秀芬就大声说："爸爸真棒！"

当晚，黎秀芬听父亲讲了喜隆村里的好多往事，也知道了村民的各种关系。她问父亲，现在村子要发展，哪个才是重点？

"我们村的天然优势就是发展生态渔业，鱼塘多、水质好，养殖是一条好路。"父亲黎大南说出自己的想法，"但最难的就是村里的工作，做人的工作最难，我怕你担不住。"

母亲彭燕从厨房出来，手里端着一个小水果盘，把洗好的葡萄放在父女面前的茶几上，然后拿起电视遥控器，准备打开电视看。

父亲黎大南只想与女儿多聊聊。他说："当年，我们没有让那些污染工厂过来，才保住了这里的水土，现在这些都成了最好的资源。"

在电视上调了几个台后，没有母亲彭燕想看的节目，她干脆关了电视并接着老公的话说："原来，你才是最有远见的人呀？"

父亲黎大南说："最有远见就是娶了你，要不我都没饭吃。"说完他便笑了起来。母亲彭燕也跟着笑了起来："衰佬，赞我还是损我？"母亲彭燕不理她的老公，又进了厨房。

黎秀芬很喜欢这种家庭氛围，她觉得自己回家乡做事是最好的选择。家的温暖一直在，让她留恋。

这一晚，黎秀芬也和父亲黎大南讲明白，自己还是服从安排，好好做事，能为家乡做点事，也是一种责任。

父亲黎大南听后，感觉到女儿的性格很像自己，也没有再反对，只是告诫女儿，凡事要多请示多汇报，不要牟私利。

黎秀芬听着父亲的话，一路点头。黎大南觉得女儿变得听话了，起初还担心她回到村里做事会感到很辛苦。世间的父母都一个样，就是不想让儿女受苦。但转过来一想，女儿有自己的事业，她想做自己的事，就放手让她去做吧，老人家做好后勤保障工作就好。

那晚与父亲聊完后，第二天，黎秀芬打了一个电话给关来田，说自己要回喜隆村担任书记。电话里，关来田听到后，哈哈笑了起来，说了一句："不是冤家不聚头。"当时黎秀芬听了这话，还摸不着头脑，说："来田，你说话总是说一半留一半，是不是吃饭时有一半没咽下去，小心哽住了。"

　　"好了，好事很快就来了，到时我找时间回喜隆村探望你，祝贺我们班花书记。"

　　"我当作是向你报告了，老友才这样打电话。你说话要算数，祝贺也得有诚意。"

　　两个人也不避讳。

　　"没问题，一百个放心。"关来田那边说得很开心。黎秀芬与关来田讲这事，一是老同学好久不联系了，二是也想让关来田能通过什么方式把消息传给陈大阳知道。

　　回喜隆村当第一书记那天一早，黎秀芬在团市委李书记办公室做了辞行。她出门前换了一身深色长袖职业西服，在家里试了鞋，她想配高跟鞋，后来一想，还是换了一双平底皮鞋。回到单位后，她到了李书记办公室。李书记在团市委工作多年，曾经分管过宣传，他见到黎秀芬后，很是开心。圆圆的脸，使他笑起来有佛相，他起身走到饮水机接上热水，也没问黎秀芬想喝红茶还是绿茶，就直接冲了一杯红茶给黎秀芬。黎秀芬坐在李书记办公桌前，这是她第一次以这样的方式和李书记谈话。李书记资历深，在团市委曾与前三届书记共事，而今，自己也终于当上了书记，算是熬出头了。黎秀芬在团市委工作时间短，与李书记并不熟络，平时也就打一下招呼或开会时才见面。现在李书记专门单独与她交谈，也当是领导对下属的重视。

李书记说，原本要亲自送黎秀芬到喜隆村的，因事务繁多，今天还要到市委开会，就只能单独交代，寄予希望，任重道远。"你是代表团市委到村里，要团结好大家，带好头，有什么困难，可找'娘家'，团市委就是你的坚强后盾。"李书记说完就拿着桌面上的文件念起来：省加强党的基层组织建设三年行动计划，今年将以"规范化"为主题，着力解决基层党组织设置、党员教育管理和基层党建标准不规范等突出问题；下一年将以"组织力提升"为主题，着力解决基层党组织领导体制不健全、党组织带头人队伍建设滞后等突出问题；后年将以"基层党建全面进步全面过硬"为主题，全面完成软弱涣散基层党组织整顿工作，着力解决先进典型示范不明显、党建质量整体不高等突出问题。

"你到了喜隆村，要给村民带来实实在在的变化，让他们感受得到、摸得着、见得到。祝你在村里早日做出成绩。"李书记说完，就找办公室的孙主任过来，在办公室与黎秀芬拍了一张合照。

黎秀芬坐上孙主任的车，路上细雨阵阵，他们10点就到了喜隆村村委会，镇党委苏委员在村委会里候着，客套话说完，大家就到了二楼办公室。一众村委干部已经坐好，黎秀芬和孙主任按照名牌落座。苏委员向大家介绍了黎秀芬，也向大家说明了喜隆村现在存在的问题，并提出要加强党组织凝聚力，解决历史遗留问题，提升村集体经济活力。黎秀芬发言表态，要带领大家尽快摘去"软弱涣散基层党组织"的帽子。她还讲了围绕村经济社会发展的举措，坚决抓好班子建设，树立发展的事业心和信心，努力发挥基层党组织战斗堡垒作用，把村民利益放在第一位，树立一个共同的奋斗目标，进一步激发干部群众的干事创业热情，加快转变经济落后的局面，让村民早日走上奔康致富的大道。

黎秀芬在来村里前，已经准备好了表态发言的稿子，也给孙主任过了目，可那天她是脱稿发言。说完后，她说，自己就是这个村的人，是黎大南的女儿，对喜隆村有着特殊的感情，愿与大家一起团结奋进。有两三个人听后，还在底下轻声交流，说：黎书记的女儿这么大了？生得好靓呀，我都认不出来了。

苏委员听了，也笑笑说，都是熟人，好开展工作，日后大家多交流。

开完介绍会，孙主任与苏委员就离开了。黎秀芬的办公室早就定好了，在村委会二楼靠北的最边上。七婶是综治办的，她带黎秀芬熟悉了办公室。"这间办公室是新修整过的，就是小了一点，办公桌都换了新的。"进到办公室，七婶就对着黎秀芬说，"你小时候我见过你。不过，今天我还真认不出你来了，女大十八变。"

听到七婶讲这话，黎秀芬就问："你是？"

"你叫我七婶吧，大家都这样叫我。"七婶原名叫唐慧，丈夫叫陈仁七，所以村里人喜欢叫她七婶。按辈分，七婶是陈大阳的堂婶。"我想听听村委会的情况，你能为我讲讲吗？"

七婶说："这个要关书记来给你介绍，他清楚一些。"关书记就是村里的副书记，因为村里之前出了那个"茶水费"事件，关书记要负领导责任而被降为副书记，但村里的事务还是由关书记管理。

"刚才关书记也在开会呀。"

"是的，我带你过来办公室时，他下去处理一件村民投诉了。"七婶说。

没等黎秀芬讲完，关书记就过来了。关书记也是本村人，比黎秀芬大好几岁，国字脸，皮肤黝黑，身材说不上魁梧，但一脸正气。按理，关书记也认识黎秀芬，两人一聊起来才知道，关书记当年初中毕业就去当兵了，退伍后回村当了干部，所以并不认识黎秀芬。

黎秀芬本来想与关书记聊聊村里的情况，没想到关书记说："村民刚才来投诉，说有人私自搞鱼塘收购，以高价格来承包，有多少就收多少，都是在喜隆村收。"

黎秀芬第一天回来就遇到了村民投诉事件，她可要认真面对。

"有几个人来投诉？"黎秀芬问关书记，也没再问他其他事情。

"三个人。"

"不属于群体事件吧？"

"也就是个小投诉。"

"三个人都还在一楼？"

"在的，我叫他们上来。"

在二楼的办公室内，黎秀芬听着三位村民的投诉。这三位都是村里的养殖户，一直在村里搞养殖，平时有赚有赔的，但也一直在坚持，都是50多岁的人。一个叫明哥，一个叫陈灿，一个叫大勇。黎秀芬面对这个投诉，很谨慎，她认真做着笔记，生怕漏记了什么，最后基本搞清楚了整个事件的过程：村里有个新养殖户，叫晓东，近期不断从喜隆村的散养殖户手里收购鱼塘，逢人就问鱼塘的价格，而且还要些大的、连片的鱼塘。

听陈灿讲，晓东是个年轻人，以前没怎么见过，一出手就很大方，说可以出高价收购，塘价比之前一般市面上的报价高20%。还说可以合作经营，他们出鱼苗，我们来包养，养好就收购。如果市场价跌了，他们还以最初商定的价格来收购。这不是明显来搞乱市场吗？陈灿讲得兴起时，还骂了几句。

明哥见到的人也叫晓东，与陈灿见的应是同一个人，所讲的也是高价收购鱼塘。"如果这些鱼塘都被这些人以高价收去了，我们哪里养得起呀。"明哥说。大勇接着说："我怕他们是来搞诈骗的，所以就提早来村里反映情况。"大勇说完就对着关书记问："关书记，这个

108

靓女领导我们都没见过的。"

"阿叔，我刚来的，是黎大南的女儿。"黎秀芬生怕这些村民见外，主动报上家门。三位村民一听，都异口同声说："大南的女儿，都这么大了，回来接班了。"

"我是选调回来，第一天回到村里。"黎秀芬笑着对三位村民说，还起身给他们倒茶。三位村民见是自家人，也亲切起来，你一句我一句聊起家常。黎秀芬记得父亲说过，要做好农村工作有三件宝：一是与村民拍拍肩膀，二是与村民吹吹水，三是与村民骂骂娘。

黎秀芬心想，骂娘不会，可吹吹水还是能学会的。见到这三位村民不断地讲着，她也不失时机地问了村里的情况："你们最想村委会做什么事呀？"

大勇最先搭话："那当然是村里的集体收入要多起来了。我们村没有分到什么钱，隔壁村，一户一年都分到三万元，我们村少到似'鸡碎'，讲起来给人笑话。"

陈灿又接着说："我们村都出了'茶水费'事件，村委会干部不作为，村民想分多点钱，都好难呀。别的村都给村民买了医保，我们村就无啦。"陈灿将"啦"字音拖得好长。

关书记有点坐不住了，连忙说，"茶水费"是之前的事了。在关书记心里，这件事影响比较大，自己也因这事而降职，一提这事，他心里就感到不安。

明哥也提到，村里的老人多，有些老人生活困难，村委会也要多为这些老人着想。

聊天过程中，黎秀芬不忘向明哥要那个叫晓东的电话，明哥说没有，陈灿忙说："我留有他的名片。"他手伸到左裤袋翻几下，又换到右裤袋，掏出一张压皱的名片，递给关书记。关书记一边在笔记本上记下电话，一边念着字"喜阳阳养殖场"。"灿哥，这个养殖点在哪里？"关书记问。"我知道，在村尾，靠喜隆桥那边。"明哥回答。几个人聊到12点多，关书记提醒黎秀芬，要不要留三位村民在村委会饭堂吃个简餐。"行呀，到时我个人出费用就行了。"黎秀芬说，关书记说不用。

黎秀芬很坚持地说："我们村委会刚出过事，影响还在，像这种又不是接待，只是我想和村民聊聊天，了解一下情况，就这样定了。饭堂有简餐吧？"

关书记没有与黎秀芬打过交道，也不知道这位新来的第一书记是什么风格，人家第一天上任，多少还得给点面子。关书记没有多说什么，出去找七婶安排个简餐给三位村民。

黎秀芬要留三位村民一起吃饭,三个人一听,都在推辞,说家里有事,但饭可以带回去。黎秀芬一听,也没有强留他们。随后,她让关书记安排一下。

　　黎秀芬与三位村民走下一楼,没等一会儿,七婶就把打包好的饭盒拿了出来,一人一个。他们乐呵呵地拿着,不断讲着客套话,各自出门,骑上电动车出了村委会。

　　黎秀芬送走三位村民后,转身对关书记说:"一会儿吃了饭,你带我到这个喜阳阳养殖场去,我想了解一下情况。"

　　"我下午还要到镇里开个治污会议,让七婶陪你去吧。"关书记转头对着饭堂方向喊道,"七婶,你过来一下。"

　　不一会儿,七婶就过来了,手上还提着两个盒饭。她给黎秀芬一个,又给关书记一个。

　　"你吃了饭就带黎书记到喜阳阳那里。"

　　"喜阳阳?"七婶刚才没有开会,一下没反应过来。

　　"就是喜阳阳养殖场,在村尾,喜隆桥那边。"关书记向七婶解释道。

　　"我没去过,但大体的位置我知道。"七婶答。"有电话，我一会儿发给你，找不到就问一下。"

黎秀芬听了，心里觉得好笑，村委会的人都不知道自己的家底，真的不应该。自己一定得吸取教训，要尽快熟悉村情村况，一会儿到喜阳阳养殖场，就是熟悉村情的开始。

黎秀芬回自己的办公室吃饭前，不忘把钱给七婶。可七婶忙说不用。黎秀芬从衣服口袋里掏钱时，才发现今天没带钱，不过可以用微信转账，还好现在有这个方便的工具。"你加一下我微信。"黎秀芬对七婶说。"黎书记，我手机不一定有信号。"七婶从裤袋拿出手机，瞄了一下："有信号，就是弱了点。"

两个人互加了微信。黎秀芬把三个盒饭钱转给七婶，七婶还是不收。黎秀芬对七婶说，这个是私人请，公是公，私是私，听我的，错不了。

七婶见黎秀芬这么认真，也就收下了。

"我的盒饭也要收钱吧？"黎秀芬问七婶。

"我们村委会的工作人员，只收六元一餐，但要办卡才行。"七婶回答道。

黎秀芬又把饭钱转给七婶："我还没办卡，不能享受这个优惠吧？"

"你已经在工作人员名单上了，卡要过两天才能办好。"

黎秀芬拉着七婶去她办公室里一起吃，两个人边吃饭边聊，都是村委会和村民的事。黎秀芬收获不小。

中午，她们没有休息，黎秀芬想去喜阳阳养殖场，七婶不时向窗外观察天气。不一会儿，雨就停了，真的天公作美，七婶开自己的摩托车搭黎秀芬去喜阳阳养殖场。村里的塘基七弯八拐，湿路难行，虽然七婶开得慢，但车还是晃得很厉害，黎秀芬庆幸自己今日没有穿高跟鞋。

不一会儿，见到一处鱼塘，旁边的新铁皮棚有些与众不同。"估计是这间了。"

七婶把车开到铁皮棚前停下，她停好车后，黎秀芬慢慢下来，七婶按了几下喇叭。黎秀芬带着笔记本，一身职业装，风吹着长发。中午的阳光有点刺眼，她用左手挡着阳光，向着远处的喜隆桥望去。这边的鱼塘波光粼粼，加上美丽身影的点缀，让人与景融为一体。

"哗，村里的景色还真好看。"望着银光闪闪的鱼塘，黎秀芬不禁感叹。

"你们找谁？"出来的是张小爱，她听到了喇叭声，出来看看是什么人。

七婶忙迎上去，问道："妹仔，你这里是喜阳阳养殖场吗？"

"是呀。"张小爱边回答边警惕地望着七婶。"我们是村委会的，今天来了解情况，你们是不是在村里到处收鱼塘？"七婶没有想太多，直截了当地就把要说的事讲了。

"收鱼塘是我们的事，你们管不着。有钱就可以收了，只要有人肯转租过来。"张小爱也不管那么多，火枪管里直接上火药。

这两人的对话也真有意思，七婶自认为是村委会的，本来就是管理这片村子，来这里了解情况，当然得有事说事。可这个妹仔好像也不给面子。七婶就有些急了，说："你们是新来的养殖户吧？村里做养殖的都是要登记的，你们有没有呀？"

"'咸丰年间'就有了。"张小爱随便说着，准备回铁皮棚。七婶想，这小妹仔这么不懂事，今天带着村书记过来，也不把七婶当回事儿，村里还没人敢这样不把村委会的人不当人。她正要走上去，准备好好教训张小爱。黎秀芬见状赶上前，一把拉住七婶。

这事不能这样谈，人家也没什么事，我们今天过来只是想了解情况，如果没把关系处好，是很难把事办成的。第一天上任，还得随和些。黎秀芬心想，对七婶说，让我来吧。七婶见书记亲自出马，也就闪到一边。

张小爱还没进到铁皮棚，黎秀芬对着她说："能请我们进棚里坐坐吗？"张小爱回头望了望黎秀芬，感觉到不一般的气质，她眼珠转了转，问道："你们想了解什么情况？"

"也没有什么事，有些村民反映些情况，我们想来了解一下，乡里乡亲的，都是自己人。"黎秀芬和颜悦色，声音绵绵。此时，七婶突然来了一句："妹仔，我记得在市场那家超市见过你呀。"

张小爱刚被黎秀芬的气质所吸引，听到七婶的话后，又大声道："我们没有什么情况呀，养鱼还能养出什么情况来。"

"你们主管的人在吗？我想与他聊一下。"

张小爱口中"不在"两字还没讲出来，铁皮棚里传来声音："小爱，是村里来人了吗？"

"是的，村委会的。"张小爱在铁皮棚门外大声回答，声音都穿透了整个铁皮棚。

陈大阳从铁皮棚里走出来。

"啊！"黎秀芬一眼见到来人，起初以为认错人了，不敢相信自己的眼睛，心一紧，万千思绪涌了上来。她忙转过身，眼睛含着泪，但又不能流下。她把手中的笔记本夹在左臂腋下，深呼吸要冷静，不能让大家知道自己此时的心情。

　　而陈大阳看到眼前的情景，还以为自己在做梦。他眼睛一亮，脱口喊出一声"秀芬"。七婶还盯着张小爱没留意到这些细节，忙上前对着陈大阳说："这是我们村书记。"

　　张小爱原本没想理这两人，见陈大阳突然两眼发光，那神色犹如见到了梦中情人。见他又能叫出别人的名字，心想他们俩一定认识，但张小爱也不好意思问，就在一边听着。

　　张小爱发现，正在呆呆望着黎秀芬的陈大阳，久久没作声，眼睛就没离开过黎秀芬的身影。人家转过身，陈大阳还有点痴痴地望过去，一点都不像平常所见的稳重的老板样。"大阳哥，要不要这样呀，好像见了情人一样。"张小爱的视线在两人之间来回，口中不设防，直接来了一句。张小爱嘴角上扬微笑间，心里嘀咕着：男人都一个样，见到靓女口水流。

116

陈大阳被张小爱的话点醒，回过神来，才看到旁边的七婶，他小时候见过她，只是这几年没见，他先问候了七婶一声。七婶已经认不出陈大阳，也不问他是哪位了，只有努力去回想。

　　"你是这里的老板？"七婶对着陈大阳问。

　　"对对对。"陈大阳的眼睛一直离不开黎秀芬。此时，黎秀芬已经管理好情绪转过身，她很开心能在这里遇见一直惦记着的人。她一心想知道这个人的消息，而今，这个大活人突然就站在自己面前，心里是百感交集也好，是欣喜若狂也罢，这个男人让她心里乱得很。可她不能表露出来，她要忍着。

　　她完全没想到陈大阳也回到了村里。村民投诉陈大阳想以低价收购鱼塘。她要如何面对陈大阳？心里一直挂念着的人，如今就站在跟前，如果今天不是公干，她一定要上前揍这个男人，这个没良心的男人。可是，如今见面后要讲的话又不能带着私人情感，这可真让她头疼。

　　"你们进来坐吧。"陈大阳把两人迎进铁皮棚时，张小爱已提早进去了，她可不管这两个人。

　　"小爱，冲点茶，招呼一下。"陈大阳又说着，很热情。

张小爱开始摆弄着茶具。

陈大阳压根没想到会在这个时候在这里见到秀芬。上次关来田说的话，还有他给自己看的照片，让自己心里就一直挂念着。真的没想到，能在今天见面，之前自己还数着与秀芬分手后的日子，现在，真的还能把秀芬拉回来吗？

能在这里重新相遇，难道秀芬知道自己回来搞养殖了？陈大阳心里也有无数个问号。

黎秀芬与七婶走进铁皮棚。秀芬坐下之前就四处参观了一下，突然问了句："你什么时候回村里的？"

跟在身后的陈大阳回答："没多久，不到一年。"黎秀芬这才想起，上一次她与关来田说自己回到村里做事时，关来田冷不丁来了句："不是冤家不聚头。"难道他早就知道了，只是一直瞒着她？一想到这就来气：这小子与陈大阳都是穿同一条裤子的，这么大的事，还不早点告知她，让她今天来了个措手不及。

"你回村快一年了？"黎秀芬听了有点不相信，回头望了陈大阳一眼。铁皮棚十分简陋，黎秀芬没想到陈大阳能吃这个苦。黎秀芬心想，这家伙悄悄回家乡创业，难道还真的是自己的话起作用了？

"铁皮棚不是违建吧？"

"这是以前留下的，我改造了一下。"

两人一问一答，有些不着边际。七婶不想在这里待太久，她还有别的事要办。"这种铁皮棚都是为了方便养殖户放工具，还有守塘用的。"七婶刚插了一句，黎秀芬又问："你真是喜阳阳养殖场老板？"

还没等陈大阳回话，张小爱一边冲茶一边大声说："珍珠都没那么真，大阳哥就是我们的老板。"

黎秀芬万万没有想到，喜阳阳养殖场竟然真的是陈大阳开的。"喜阳阳"用了村里的第一个字开头，"陈大阳"又用了自己的名字来做招牌名，亏你这个无情的陈大阳想得出来。

大家都坐下了。黎秀芬要喝口茶平复一下心情。

这天，最开心的人当属陈大阳，能再次见到黎秀芬，心里甜滋滋的。

张小爱从陈大阳的眼睛里，总感觉他有些"不对路"。女人的直觉有时就是这么准，张小爱不知道这位女书记与陈大阳是什么关系，但可以肯定的是，他们的关系肯定不一般。

陈大阳没想到黎秀芬回到了村里，便问："你回到村里工作了？"七婶总是觉得陈大阳面熟，但不知道是谁家的，现在想起来了，她抢着说："这是我们村的第一书记。"不一会儿，七婶还补充了一句："你们一早就认识了？"

　　"没有。"黎秀芬回答。"是的，早就认识了。"陈大阳却回话给七婶。

　　陈大阳听出了黎秀芬的不悦。他也知道自己做得不对，上次关来田与自己聊天后，自己一直在反思，一个大男人，主动追女孩子，没有什么不对。

　　陈大阳怯怯地望着黎秀芬，七婶不会知道为何这两个人的回答完全相反，她心底也有些嘀咕，人心总是七拐八绕的，犯不着想他们的事。七婶也就接着说："大家都是村里人，我想个个都认识。"说完就笑了起来。

　　黎秀芬也微笑着说："陈老板还是很有魄力的，年轻有为呀。"陈大阳听了，心里不是滋味，他知道黎秀芬在挖苦自己，但他没有气恼，只要秀芬开心就行。

　　"你是招姐的儿子吧？"七婶终于想起陈大阳是谁了。

　　七婶也高兴起来，说："我就说你面熟，还有那个。"

她对着张小爱说："我去超市买东西时见过你。你们都是我们村里人，这下好办了，问一下就知道了。"七婶根本不知道这两个多年不见的恋人，此时重逢，是有多么的五味杂陈，她只想着自己来办的事。

七婶乐得很。张小爱不时扫几眼七婶，知道她是村里人后，张小爱也不好再说什么了。自己在陈大阳家的超市做事，大家都是邻里，不时见到，也不知人家是不是陈大阳的亲戚什么的，所以她不敢造次，不再搭话了。

陈大阳见七婶不断地问自己，也就报上了自己父母的名字。七婶一听，就更热情了，不断在说，都是自家人。说起来，她的丈夫与陈大阳的父亲还是同一族的，只是丈夫走得早，自己一个人带着女儿生活，后来才在村委会做事。黎秀芬也是此时才知道七婶的经历。七婶把别人投诉的事与陈大阳说了，陈大阳也没想到自己做的这些事会让有些人不满。可他觉得自己没错，自己能给村民带来更多利益。七婶的话也多了起来，这可以让陈大阳与黎秀芬有更多时间注意对方。

刚见到陈大阳时，黎秀芬心里有些来气。可当知道陈大阳是回乡村创业时，她心中想的又是另一个层面，她生怕陈大阳做不好养殖。从原本在外面闯荡、不想回广东，到现在回到村里搞养殖，这种反差太大。虽然自己也是刚回到村里，但与陈大阳的情况又不一样。从感情上，自己对这个男人又爱又恨，这种恨就是当初自己叫他回广东，可他就是不回，完全不听自己的话。如果当初陈大阳听她的话，现在也不会这样子见面。而陈大阳见了她，好像平静得很，一直保持着那种傻傻的笑，这种笑黎秀芬梦里已经见到很多次了。

"因为接到村民的投诉，我只是来了解一下你们要收鱼塘的情况。"黎秀芬对陈大阳说。

"大阳，收鱼塘是好事，但你们有什么情况也和我们村委会讲一声。我们村委会也准备把到期的鱼塘再发包。在这节骨眼上，这事情比较敏感。"七婶接着话。

"我也不知道这事。我们想扩大规模，有朋友准备投资，就想把村里这些鱼塘收到一起，我便找了几个人在村里打听鱼塘的事。"

黎秀芬把心思放到了正事上，她从陈大阳这里了解到村里鱼塘的事，她一边听一边记，觉得自己很有收获。

陈大阳对此很不习惯，他对黎秀芬说："你不用记，我回头把资料给你。"原本记得好好的黎秀芬一听，不乐意了，抬头打量着陈大阳，抿了抿嘴。陈大阳注意到秀芬的表情，心里打鼓是不是自己又说错话了。

今天，他不能再错了。见到自己心爱的人，他还没有来得及给她解释上次的事。三年没见了，现在有机会遇上，看还能不能把关系给续上。

黎秀芬在那里坐了一个下午，基本上把村民的投诉情况弄清楚了。七婶家里有事，心里急着要走，但见黎秀芬还没有要走的意思，七婶也不好发问，考虑到新书记第一天外出调研，总不能把书记一人留在养殖场。

黎秀芬就是想多坐一会儿，她有好多问题要问眼前这个男人，也想多待一会儿，多年后又遇到，也是一种缘分。另一个原因，当初说出"分手"两个字之后，自己没有给陈大阳留一丁点儿的退路，自己做得有点绝情，心里总有些后悔。她之前也想过，如果两人再次见面，还得改一下自己这脾气。

倒是张小爱，在一旁冲茶的时候，总在观察着陈大阳对黎秀芬的态度。黎秀芬瞧见七婶脸上神色不安，怕是她要急着走，就对七婶说："你先回村委会吧，我等一下再聊聊，之后自己回村去。"没等黎秀芬说完，陈大阳接着说："七婶，你先回去，一会儿我送秀芬。"

陈大阳把"秀芬"两个字叫得亲切，七婶看了一眼黎秀芬，见她一脸平静。也不知道大阳如何知道黎书记的名字，还叫得那么亲切。

"你先走吧。"黎秀芬说。七婶笑着说了几句不好意思的话，便轻手轻脚地出门骑摩托车走了。

张小爱送七婶出门后，回到铁皮棚里，见黎秀芬与陈大阳依然坐着，两个人像是很熟络。黎秀芬对着陈大阳，开始问些高中时期的事。张小爱听出了些门道，这两人是同学，难怪这么熟了。

黎秀芬不想提分手那段的事，只问了陈大阳有没有见到一些老同学，这当中，黎秀芬也把她知道的事与陈大阳分享。两人一起聊着就忘了时间，也忘了还有张小爱的存在。

陈大阳说话时小心翼翼，生怕秀芬不开心，便随着黎秀芬的话题、顺着她的情绪在聊天。他表面上镇定自若，好像与黎秀芬没分过手一样，没想到黎秀芬却主动问起大阳的电话号码。"我们也才见面，我还没有你的电话呢，我有微信，你加上吧。"这话从黎秀芬口中说出来，陈大阳心里有点不是滋味，他心里有愧，也只有傻笑着，连忙掏出手机。"我的错，我的错。"男人对一个女人，如果能主动认个错，恐怕世间也就平安无事了。陈大阳在手机里收藏了秀芬的电话号码，还加了微信，在添加的微信备注里，他悄悄备注了"老婆"这个标签。

陈大阳想着，今晚一定要与黎秀芬吃饭，不能再失去这次机会了。关来田上次与他说的话，使他不断在反省，自己在这方面还真的做得不够，机会就在此时，他不想再失去。

张小爱见这两个人聊得甚欢，也没自己的事，就出门做事去了。出门后，她气鼓鼓地自言自语说道："大阳哥今天是不是被勾了魂了，也不理我，只顾着同靓女吹水，天下的男人都一样。"

时间过得快，太阳要下山时，黎秀芬才想到还要回村委会，第一天上任，还得回村委会去看看。陈大阳说，晚上到喜家美食店一起吃饭吧。黎秀芬生怕回村委会还有事，可是心中又想与这个男人一起吃顿饭，聊了这么久，两个人心里似乎有了某种默契，就是不提分手的话题。这个话题没有涉及，两个人就似林中飞翔的鸟儿，自由奔放，如初次见面一样。可见，这两个人虽然这么长时间没见，可感情依然还在。

黎秀芬是陈大阳骑摩托车送回村委会的，坐在后座，她感受到轻风的动人，秀发随风飘起。她的手自然抱着陈大阳的腰间，一股天然的安全感传遍黎秀芬全身，她已经很久没闻过陈大阳与风混合在一起的味道。"你开摩托车的技术还行。"黎秀芬在后面大声说，风呼呼地吹着，陈大阳听着没作声。"我也买了车。"黎秀芬接着说。"什么车？"陈大阳问。"荣威。"陈大阳说："你会开车了，女强人。"

"比你开摩托车好一点。"黎秀芬说道，她要让这个男人知道，自己在这几年里也自强自立了。

陈大阳载着秀芬，就像载着小媳妇去上班一样，他没想到上天这么捉弄人，分手三年的那种苦，在这一刻竟消失得无影无踪。回到喜隆村，自己回对了，福气来了，三年的无奈也似乎没发生过。

回到村委会，黎秀芬在办公室处理一下村里的事，村委会的人走得差不多了，但还有保安在值守。陈大阳只在门外等了一会儿，随后他们就去了喜家美食店。当晚，两人"撑台脚"。经过一天的相处，关系好像恢复如初。饭后送黎秀芬回她住的小区时，陈大阳默默想着，自己要不要也在这个小区买一套房子，两人住得近，可以有个照应。

与陈大阳告别后，黎秀芬回到家洗漱完便躺下了，原本有些激动的心情渐渐平复，一夜好眠。

　　在村委会工作，黎秀芬如鱼得水，不仅因为她能力出众，还因为她有一个经验丰富的老爸在后面当参谋。父亲给秀芬出了很多主意，要她平时充分倾听村民意见，落实政策前要做好对村民的宣传解释工作，遇到有争议的决策要让村民进行投票。比如，处理陈大阳被村民投诉鱼塘价格的那件事，她就召集村民来听意见，还发放调查问卷，带着村组长一起到村民家里，向村民讲解如何将鱼塘统一管理，如何与养殖户开办合作社，让村民明白做这些都是实实在在地为了村民和集体。让鱼塘养殖做到市场化运作，一能增加村集体收入，二能增加村民分红，三能整合鱼塘资源、规模化养殖、增加养殖户议价权。村民见到书记那么亲民，都夸她做得好。

第六章　女主人

陈大阳以养殖合作的方式，扩大了养殖规模，以村里最高的塘租，将村里到期的600亩鱼塘全都租出去了，由关来田任大股东，三年一租，三年后继续签约，每年按比例提高租金。光这些鱼塘，就给村集体一年增收了100多万元。黎秀芬回村里担任了半年书记，就见到这可喜的变化。黎秀芬贴出村集体收益通告的那一天，还承诺要给村里老人买养老金，村里大榕树下的老人听后都开心地议论起来，都说为村里做了一件大实事，可以帮60岁以上的老人补买养老金，让他们老来无忧。

黎秀芬回到村里任第一书记，不但收获了爱情，还把工作开展得顺顺利利。她觉得陈大阳真是个养殖经营人才，他是这个村里为数不多的大学生，在外面找点事做并不是难事，但他甘愿回到村里养鱼，还真的把鱼给养好了，黎秀芬打心底里对陈大阳刮目相看。

这天一早，黎秀芬刚刚上班还没来得及坐下，一辆车就停在村委会门口，一行七人下了车，走在最前面的是镇里主管农牧渔业的吴副镇长。

一早就来检查，黎秀芬完全没有准备，她带着七婶下楼去迎接。

"吴镇，我不知道你要来。"黎秀芬笑着迎了上去。

吴副镇长忙与黎秀芬讲了一下情况，黎秀芬才知道这是市政协委员到村里调研养殖情况。

事先不打招呼，就是想了解真实的情况，吴副镇长简单地向黎秀芬说明一下。

原来此次市政协调研一直没定下时间，昨天定下来，今天一早市政协领导就到了。镇里完全没来得及安排，好在市政协也没有更多的要求，只是开个座谈会再到现场看看。

吴副镇长感到很无奈，无法提前安排，只能直接带他们到喜隆村来调研了。

这种临时的任务最能考验一个人的反应能力。父亲在家常与黎秀芬讲，地处海边，台风多雨水多，做村干部得有快速反应能力，要不，台风一来，连村民的鱼塘都难以保护。自然，她心里也时时绷着这根弦。

开座谈会要找村里人来参加呀，谁能最快到村委会来呢？当然是陈大阳啦，秀芬心里快速盘算着。

"七婶，打电话叫陈大阳来村委会开会。"七婶拿起电话，以询问的眼神盯着黎秀芬，靠近黎秀芬，悄悄问："就直接叫他来，不说什么事？"

几位政协委员站在一边，吴副镇长向他们介绍村里的养殖情况。

"村里养殖业在这两年得到大力发展，村集体的收益也在增加……"

吴副镇长说得头头是道。黎秀芬觉得这些领导都比自己强，在村里当干部，村中的一些事自己还不是十分了解，她倍感压力，时间不允许她多想，不能让委员们等太久。

"吴镇，我们的会议室在二楼，您带着他们先上去，已经通知养殖户过来了。"

黎秀芬笑着对吴副镇长说，吴副镇长也深知这种临时的任务比较棘手。他带着政协委员向二楼的会议室走去。

黎秀芬忙着安排，接过七婶帮她拿过来的手机，对七婶说:"我给大阳打电话,你去会议室。"

七婶正慌乱着,听黎秀芬这么一说,便赶紧向二楼会议室跑去。

电话通了。"大阳",黎秀芬这边急切地喊出陈大阳的名字。

陈大阳一早就到鱼塘看看水质,他头戴草帽,脚穿拖鞋,秋天的早晨凉风习习。陈大阳刚在塘边蹲下,口袋里的手机就响了起来。

是黎秀芬打来的电话,沾着水的手湿漉漉的,陈大阳双手在衣服上擦了两下,白色T恤上立刻就有了一堆水印子。

陈大阳在手机上为黎秀芬设置了专用的来电铃声,她的电话一响,他听声音就知道了。"你立刻出发,在5分钟之内到村委会,什么都不用带,带个脑子来就行。"电话那头,黎秀芬着急地下达快速赶到村委会的命令。陈大阳一接电话就听到这个命令,还摸不着头脑,但他知道黎秀芬肯定有急事。自从重新见到秀芬,他的心情也好了起来,人家说,只要心情好,做什么事都顺畅。能与黎秀芬在一起,他就开心。近期,他也将养殖场各方面的事务推进得井井有条。

"我会带脑子，但总得换件衣服吧。"陈大阳说。黎秀芬没等他把话说完，接着又来："没人看你穿什么的，我都不看，别人还在意吗？"黎秀芬一着急，也就什么都不顾，只希望陈大阳快点过来。

从塘边到工棚要两分钟，再开摩托车到村委会至少也得七分钟，不换衣服就不换，拖鞋也不换了。在村里摩托车是最佳的交通工具，风从陈大阳的耳边吹过，阵阵的风声似鸟儿在欢呼雀跃，增氧机在路两边的鱼塘里"眉开眼笑"。

七分钟后，陈大阳便到了村委会门口。车在门边刚刚停下，在厅内踱来踱去的七婶见到陈大阳的身影出现在门口，就箭步冲上来，拉住陈大阳就往二楼跑。

"七婶不用拉，你慢点……"

七婶哪管他叫不叫，拉着陈大阳就来到二楼会议室，会议室的门开着，黎秀芬坐在一旁，七八位领导围坐在长方形的办公桌旁，陈大阳被引到正中间的位置坐下。

陈大阳认得吴副镇长，在镇政府的官网上见过，不熟悉，但还是礼貌地先向他打了个招呼。

会议由黎秀芬主持，短发齐耳、瓜子脸的黎秀芬给大家介绍："这就是我们村里的养殖户陈大阳，我让他来讲讲自己的养殖情况。一会儿如果有什么不清楚的，各位委员可以直接问他。"黎秀芬讲完便看向陈大阳，好在两人也是有多年的默契，要不像这样毫无准备的会议，一上来就让陈大阳临阵磨枪、出口成章是真的难。

陈大阳对秀芬轻轻点了点头，笑了一下，不慌不忙，他是以平常心对待这件事。他秉着既来之则安之的态度，在工作上最重要的是能给黎秀芬更多的支持。

陈大阳就把自己如何回家创业开展养殖的过程，向政协委员做了汇报。他讲自己的经历如数家珍，就像秀芬说的，带着脑子来就行。

汇报了十多分钟，一位 50 来岁的政协委员发问："你养殖的成本是如何控制的？主要的成本费用出在什么项目上？"

陈大阳没想到政协委员让他算成本，这是他最常讲的。"电费、塘租、人工还有饲料，这几样是主要的成本。塘租相对固定，但是我也会按合同规定来，每年都会按比例涨一点。我觉得这个塘租最终都是给到村集体，也没什么。但电费很难控制，我们的增氧机开得多，电费就贵。也请政协委员帮我们呼吁一下，给些政策减减我们的电费。"

陈大阳成了会议的主角，他思路清晰，有条不紊地回答其他委员各种各样的问题，如一个鱼塘一年能赚多少钱？还会不会再带动更多的人来做养殖？……问题还真不少。关于能赚多少钱，陈大阳感到难以解答，他办养殖的时间也不长，还没到收益的时候。他现在还很难判断，还要看市场反应，其他的问题陈大阳回答得头头是道。

坐在对面的黎秀芬微笑地听着，这男人工作的样子真招人喜欢，他硬生生地被自己拉来当挡箭牌，没想到真是一张好牌，这一次江湖救急让黎秀芬给这个男人打了满分。

没有经过准备的会议，也开得如此好，会议开了一个小时左右，委员们也没有问题了。见没人吱声，吴副镇长才发声，这种会议最关键就是控制场面，何时出来讲话，是一门很讲究的学问。

这种分寸，吴副镇长就拿捏得很到位，他见到大家交流得差不多了，就说带大家到陈大阳的养殖场看看。

黎秀芬趁着大家起身准备出门上车的时候，和陈大阳交代了几句，让他先回鱼塘那边等着，一会儿她带路与吴副镇长一起开车过去。

"进鱼塘的路难走，不是硬底，你只能停在200米外的村口，到时走进去会更方便。"陈大阳提醒秀芬。

黎秀芬抬眼对着提醒自己的陈大阳，会心一笑，回了句："明白，大人。"转身就走过去招呼吴副镇长了。

吴副镇长与黎秀芬边走边带着政协委员下楼，他对黎秀芬说："好好干，村委工作有起色，希望能带领养殖户成为我们镇的养殖标杆。"

吴副镇长鼓励了黎秀芬几句。在众多政协委员面前，吴副镇长不忘对村干部的工作给予肯定和鼓励。

"黎秀芬是我们镇不可多得的年轻女村干部，来这里当第一书记，也是锻炼的好机会，前途无量。"吴副镇长特别强调"女"字，将话题拉长，特别要让这些政协委员都听到其中的意思，这像是一种荣耀。

就这样，一场临时的任务，让陈大阳与黎秀芬两人的关系又增进了许多。

鱼塘的管理自从交给张小爱和童晓东跟进，开始变得井井有条。虽然不是春天，但陈大阳还是寻思把鱼塘边上的塘基种上树苗，要不光溜溜的鱼塘总让人感觉缺少点生气。

这天上午，陈大阳在鱼塘换完饲料。他从塘里抓了几条鲩鱼，称完后发现每条都快到 11 斤了，像这样大的鱼，拿到市场还是能卖个好价钱的。男人是主要劳动力，称鱼时童晓东最卖力。鱼被捞上来放进经打氧机充氧后的有水塑料袋。穿着连体衣裤的童晓东在鱼塘里捞鱼时，张小爱就成了指挥，说道："别把鱼鳞给伤了……用手抱着……抓紧了……"张小爱不断地在指挥童晓东。见到这样的员工，陈大阳也很开心，他突然想到了秀芬，就不自觉地拿起手机给黎秀芬打了电话。

"哪里有树苗卖？"

黎秀芬问为什么要找树苗，陈大阳说想在鱼塘边种点树木。秀芬说："喜隆圩有几处卖花木苗的地方，但鱼塘边不适合种这些大树，可以种些香蕉苗之类的。"

"对，那也得买香蕉苗。"

电话那头，黎秀芬刚说道"你等等"，电话就被挂断了。

自从两人的关系修复后，陈大阳感觉自己与黎秀芬还是缺少深入沟通的机会。平常两个人都忙，见面时间少，电话也讲不了几分钟。

约莫一个小时后，陈大阳与张小爱他们还在捞鱼上秤，就听到远处传来摩托车的声音。陈大阳循声望去，见到一辆蓝色的三轮摩托车，上面坐着一个戴黄色头盔的男人，摩托车后面装着十多株带绿叶子的香蕉苗。陈大阳视力不错，但他的眼力没张小爱好。

张小爱放下鱼，跑到棚子一旁的水龙头边洗了个手，也不擦，边走边甩了几下，回来站在陈大阳身边。天气凉爽，微风习习，张小爱最爱与陈大阳斗嘴，她看着远处来的摩托车，便挤眉弄眼地对陈大阳说："不是来给我们送大饼的吧？"

"都是香蕉苗，哪来的大饼？你都吃成个饼子脸了。"陈大阳与张小爱开玩笑。有时，他们开起玩笑来也没大没小，张小爱不把陈大阳当老板，在她眼中陈大阳就是一个搞事业的大哥。

"哟！嫂子也来了。"张小爱指向三轮车后面，还真的有辆小摩托车跟在后面。100多米远，黎秀芬那身影一出现就被陈大阳认出来了，可她今天不是平时的穿着呀，为何是一身的风衣，还是浅灰色的？牛仔裤也是黑色的。

女人的直觉是最准的。自从那次黎秀芬到了铁皮棚后，张小爱就觉得陈大阳做事不像以前那么随性了，变得稳重了几分。有时，张小爱与陈大阳一起工作时，总来几句玩笑，说大阳哥像一个热恋的人。陈大阳听了也不恼，反倒问起张小爱，要是选黎书记这样的女人做老婆会不会很好。此时，张小爱就知道陈大阳爱上了这位女书记。

有几次，张小爱发现陈大阳背着她与童晓东在跟黎秀芬聊电话，一聊就是很久很久，这更让张小爱觉得陈大阳恋爱了。

一会儿工夫，三轮摩托车与黎秀芬的摩托车都停好了。见到生人，棚子里打盹的大狗窜出来，向着外面大声吠了起来。黎秀芬为了方便，也让七婶帮忙买了辆摩托车来开。

"别叫，书记来了你也叫，找死呀！"张小爱拉住狗教训了几句。陈大阳没空理她，向她飞了一记眼刀。张小爱吐了吐舌头，做了个鬼脸。黎秀芬刚停好车，听到狗叫，她快速地向陈大阳身边靠过来，这样才有安全感。

"到了，师傅，你帮我放下就可以走了。"

黎秀芬看着师傅从车上卸下香蕉苗。十株香蕉苗被堆在工棚的一边，张小爱也在一边看着。

"小爱，你站着干啥？快来帮忙。"黎秀芬对着张小爱说，她像没见到陈大阳似的，陈大阳站着像个多余的人。

"书记，好嘞。香蕉苗种哪里好呀？"张小爱改了称呼，一边应着黎秀芬，一边有意无意地瞟一眼陈大阳，心想：鱼塘的事不是应该去问陈大阳吗？张小爱的这些小心思都被一旁的童晓东看在眼里，笑在心上。

秀芬姐迟早是我们的嫂子，家里当然是嫂子主事了。张小爱的心思可清了。

黎秀芬也不客气，完全是一个女主人的样子，对着张小爱说："三个鱼塘边上都种上，方向有讲究，要种在南边，这样香蕉才容易生。"

"小童，过来种香蕉。"张小爱向着童晓东喊。随后，他们两人到工棚里找锄头，童晓东一手提一株香蕉苗，两人去种香蕉了。

只留下陈大阳与黎秀芬，陈大阳招呼黎秀芬进临时搭的工棚。黎秀芬一坐下，陈大阳就开始煮水冲茶。"我本来想让你种的，没想到张小爱他们在这里。"黎秀芬边说边往四周看看，工棚居然简陋，在陈大阳整理后变得整洁干净。"工棚要有个展示养殖的环境，现在这里太小了，有客人来也没地方接待。"黎秀芬顺手打开一角的电风扇，阵阵香味飘来。

"我准备把一个鱼塘改造一下，将鱼塘做成瘦身鱼塘，把养过的鱼再瘦身15天左右，这样鱼的肉质会更好，价格也可以卖得高一些。"陈大阳把冲好的茶递给黎秀芬。此时，黎秀芬就坐在自己对面，他们好久没有这么安静地聊过天了。

"再将工棚搭得大一些，可以在棚里养瘦身鱼。"秀芬提议到。没等黎秀芬讲完，陈大阳就说这个方案好。

这天的阳光不错，也不知是鱼塘的水波反射，还是工棚缝隙多，工棚里出现一闪一闪的光线。时光过得飞快，黎秀芬心里掐着时间，她想在这工棚里多待一会儿。今天是休息日，要是平时她就得到村里的困难户家走访，但今天坐在这里聊天，她没有想过自己是村干部，倒像是女主人。平时她家访都带上水果，来这里则总是两手空空，眼里看着、心里还想着这里缺什么，准备回去后再买些过来。就刚才观察一下，她发现工棚里少了放水鞋的地方。为何有这种当家做主的想法，黎秀芬自己都有些难以理解。

童晓东他们种完香蕉苗，回到工棚这边，张小爱就大声说："书记，种好了，下一年就有香蕉吃了。"

"你们的动作真快。"黎秀芬笑着回了一句。

"不是我们动作快，是书记的心里面忘了时间，所谓'快活不知时日过'！"张小爱说完就冲陈大阳坏坏地笑了笑。陈大阳看了看张小爱，又回望了黎秀芬，三个人都笑了起来。

黎秀芬也准备走了，"嫂子……"张小爱正想大声说，陈大阳手扬了起来，张小爱就笑哈哈地出去了。

"你不留下吃饭，要不我们到圩里吃饭吧？"

黎秀芬不留下吃饭，陈大阳心里有些失落，他跟着黎秀芬出门，主动推着黎秀芬的摩托车，脚步放得很慢。"你会骑摩托车了？"陈大阳问。"骑这个方便，去村民家做家访，有个事一下就到了。"黎秀芬说。

望着四周的鱼塘，黎秀芬显得很开心。"等我们把村里的养殖户都调动起来，到时鱼塘的租金就能翻一番。村集体的收益增加了，我们村里就有钱做事了。"她笑着回头对陈大阳说。

陈大阳觉得黎秀芬说话的样子格外美，塘基的路不好走，凹凸不平，但他们走得很顺，似乎路本来就是平坦的。偶尔有飞鸟掠过，这才显得两人的脚步是那么慢。

"等我赚了钱，我会捐给村里办事业。"陈大阳突然来一句。

黎秀芬回望着陈大阳，停了一下，"呵呵"笑出声来，说："给你点赞。嗯，觉悟高。"黎秀芬的大拇指在陈大阳眼前晃了几下，小小的，很是可爱，路再长，总有尽头。望着黎秀芬的摩托车远去，陈大阳决定把自己与黎秀芬谈恋爱的事告诉父母。

第七章　父母反对

陈大阳没想到父母会反对他与黎秀芬谈恋爱。就在黎秀芬帮他种完香蕉苗的第二天中午，陈大阳约父母到镇上的一家餐厅喝茶，父母已经很久没有见到陈大阳了。听到儿子约喝茶，他们早早就到了餐厅。陈大阳原本想坐在大厅里，后来觉得大厅人多杂乱，说话都听不清，他就要了一个房间。房间有最低消费400元，陈大阳想三个人应该吃不了400元吧。但转念一想，有正事与家人说，也算是一个值得纪念的日子，当然不怕贵了。

约了中午12点到，出门时，陈大阳才想到要给父母带些水果。他先到喜隆桥市场转了转，买了几斤苹果，顺便看看市场的鱼价。

到了餐厅，父母早已赶到，陈大阳提着苹果走进包间，母亲招爱娣见到陈大阳手中提着苹果。

"你也买苹果，这么巧，我也买了给你。"说完，她从一旁椅子上提出一袋装好的水果。

"不浪费，多了带给小爱他们一起吃吧。苹果寓意平平安安，广东人讲究好意头。"陈大阳父亲忙补上他的话。许久没见到儿子，一家人一起喝茶自然是开心的事。

陈大阳坐下来，就让母亲点菜。以前一家人一起喝茶，都是母亲点菜。"小榄炸鱼球、石岐乳鸽、蕉蕾粥、沙溪大煎堆、五桂山米仔糕、崖口云吞、粉果金吒、叉烧包……"

"够了够了……"父亲陈仁威一听老婆说了这么多菜名，就及时叫停，点太多三个人吃不完，浪费。

招爱娣宠惯了儿子，总想着儿子爱吃的菜。"大阳，你多加一个你中意的。"招爱娣说完就把菜单递给陈大阳。

儿子就是儿子，无论长多大，还是父母心里那个没长大的孩子。

"妈，你点就行，如果有豉汁排骨，可以多加一个。"陈大阳点了一个自己喜欢吃的菜，他没有接母亲递过来的菜单。他知道母亲会把家里的事包揽下来，就算是点菜。

招爱娣很自然地把点菜单拿在手中，眯着眼睛在点菜单上找陈大阳要点的菜。"有了，找到了，勾上。"她边说着边用铅笔在点菜单上画了个钩。

陈大阳给父亲的杯子倒满后，又给母亲的杯子加了茶，说："妈，今天宣布一件事情，我有女朋友了。"

陈大阳慢条斯理地说着。陈仁威刚刚端起的茶杯又放下了。父母异口同声问道："交了女朋友？"

"怎么不带回家看看？"陈仁威有点焦急地说。

"生得靓不靓？"招爱娣走到陈大阳身边问。

"妈，你坐回位置上去，一会儿我告诉你。"陈大阳见到父母对自己终身大事的急切反应，觉得有点好笑。

"是哪里人呀？广东的还是广西的？"陈仁威这一问也真的让陈大阳笑了起来，说："爸，你还想我找个广西妹呀？那么远？"

"有什么所谓，只要你中意就行了。"陈仁威讲得很亲切，他为儿子有了意中人而开心。

"讲啦，仔，你不要'收收埋埋'了，早日带回家，我好抱孙子！"招爱娣可不避讳，直肠直肚讲了出来。

"老妈，你也太着急了。"

此时服务员送菜上来，打断了他们的对话。今天点了一桌子菜，陈大阳一一夹给父母，自己也开始吃了起来。

"衰仔，快点讲啦，别吊老妈的胃口呀！"招爱娣抓起一块鸽子肉送到嘴里，一咬满嘴的油。陈仁威只是拿起茶杯喝了几口，他表面上没有老婆那么着急，但心里，早就想知道未来儿媳妇是谁了。

"不会是湖北妹吧？"陈仁威问，因为陈大阳在湖北工作过，谈一个湖北姑娘也正常，他这样试探就是想早点知道。对想得到答案的人来讲，此时心中会有各种情绪。包间内香味弥漫，陈大阳就要吊吊两位老人家的胃口，他先不断夹菜吃，就是不说女朋友的事，吃得差不多，见两位老人食之无味，都看着自己。

"好吧，我投降了，告诉你们，不要乱猜了，她是我们村的。"

陈大阳话音刚落，父母又异口同声说，"同村人！"他们讲完对视一眼，异口同声地问道："我们村哪有什么适合你的妹仔？"陈仁威表示怀疑，心想，说不定这小子是在哄他们开心。

"是呀，村里没有，没有……"招爱娣很肯定地说。

陈大阳见二老不信，他也有点忍不住了，忙说："谁说没有呀，村干部里就有呀。"陈大阳手夹菜口喝茶，一落一上，话就说出来了。

"村干部？"陈仁威的脑子飞快地运转，"七婶……"招爱娣一听，笑呵呵地停不下来。一边低头吃菜的陈大阳听到父亲说出"七婶"，差点喷饭。

"爸，你老糊涂了吧，七婶是亲戚，你都想哪里去了？"陈大阳深感无语。

"我说漏嘴了，那村干部里也没什么人了。"陈仁威很肯定地说。

两位老人掰着手指头数着村干部里的年轻姑娘。

"好了，好了，你们不知道，我告诉你们，是黎秀芬。"

当"黎秀芬"三个字被说出来，包间的两位老人家都呆住了，睁大眼睛，眼里充满吃惊、愤怒和难掩的情绪。

"黎大南的女儿？"陈仁威反问陈大阳。

"是呀！"说出心事的陈大阳轻松地站起来，端起茶壶给父亲倒茶。此刻陈仁威突然站起来，脸色微红，大声说："他家的女儿不能要！"

"不行！"招爱娣也大声说。

陈大阳刚起身，见两个人反应这么大，端着茶壶定在自己的位置上。

"爸，你反应这么大？"陈大阳轻声问。

"是黎大南的女儿就不行！"陈仁威坐下来转过脸对着陈大阳。招爱娣也说："不行，我们不要黎大南家的女儿。大阳，怎么黎大南的女儿回村当干部，我们都没听说的？"招爱娣平日忙于超市的事务，较少回村里，一直不知道村委会来了一位新书记。

"妈，她是回村当第一书记，你们怎么这么大反应，同村的就不行了吗？"

"不是，别人可以，他们家就是不行。我们跟黎家势不两立。"招爱娣情绪激动，饭也不吃了，气呼呼地坐在一边。包间里原本热腾腾的饭菜瞬间不香了，愉快的气氛变得冰冷安静。

陈大阳不明所以，没想到父母会是这种反应，他本想让父母开心一下，以为是个值得纪念的日子，谁知成了这样。他不知道父母与黎家有什么过节。

过了一会儿，陈大阳打破沉闷的气氛。

"爸妈，我们和秀芬家是怎么回事？我怎么不知道。"

"陈年旧事，没什么好说的。"陈仁威压低声音说道。

招爱娣的眼泪流了下来，她一边抹着眼泪一边说："大阳，你不知道你爸那条腿是怎么跛的，就是黎大南害的。"招爱娣流着眼泪一五一十给陈大阳讲起当年的故事。

在陈大阳还没出生的时候，陈仁威买了一台手扶拖拉机搞运输。那时，黎秀芬的爸爸任村支书。那一年，村里要在喜隆河边修堤坝，由于缺少运土工具，黎大南专程找到陈仁威，让他帮忙去运土方，说好一天运20车，每五天结一次账。谁知运土的山堆现场没有安排人员装运，陈仁威就转到了另一个地方运土方去填坝。陈仁威运了四天后，黎大南才知道陈仁威没在指定的地方运土。如果这个事找个办法解决一下，也就过去了，可当天陈仁威运土方时，在半路翻车了，村里没人发现，导致他一直得不到救援。后来，一位过路人才把陈仁威送到镇卫生院。因为修堤坝的时间紧，黎大南一直忙着工地的事，也没空过来看望陈仁威。最后，陈仁威的脚就落下了这个病根子。

这个事得记在黎大南的身上，黎大南当这个书记是不合格的。虽然后来村委会给陈仁威结清了医药费，可工钱都不够治好脚伤，没办法，陈仁威只好把拖拉机卖了，才治好脚伤，最终脚还是有点跛。

陈大阳听完，心里发蒙，原来自家与黎秀芬家还有这么一档子事儿，当年的事他一点都不知道，多年来父亲一直跛着一条腿，对于他来说，这是多么大的伤害。当年情况究竟为何？事情过去多年，陈大阳又不清楚内情，这个结估计是很难解开了。但如果继续这样下去，两家的怨恨只会越结越深，无法化解。自己和黎秀芬该如何面对呢？

陈大阳边安慰母亲的情绪，边想着自己和黎秀芬的关系该如何发展下去。

这顿饭像是吃出了陈大阳一生的长度，也吃出了他从未有过的纠结和无奈。按父母的要求，自己此刻应该立刻和黎秀芬断绝来往，但他觉得自己应该先了解事情的全部经过，看看能不能想办法缓和、调解两家的关系。因为，这不仅是自己和黎秀芬的事，还让父母一直心怀怨怼、无法释怀，不能真正轻松和开心起来。

黎秀芬父母还停留在自己的情绪中，这顿饭是很难吃下去了。一场愉快的聚餐眼看就要不欢而散了。

陈大阳想了想，得找个知情人来了解一下当年的情况。他想到了五叔，借口上洗手间，走出包间拿起手机给五叔打电话。五叔那头问什么事，陈大阳说了刚才的情况，五叔说："这事我知道一点，我马上过来。"

一会儿工夫，五叔乘着摩托车来到了餐厅。陈大阳忙把五叔迎进包间。五叔一进来，父母的情绪不像刚才那么压抑了。

五叔在父亲旁边的空位上坐下，陈大阳拿茶杯给五叔倒茶。"老五，你吃饭没有？"陈仁威问。

五叔说吃过了，他来就是想说说大阳的事。

"老五，你说我们家能让黎大南的女儿进门吗？"陈仁威问五叔。

五叔笑了笑，说："大哥，人家秀芬还不一定看得上大阳呢。"

陈大阳静坐在一旁，他想听听五叔有什么说法。

"什么，她还看不上我家大阳？凭什么？！"招爱娣气呼呼地说。

"人家是村支书啊！"五叔接着说。

"村支书又如何，我们家大阳不在乎。"陈仁威说。

"你不在乎？大阳不在乎吗？"五叔又说。

陈仁威有些火，质问道："大阳，你和黎大南女儿谈了多久了？"

陈大阳把大学到现在的时间算了算，有七八年了。

"这么久！一点风声都没有，你怎么不告诉我们？"招爱娣有点坐不住了，说道，"真是生仔无用，心向外生。"招爱娣不开心，嘴巴就管不住，讲出的话有些伤人。

"主要是之前在学校，后来又有些波折，没有确定关系也不好告诉你们。"陈大阳慢慢地说。

"你这衰仔，我经常问你有没有女朋友，要不要介绍给你，你都说没有，还不想找女朋友，结果你偷偷找了黎大南的女儿。"招爱娣更生气了。

"这对年轻人有缘分，你们老人家就不应该这样子了。"五叔适时接话。陈大阳没想到五叔在这方面这么有天分，养鱼不行，当和事佬倒合适。

"你们要他像我一样吗？"五叔这话一出，顿时包间的气氛像停滞了一样。

陈仁威与招爱娣的心底有另外一个伤疤，就是老五找不到老婆。

五叔的话像重锤敲在两位老人家的心上，他们的心里原本就有的东西成了碎片，碎成一地。陈大阳不能走老五的路，这样下去，陈家可能就无后了。想到这，陈仁威的态度有了些许缓和，他说："你要是真喜欢，就由着你吧。"

招爱娣在想如何是好，听了陈仁威的话后，补充了一句："还不知道成不成。"

五叔说："这是年轻人自己的事，让他们自己去办就好了，大阳你要真的和秀芬好，就要认认真真，我们都盼着你快点结婚。"

刚才还是疾风骤雨的氛围，现在突然变成晴空万里、风和日丽，陈大阳还没有缓过来，他忙答五叔的话："我们也想'拉埋天窗'，但还不到时候。今天只是想让大家知道，我有女朋友了。"

陈大阳这样一说，招爱娣的心里又打起鼓来，她小声嘀咕起来："还没到时候？那是八字还没一撇啊。"她讲完后又有些失落。

这顿饭最后在五叔的穿针引线下，也算是和平收场。陈大阳的心里又多了一份心思，他没想到自己连家里这些事情都不知道，他不清楚黎秀芬知不知道这件事。

"气象部门预计，受台风影响，广东中东部沿海海面和珠江三角洲地区将出现9到11级大风，阵风12级。

22 至 23 日，珠江三角洲和粤西地区有一次暴雨到大暴雨、局部特大暴雨的降水过程……"

这是龙眼成熟的季节。这天早上 8 点，黎秀芬刚刚起床，做完早餐打开电视就看到天气预报。"这个台风对我们影响挺大的。"黎秀芬刚想了一下，手机就响了起来。一接电话，是镇党委办通知村干部到镇上开应急会议。她三两下收拾好碗碟，在脸上擦点防晒霜，将短发向后扎起，穿上浅灰色的长袖上衣、蓝色牛仔裤、白色球鞋。这是黎秀芬回到村里当干部的日常衣着，方便大方又亲民，还不张扬。她在村里见到二婶三叔四伯时都与大家聊聊家常，这样才能让自己快速和大家熟络起来。父亲常常教导她要和乡亲们打成一片，见了乡亲们要说说笑话、拍拍肩膀、喝两口小酒。喝酒不是黎秀芬的强项，但与村民聊聊家常、开开玩笑，那是难不倒她的。

要与村民打成一片、没有距离感，首先得在着装上注意分寸，所以黎秀芬很注重这一点。

到镇里开完会，黎秀芬回到村委会后，立刻召集村干部开会，将紧急启动防台风、防暴雨的三级预案部署下去，打开广播提醒村民做好防台风准备，要求村干部 24 小时轮流值班，重点排查村里危险点。

台风说来就来，中午开始，一阵阵狂风裹挟着大雨，密密麻麻地砸下来。对于这种台风天，生长在沿海地区的陈大阳从小经常遇到。每到台风天，村里的树木都被吹倒一大片。

　　"大阳，你们的鱼塘有没有做好防御准备？这次不是开玩笑的，这次台风真的很大。"黎秀芬在安排防台风各项工作的间隙，也不忘给陈大阳来个电话提醒。

　　"放心，我这边都有准备，就怕没电导致鱼塘氧气不够。"陈大阳也说了自己的担心。

　　"你买发电机没有？得备一台，买点柴油。"

　　"有发电机，我昨天也叫小爱买了柴油备用。"说到这里，陈大阳也不忘关心秀芬，"你们24小时值班，你都负责哪一片呀？"

　　"晚上在喜隆桥那边巡逻。我怕水太大，河堤会被冲出缺口，得盯着点。"黎秀芬在电话里说着。

　　"你一个人去巡逻？"陈大阳不放心地问。

　　"没有，带着村里巡逻队的冲仔一起。"黎秀芬怕陈大阳担心又笑着补充了一句，"不怕的，有帅哥在旁边保护我。"这是一句玩笑，黎秀芬就是怕陈大阳担心。

　　"我把我们的事告诉家里人了，找一天我们一起吃饭，见个面。"陈大阳不知道此时是否适合讲这些话，但他还是忍不住说出来。

电话里的黎秀芬倒是大方得很，"哈哈"笑了几声，清脆悦耳，充满了阳光的味道。"这么快要见公婆了？我还没有准备好呀。"黎秀芬的话带着轻松的口气，着实让陈大阳有些疑惑——秀芬知不知道两人父母间的问题。以前的秀芬腼腆害羞，现在变得更加落落大方了。

"没什么就是吃顿饭吧。"陈大阳回了一句。秀芬正在忙着，陈大阳也不想说太多耽误她。"你要把鱼塘看好，我们下午就出去巡逻了，外面风大雨大。傍晚，台风在我们这里登陆。你晚上还要守鱼塘吧？小心一些、注意安全。我先挂了。"

黎秀芬那头挂了电话，陈大阳就开始将鱼塘的工棚加固，找铁丝和木头，先把香蕉苗用三根木头绑上。陈大阳与童晓东一起穿着雨衣水鞋，用铁丝缠住木头固定香蕉苗，每加固一处陈大阳都用手摇一摇检查一下。

自那天与父母"摊牌"后，陈大阳就扩大了鱼塘的规模，他还听了强叔的意见，开始给脆肉鲩瘦身。他想过了，平时给鱼投喂饲料、查看鱼塘、监测鱼的生长都要人工完成，有了关来田的资金，他觉得还得用科技手段，不要像五叔他们那样靠人对鱼塘的含氧量、pH 值来做经验判断，导致抵御风险的能力低。陈大阳就找人做了自动投喂系统，还利用移动后台搭建了智慧渔业中控平台，能做到精准投喂，确保了饲料的充分利用，促进了脆肉鲩的健康成长。

他计算过，以前投喂一个鱼塘需要一到两个小时，自从换了这些系统，现在只需二十分钟。他还与合作的养殖户共享了系统，给合作社的养殖户都配了自动投喂系统和手机登陆系统，让他们随时随地获取天气预警和水质水温监测的信息，以及查看鱼塘现场的监控视频，实现了对鱼塘情况的全面掌控。与陈大阳合作的七叔拿到手机时，还不会用，一脸的不高兴，在童晓东手把手指导下，七叔也学会了。前几天，七叔还专门过来说："我现在管理十多亩鱼塘也不累了。以前我每天都要抬差不多一吨的饲料。夏天，一身水一身汗，湿淋淋的，回到家里，老婆都不喜欢我。冬天沾水又冷，手脚都会肿起来。"

陈大阳深知，只有利用科技手段才能管理好鱼塘的水质。才不会出现像五叔那样的事故。在陈大阳眼中，科技的力量是无穷的。只有不断创新、与时俱进，才能让传统农业焕发新的生机与活力。

可是，对于自然的力量，陈大阳是无法改变的，他只有做好防护。

趁风还小，陈大阳让童晓东将塘里的水抽少一点，抽水机也放在了一边备用。

陈大阳一直在鱼塘边守着，雨越下越大，台风逐渐大起来，发出"呼呼"声。塘边的香蕉树苗被吹得东倒西歪。雨下得越大，他的心里就越担心秀芬。下午4点多，母亲来电话问他在工棚里是否能做饭吃，要不要回超市这边吃饭。陈大阳说雨太大了，要留下来守鱼塘，这里有煤气灶可以做饭，童晓东会做吃的。

与母亲通完电话，陈大阳又用手机查询天气情况。台风将于傍晚登陆，不知道黎秀芬那边准备得如何。有所牵挂，心就放不下来了。

台风卷着密集的雨点野蛮地吹来，吹过鱼塘的水面就像撒下了一粒粒黄豆。狂风吹过，一时卷起一阵暴雨砸下来，一时又像要将一切阻挡都扫平。

天色渐晚，台风忽高忽低地在夜色下乱吼，似乎要把大地的一切都吞下。陈大阳借着灯光往鱼塘看，童晓东也没有休息，不时打亮手电筒照向鱼塘留意最新情况，还好提前放了鱼塘的一些水，下这么大雨还没事。

到了晚上 11 点，雨下得更大了，呼啸的狂风吹倒了几棵香蕉苗。此时，陈大阳拿起手机打给黎秀芬，"嘟嘟嘟"响了好几声都没有人接，再打也只听到提示音"您拨打的电话已关机"。

陈大阳的心悬了起来，外面雨势不减，台风一阵紧接着一阵，人在屋外连站都站不稳。"不行，黎秀芬去喜隆桥巡逻，太危险了，电话又打不通，不会有什么事吧？"陈大阳越想越焦急。

"这么大的风雨太危险了，小童，我过去喜隆桥看看。你守着鱼塘，有什么事打电话联系。"

陈大阳说完，穿上雨衣水鞋就要出发。童晓东见这么晚了陈大阳还要外出，就叫陈大阳不要出去了，雨下得这么大，不知道会不会涨水，晚上过去太不安全。

陈大阳坚持要去，说黎秀芬在那边。他带上手电筒就走出去了。

"你不开摩托车去吗？"童晓东问。"不开了，我走路过去也不是很远，风这么大，开车更不安全。"

童晓东还想要跟着一起去，陈大阳说鱼塘也要人守着，得有人在，让他留下。

陈大阳打着手电筒，一晃一晃地走出去。耳边的风呼呼乱叫，一时大一时小，好在他戴着头盔，外面套上雨衣，脸上沾的雨水并不多。前路一片黑暗，导致看不清方向，手电筒的光在夜幕下显得更加微弱。常走这条路，陈大阳并不陌生，只是风太大，路上深深浅浅的积水让他走得摇摇晃晃。陈大阳心里只担心着黎秀芬的安危，反倒觉得台风也没有那么可怕了。

从鱼塘出来的路高低不平，脚下蹚出的水声也很响，一路摇摇晃晃顶着风雨，快走到喜隆桥边，陈大阳用手电筒远远照去，只见喜隆河水滚滚向东，借着风势波涛翻涌。陈大阳左右都照了照，河水涨了不少，还好没有淹过喜隆桥。这座桥显得那么稳健，能看见洪水从桥下翻涌流过。

"秀芬！秀芬！"陈大阳一边用手电筒照着一边喊，他也不知道黎秀芬是否就在附近。

陈大阳一手打着手电筒，一手拉着雨衣防止被风吹掉，他慢慢挪着步子沿着河堤向东面走了一会儿，突然见到前面有微弱的灯光，陈大阳加紧脚步继续往前走，大声喊道："秀芬。"手电筒向前一照，只见黎秀芬的手电筒放在一边，她正用铲子铲着沙土，艰难地向河堤一处低洼的小缺口填上去。

黎秀芬听到喊声，抬起头来见到亮光，她隔着雨水仔细查看，听声音估计是陈大阳，问道："大阳，是你吗？你来了，快来帮忙。"

雨衣底下的秀芬一脸的雨水，头发湿漉漉地垂下来。脚下的球鞋早已沾满泥水。"就你一个人？其他人呢？"陈大阳上前一手接过黎秀芬手里的铲子，一手扶住她问道。

上气不接下气的黎秀芬将铲子递给陈大阳，抬起胳膊擦了擦额头的雨水，一手插在腰上看着陈大阳。

"我们巡逻到这里，见河堤有个小缺口要赶快补上，之前准备的沙袋用完了，就叫巡逻队的人回去喊人拉沙袋过来，我在这里守着。"黎秀芬一边喘气一边道。

"你怎么不多带两个人，不会让保安守在这里吗？电话也不接。"陈大阳有些来气。

"我是书记，当然应该在一线。出来太久，手机应该是没电了。"黎秀芬说到这里还笑了一下，对陈大阳继续说，"快点把河堤填高一点，水位越来越高了，要不然一会儿水都要进来了。"

黎秀芬说这话时十分虚弱，没了力气，连站也站不稳，一下瘫坐下来。"地上全是水呀。"陈大阳话音还没落下，秀芬就瘫倒在地。

"秀芬，秀芬。"陈大阳忙上前一步扶起黎秀芬，又连忙掏出手机打给童晓东，让他赶快过来。他一只手打电话，另一只手掐着黎秀芬的人中，过了好一会儿，她才慢慢睁开眼睛醒过来。

黎秀芬看了看陈大阳，勉强笑了笑。她的脸上全是雨水，额角垂着打湿的头发。此时不远处有人过来了，手电筒的光照射过来，陈大阳知道是村里的巡逻队员过来了。

"这里有缺口，你们赶快填上。"三名巡逻队员骑着三轮车过来，他们见黎秀芬晕倒，大家都说救人要紧，随后分头行动。

"我背书记回去，你们留下，河堤这里还是要有人守着。"陈大阳说完就背起黎秀芬，巡逻队员忙把沙袋从车上卸下来，填上去堵住缺口。喜隆河水一阵阵拍打着河堤，眼看就要从缺口处涌进来，再不填上就怕缺口更大。

陈大阳背上黎秀芬刚走了一段，童晓东就赶到了，他们一起将黎秀芬送到了鱼塘边的工棚里。

到了工棚，陈大阳脱下秀芬的雨衣，她的衣服都湿透了，也没有衣服更换。陈大阳让黎秀芬躺在长椅上，拿来干净的毛巾为她擦掉脸上的雨水。黎秀芬一时清醒一时昏沉，陈大阳觉得还是要马上送黎秀芬去医院，这样才放心。

陈大阳推出他的摩托车，两个人重新穿上雨衣，让童晓东用一根带子将黎秀芬绑在自己身后。陈大阳慢慢地将摩托车开出去，外面风雨交加。

小小的摩托车在风雨中慢慢地前行，风很大，黎秀芬靠在陈大阳的背后，两个人都湿透了。大雨"啪啪啪"地砸下来，四周都被风雨包围着，陈大阳开着摩托车终于顺利到达了五叔之前住的那家医院。

台风天的医院没有什么病人，门诊大厅只有一位年轻的女护士在值班。陈大阳停好电瓶车，背着黎秀芬进来，两个人浑身都湿透了。

"先到急诊室，我去叫医生。"护士忙拿来一条毛巾递给陈大阳。黎秀芬迷迷糊糊地睁开眼睛，只是说话的声音很微弱："大阳，你不要告诉我爸妈，我不想他们担心。"躺在急诊室的秀芬虚弱地对陈大阳说。

不一会儿，一位穿着白大褂、戴着眼镜、四五十岁的男医生匆匆赶来，他给黎秀芬做了最基础的检查，又问黎秀芬还有哪里不舒服、有过什么病史。经过一轮医院接诊的流程，医生在旁边的小桌子上开始写病历。

"初步判断，应该是因为劳累过度、供血不足和低血糖才导致晕倒。一会儿给你打针休息一下，再补充点营养，应该就没事了。"医生说。

医生对于自己的判断很有信心，陈大阳可不放心，忙问："我看着她晕倒的，会不会还有什么其他问题？"陈大阳问医生，他真的很担心黎秀芬。

"我们还会给她做进一步的检查，先打针，休息一下，如果有好转，就证明判断没错。抽血化验的结果要明天才能出来，先在这里观察一下。"

医生写完病历开了药，起身就离开了。他们每天见各种各样的病人，早就习以为常。

护士进来，拿了一套病号服给黎秀芬换上，要不然衣服湿着万一感冒就更麻烦了。黎秀芬让陈大阳也换一套，陈大阳说他不用，走出急诊室等黎秀芬换好衣服才进来。

护士再次进来给黎秀芬吊上针水。过了十多分钟，黎秀芬还真是好了很多，眼睛也有神了，脸上也有了丝丝的血色，只是还没有什么气力。

陈大阳一直在用毛巾给黎秀芬擦头发。护士又进来抽了血，急诊室里安静下来，只是窗外风雨依旧。

陈大阳拉了一把椅子坐在床边，问道："你是中午和晚上都没吃过东西吧？"陈大阳这句话让原本闭目休息的黎秀芬听了立刻睁大眼睛，说："你是神仙呀？这都会算。大阳，我好多了，就是一直在忙，中午随便吃了两口，晚上也没吃饭，估计是低血糖了，不用担心。"躺在病床上的黎秀芬十分虚弱，说起话来也没有平时麻利。

"还真是不要命的'拼命女书记'！"陈大阳有些无奈，他的估计没错，黎秀芬就是因为没吃东西，一整天不是开会就是在安排工作，又要启动应急预案、消除安全隐患，晚上又跑去河边巡逻，导致身体顶不住才晕倒的。

"大阳，我的手机呢？"黎秀芬跟陈大阳要手机。

"我一直没见到你的手机呀，之前我打你电话也没有接。"陈大阳回答说。

"你是晚上打我的电话吗？"黎秀芬问。

"是啊，一直都没有打通。"陈大阳继续说。

"坏了坏了。"黎秀芬喃喃地说。她要了陈大阳的电话，坐起来拨了一个号码，紧张地说："喂，小伍呀，你现在在哪里？缺口填好了吗？……嗯，那就行，你们注意安全，你在附近找找，我有个蓝色的小包，……对，那就好，你明天帮忙带到村委会。……好的。"

放下手机，黎秀芬松了口气，一不小心，手上的吊针被扯到了。"哟，疼。"黎秀芬眉头一皱，叫了一声。

陈大阳忙起身看一下打点滴的手，忙说："'拼命女书记'，不要命了，出血了。"陈大阳吓唬黎秀芬。

"真的吗，出血了？"黎秀芬看了一眼吊瓶，就想抬起手来看看。

"骗你的。"陈大阳说完就笑了起来。黎秀芬的身体恢复很快，已没有刚才那虚弱的样子了，陈大阳稍稍放松了一些。

这时，护士进来了，把缴费单递给陈大阳："家属，你先去缴费吧。"

护士这么一说，让躺在床上的黎秀芬听到后，脸都有些红了，她不好意思地看了一眼陈大阳，谁料到陈大阳笑眯眯地接过缴费单起身就走。

不一会儿，陈大阳缴费回来，黎秀芬看着他说："家属，你还成了我家属。"黎秀芬嗔怪地看了一眼陈大阳。

"迟早也是一家人，没想到我们小护士有眼光。"陈大阳笑着回了黎秀芬一句。黎秀芬咬住嘴唇不说话了。

那一夜，陈大阳在医院陪着秀芬直到天亮，黎秀芬躺在病床上，陈大阳将两把椅子拼在一起，靠在病床边。狂风暴雨在天亮前稍稍小了一些，天光大亮，空气清新，鸟鸣虫语交织出欢快的乐曲。

这一晚，黎秀芬感到十分温暖，有心爱的男人陪伴自己，她的心也安定许多。

台风也变小了，但风雨时来时去，台风天经常是这样，岐城人都习惯了。还没等到医生来查房，黎秀芬的父母就已经急忙赶来。当他们进到病床时，黎秀芬有点惊讶，不是让村委会的人不要告诉自己的父母吗，他们如何知道的？

母亲彭燕进来后就不断地说道："乖女，无事吧，七婶又不早点讲给我听，昨晚你出事我都不知道。"说完就把脸落了下来，也不管病床边的陈大阳。父亲问了一下黎秀芬的情况，安慰老婆说没事，见过大世面的黎大南比较淡定。倒是母亲那种心疼女儿的表情，让她成了病房里的主角。

黎秀芬对父母说自己没什么事，讲完了之后，才向他们介绍站在一边的陈大阳。守了一夜的陈大阳，精神没往日好，他向黎秀芬父母打招呼后，他们也在不断感谢陈大阳，这一感谢，让陈大阳也不知道说什么好了。

不过，父母也猜出几分，不时打量陈大阳，到了医生来查房时，父母问了黎秀芬的情况，知道没事，说下午就可以出院，才放下心来。

病房有了黎秀芬的父母，陈大阳像一个多余的人一样，黎秀芬让他先回去看看鱼塘的情况，在医院也没什么事，反正下午就出院。陈大阳有些不舍，但还是照黎秀芬的话离开了医院，回去收拾台风过后的鱼塘。

陈大阳一走，黎秀芬的母亲就问："那是不是你男朋友？"

"妈，你就是多事。"黎秀芬娇嗔地说。

"'死女包'，什么事都瞒着我们，连拍拖都不肯同人讲，有什么好怕的，又不丢人。"黎秀芬的母亲笑着说。

黎秀芬的父亲在一旁也帮腔，说女孩子长大了，拍拖是天经地义的事，没什么可瞒人的，他觉得刚才的男生不错，一表人才。

"哪里人呀？"黎秀芬的母亲又问。

"晚上再告诉你们好不好，在医院说这事，不吉利。"父母听了黎秀芬的话，也觉得有些不妥，也就不再问了。下午回到家里，黎秀芬的身体状况也没什么事了。三人一起用餐时，黎秀芬单独坐一边，父母坐在对面。这时，黎秀芬的母亲才提起这个话题。

黎秀芬对父母说，男生的名字叫陈大阳，是村里人。

"陈大阳？是陈仁威的儿子？"黎秀芬的母亲一下子说出来，声调高得吓人。黎秀芬提筷子夹青菜的手吓得停在半空，眼睛瞪得大大地望着母亲。

"真的是陈仁威的儿子？"这次轮到父亲发问了。

见到父母的反应，黎秀芬也有点不知所措，笑了笑说："你们的这个反应，怎么了？"黎秀芬停了一下，又笑着说："我不知道他的父亲叫什么名，他家就是在村边开超市那个。"黎秀芬补充说完，就又开始吃饭。

两个老人家停止了吃饭，但没有离开饭桌。过了不知道多长时间，黎秀芬的母亲才讲了一句："不是冤家不聚头，这就是命。"

此时，黎秀芬父母的表情还是淡定的。

"阿女，你们发展到什么程度了？"

"就是在拍拖呀，讲不上什么程度呀。"

"多久了？"

"读书就开始了。"黎秀芬眼睛盯着两位老人，她觉得老人家应该开心的，但自己今天说出来了，他们反而像有什么事一样。

"如果我们反对你们拍拖，你有意见吗？"父亲说话了。

"爸，都什么年代了，你还说这话。"黎秀芬不解地说。

"你们有什么事瞒着我呀？难道我们是同父异母，还是……"黎秀芬反问。"'死女包'，乱讲，我同你爸就只生了你一个。你爸做人做事干干净净、问心无愧。"母亲说完，父亲接着来了一句："'女大女世界'，我们老人也管不了那么多，但我要给你讲清楚，找老公，关系到下半世的事，搞不好，会好惨的。"

"那是当然了，我相信爸讲的，我会打醒十二分精神来找的。"黎秀芬边吃边回答。

"秀芬，你也长大了，我也把一些事讲给你知道。"黎大南就把当年他与陈大阳父亲的恩怨给黎秀芬讲了。当年，陈仁威开手扶拖拉机搞运输。有一年，村里要抢在台风天来之前，把喜隆河堤修高。可当时村里没几辆手扶拖拉机，村里就找到陈仁威，要他帮忙运土方。村里有一个指定装泥的地方，谁知他到另一处去装，因为村的土方是炸山开采，几天也没有人拉，人们才知道陈仁威没有到指定的地点装泥。本来黎大南要找他算账的，谁知，陈仁威运土方时，翻车了，当时黎大南和工人都在赶工期，没有去卫生院看望陈仁威。陈仁威的伤好了后，最后脚还是有些跛。陈仁威是广府人，而黎大南是客家人，搞得当时村里的广府人都在讲客家人欺负他们。

　　这一餐饭，让黎秀芬吃得有些心惊肉跳。听了父亲讲的事之后，她心里也有些打鼓，陈大阳家里能接受自己吗？

　　"就是那么个事，有些东西是因为误会造成的，但时间久了，误会就越来越深。我不反对你们来往。但你要处理好这些事，要不我们会很痛苦的。"父亲最后说，"这件事还是让你来处理，我们把做主的权利交给你。"黎秀芬没想到父亲这么民主，让她处理就是让她做出选择。她用完餐后就给陈大阳打了电话，问陈大阳知不知两家的事。陈大阳说自己也是前不久才知道，五叔给父母做了思想工作，没什么事了。黎秀芬听到陈大阳说"没什么事"后，心里还是不踏实，她就把知道的情况说给父母听。父亲听后分析道："这么多年过去了，估计陈仁威也放下了。"母亲在一边道："这种事能放得下吗？你又没跛脚，你感受不到的。"

"人嘛，有很多事都不好讲。有的人一辈子都过不了的关，在另一个人心里，一下就通过了，就是一个小品里讲的'眼睛一闭一睁，一天过去了；眼睛一闭不睁，一辈子过去了'。看淡了，人就都懂了。"

黎秀芬知道自己家里上一代的事后，总觉得有什么梗在心里，她也不知道如何去做，也不好旧事重提，毕竟这事过了这么多年，心结都已经种下，想一下子化开也不容易。

第八章　相恋

关来田和胡秋花几时成了恋人？这让陈大阳有些意外。前几天，关来田约他，让他叫上黎秀芬一起去扬州游瘦西湖。关来田还说了，出外游玩，费用他全包。黎秀芬说没空，现在村里事多，经常要到镇里和市里开会，让他陪关来田去。陈大阳推不掉，在出发前，黎秀芬电话里给陈大阳说，上次关来田欠着自己的债，要他记得还。陈大阳听了，摸不着头脑，想细问。黎秀芬不肯说，表示只要把话传给关来田，他就会照单全收。

到了广州，陈大阳才知道，关来田约了胡秋花一起，黎秀芬没有来，自己成了电灯泡。陈大阳才想到，难怪关来田极力要叫上黎秀芬，原来是因为这个。

胡秋花与关来田何时好上，陈大阳竟然不清楚，这小子是神龙见首不见尾的。当陈大阳把黎秀芬的话带给关来田时，关来田笑着说，这个债一定得还。原来，关来田早就知道黎秀芬和陈大阳回村工作的事，只是不提早告诉他们。

三个人到了广州白云机场，胡秋花很开心，她与陈大阳一直在聊如何做好养殖。值机、安检、登机，一路顺畅，飞机在扬州泰州机场上空时，遇到航空管制，等了许久才顺利降落。下机后，胡秋花在机场门口一通拍照，发朋友圈。关来田不断给胡秋花拍照，陈大阳说，城市人总习惯到处拍照、发朋友圈，生怕别人不知道。

关来田和陈大阳这么熟，他也不管这个同学说什么，心思都放在了胡秋花身上，关来田很会逗胡秋花开心，一行三人入住东关街附近的民宿。当晚到东关街游玩时，关来田指着城墙说："摆在人面前的是世代的风景，世间的人是滚地的车轮，我是一头拉磨的野牛，只有跑才能有草吃。"关来田话一出，胡秋花就笑说："没有拉磨的野牛，只有拉磨的野驴。"关来田就竖起大拇指说道："高高高！只有我的才情配得上你的诗情。"关来田的自嘲功力深厚，一旁跟着走的陈大阳也哈哈大笑起来。

陈大阳自从回到村里就没出来过，这次来扬州，心一下就放松起来了，笑起来声音也大了。每到一处景点，他都会在微信发照片给黎秀芬，就当报告行程，也当是分享自己的心情，比发给父母还勤快。

到扬州玩的几天，胡秋花都是休闲装打扮，戴着墨镜，还涂了防晒霜。在瘦西湖，陈大阳成了专业摄影师，给关来田和胡秋花拍各种合照。来扬州之前，关来田做了很多攻略，包括住在什么地方、到哪里游玩、吃什么美食等。关来田找了一处胡同街民宿住下。陈大阳还以为关来田和胡秋花要住一起，后来，还是一人住一个单间。至于景点，像富春茶社、个园、何园、文昌阁，这些地方都必须去。

他们三个人一共玩了六天才回程。胡秋花似乎对关来田更感兴趣，不断打听关来田家里的情况。陈大阳笑关来田，要把家底亮出来，还得把自己存折里的数字"晒"出来。关来田白了陈大阳一眼，陈大阳索性闭嘴，任他俩越聊越投机。关来田知道陈大阳是哥们儿，会成全他的好事。回程时，关来田买了很多手信送给胡秋花，一大包的，可胡秋花拿不动，还得陈大阳帮着带，回广州上飞机前还得想办法托运。

陈大阳原想提醒关来田，不要买那么多，但见关来田想好好表现，陈大阳也就不啰唆了。对于买手信，胡秋花也不劝关来田，饶有兴趣地看着关来田买买买。

陈大阳在微信给黎秀芬发关来田买手信的照片，黎秀芬就说关来田又发神经买那么多。陈大阳趁这次当"陪游"的机会，与胡秋花聊了很多养殖技术上的事，在广州白云机场分别时，关来田对陈大阳说："兄弟，该做的我都做了，养殖的事就靠你努力了。"说完，他还不忘提到，"我就不陪你回岐城了，我要送秋花回去。"

"你小子就是重色轻友。"陈大阳笑着说了一句。关来田也不恼，笑着说："我就等你与秀芬早日'拉埋天窗'了。"

陈大阳知道关来田的心被胡秋花俘虏了，心中也祝福这位哥们儿抱得美人归。

转眼快到白露。这一天黎秀芬到达陈大阳养殖场，陈大阳正手拿一条发病的脆肉罗非鱼在发呆，张小爱、童晓东和五叔等人正七手八脚地处理塘中的病鱼。

"书记到了。"还是张小爱最先发现，她将黎秀芬引到新工棚的二层客厅里，又给黎秀芬倒茶又给她洗苹果。黎秀芬在工棚的客厅等了一会儿，还不见陈大阳进来。

黎秀芬趁张小爱拿苹果过来的时候问："这次又没成功？"

"没成，又病死了，损失好几千呢。我们养得不多，都是在实验。大阳哥可郁闷了。"张小爱将苹果送到黎秀芬手中，可张小爱也没什么精神，鱼没养好大家都没心情。

"没找专家来指导吗？"黎秀芬问。

"大阳哥说这是新品种，专家也不懂，就自己搞起来了。我们还找了市中医院一位退休的老中医要了个药方，也不行！"张小爱把知道的信息都告诉黎秀芬。

陈大阳的瘦身养鱼法让他小赚了一笔，瘦身后的脆肉鲩每斤多卖了 12 元。他们出了五次货，除去成本赚了 50 多万元。

瘦身养鱼法是好，可容易被人复制。对陈大阳来说，他可以把这个方式推广到镇里其他养殖户，但也不能保持长久，所以，陈大阳又想到培养新品种——脆肉罗非。

可谁知道，实验几次都失败了。

黎秀芬今天特意转过来看看，远远见到棚子底下的陈大阳蹲在鱼池边，手里提着杆子在捞鱼。捞上来的鱼直挺挺，鱼身又出现红斑，一旁的五叔看出门道，说这是红疹病。那边的童晓东也捞了一条鱼放在地上，鱼还活着，在地上跳动几下，翻了个身。

陈大阳洗完手回到工棚客厅。工棚是新搭起来的，一层是养鱼池，二层用铁架搭盖，工棚有 200 平方米，这全得益于黎秀芬上次给陈大阳的思路，加上陈大阳的动手能力又很强。

从一旁的楼梯上到二层的小客厅，陈大阳的精神状态告诉黎秀芬，他遇上了难题。

五叔已经回来帮忙做事了，也当作是陈大阳的员工之一。他与童晓东也上了客厅，各自忙活。五叔见到黎秀芬到来，觉得很开心，自己的侄儿有本事，为陈家争光。侄儿搞养殖有声有色，在村里也算出人头地，现在又与村书记拍拖，以后成了亲家，也是光宗耀祖的事。他不止一次和哥哥陈仁威讲，大阳的婚事还是由他们年轻人做主，你与黎大南当年的事也过去了，不要放在心上，说不定哪一天真的成了亲家，大家总得相处，所以要给后生仔留多点后路。经过不断给哥哥陈仁威做思想工作，陈仁威也有些释怀了。他总是说，年代不同了，那阵子的事，现在提起来也都过去了，只想大阳过得好些。五

178

叔听了也放心多了。

在黎秀芬的日程表里，陈大阳的养殖发展是村里的一个重要工作，她统计得知村里有25家养殖户，但多是小打小闹，有养10亩鱼塘的，也有承包50亩的。但这些养殖户年纪都比较大，像陈大阳这样年轻的没几个，养殖规模也没他的那么大。

"小爱，没给书记沏茶吗？"陈大阳向旁边财务室房间喊。张小爱回话："有呀，秀芬姐都喝上了。"张小爱把"姐"叫出来，就是想拉近距离。黎秀芬也没说话，端起台上的茶杯举了举，喝了一口。

时间已是下午，太阳偏西，橘红色的光线照进厅里，暖暖的让人想睡觉。这个客厅很简单，进门就见到长方形的茶台，上面水壶、茶具样样俱全，左边白色的墙上挂着一幅字"天道酬勤"，右边墙上挂着瘦身鱼的养殖方法图。这些都是陈大阳近期加的，可见，这里的发展在蒸蒸日上。

"瘦身鱼养得怎么样啊？"等陈大阳在茶台对面坐下，黎秀芬才开口。

"又死了一塘鱼。"陈大阳坐下给自己倒了一杯茶喝下。

"村委会想让你把村里的养殖户联合起来。"黎秀芬看着陈大阳。陈大阳知道养殖不好做,自己一脚深深扎了进去,还不知道后续如何,现在要联合养殖户,带领大家一起发展,陈大阳不知自己有没有这个能力。

陈大阳和黎秀芬谈起公事。他定睛望着黎秀芬,面对这个女人格外坚定的眼神,问道:"村里有什么方案?"

"方案有,具体细节还要再商量。村里起个头,你这边将瘦身鱼的供应环节负责起来,村里其他养殖户加入联合社,他们的鱼优先供给你们,你们的鱼也多了,资金投入也不用那么多。"

黎秀芬打算得很好,可是她没有做过养殖业,还不够了解养殖业的情况。

"小爱,你过来一下。"张小爱从财务室走了出来。"和书记聊聊业务上的事,算算我们需要多少资金来收购其他养殖户的鱼,大概预算就行。"陈大阳边说边泡茶。

张小爱傻傻地站着,她怕陈大阳给她挖坑。这两人,一会儿打一会儿闹,哪天又和好了,现在与"嫂子"算钱,就等于找打。张小爱思索了一下,忙说:"听书记的就好了。"张小爱一会儿喊"秀芬姐",一会儿又喊"书记"，连自己都有些不适应。

黎秀芬正盯着陈大阳，没想到这家伙找张小爱来应付自己，但条件得好好谈。黎秀芬研究过，如果村里的养殖合作社能建成，只要整合资源、统一管理，村里养殖户的收益也有保障。

养殖户坚叔已经六十多岁了，夫妻俩还承包了离陈大阳不远的20亩鱼塘。这对夫妻也真行，听罗铁仔说养泥鳅好卖，夫妻俩就花了三万元租塘、一万元买苗，今年年初就忙开了。一年过去，泥鳅还在塘里，前几天，坚叔找到村委会，想他们帮忙找人收购泥鳅，这可难倒了黎秀芬。虽说村民有困难得帮助解决，可这是市场行为，黎秀芬也不能全买了。黎秀芬打发坚叔走后，就在全村养殖户间走访调查。这二十多户养殖户，大多是小散户，只有罗铁仔的养殖有200多亩，陈大阳也算是养殖大户。

这不，黎秀芬又找到了陈大阳，她不想给陈大阳压力，可环顾四周，没有哪个能帮忙做这些事情。有时候，她也会想，你陈大阳不好好在湖北待着，回村里发展，碰到我也回村里当干部，就当是前世有缘，万事都得两个人一起扛。

他们正说着话，棚外传来喇叭声。

陈大阳出到门外，远远见到一台丰田牌小车开进来，停在工棚外的空地上。

车刚停好，只见身着西装的关来田下车，跟着下车的还有三位年轻人。

黎秀芬也走出来，站在陈大阳旁边，靠得有些近，倒像是一对夫妻在迎接客人。

关来田远远地向他俩打个手势。

黎秀芬先笑着说："关老板，你大驾光临，也不提前吱一声。"

关来田在楼下边走边大声说："我们班花也在啊。哪敢惊动你呀，我是独来独往惯了。"

有关来田在，陈大阳倒是不用过多张罗。

关来田招呼三位年轻人进来，给陈大阳和黎秀芬介绍起来："刘总，吴总，朱总……"陈大阳分别和大家握手，客套一番后便各自落座。

关来田跟陈大阳说，这三位都是澳门来的朋友，其中，吴总叫吴林，还是我们村的乡贤，他爷爷当年到了澳门定居，一直想回村里看看。

黎秀芬问吴林，村里还有没有老屋。吴林说听他爸爸讲，村里还有老屋在，自己也想回家乡创业。没想到关来田还真有心，把澳门的青年带回家乡创业。

随后，陈大阳给三位澳门年轻人介绍起村里养殖情况，关来田趁机叫黎秀芬来到门外。

"秀芬，我们也算是老朋友了。这次我带了几位朋友回来，他们都想回大湾区来做些事，不知成不成，我先带他们到喜隆村，都是看在你和大阳的面子上呀。"

黎秀芬自是很感激，知道他在帮自己和陈大阳牵线。

"我还要加大对大阳养殖的投资，光养鱼还是太单一了，得把链条做起来。你看人家珠海格力，还有顺德的电器企业，都是上下游配套产业链。如果只是单一养鱼，没有市场销售，做不大。"

听了关来田的一番话，黎秀芬也佩服这个有投资眼光的朋友，想法多，又够义气。

黎秀芬把村里想做养殖联合社的事给关来田说了，关来田竖起大拇指道："你总是那么优秀，到哪里都能给人带来福光。喜隆村有你这个书记，村民有福了。"

关来田夸得黎秀芬都有些面红耳赤了。"我们就别讲这些了。来，拍个手，希望接下来合作愉快。"

他俩一击掌，响起脆耳的声音。

"我们晚点一起吃饭，我请客。"关来田与黎秀芬说完，两人一起走回客厅。屋里四个人聊得正开心，吴总等有心想到喜隆村创业，考虑与陈大阳一起做养殖。

关来田一行的到来，让陈大阳一时都不记得脆肉罗非失败的事了。直到晚上在酒楼包间吃饭时，黎秀芬突然想起与关来田关系甚好的胡秋花。她对关来田说，可以找胡秋花来帮陈大阳解决脆肉罗非的技术问题。关来田一听，劲头来了，马上打通了胡秋花的电话。电话那边，胡秋花爽快答应到岐城来指导养殖技术。

黎秀芬不失时机地调侃关来田："老关，看这个阵势，好事也快了。"

关来田收起手机，笑笑说："急不得急不得，要用熬老火汤的心态才行，要不鸽子也会飞了。"

大家听了哈哈大笑。

早上6点不到，太阳还在躲起来睡觉，陈大阳已经起来了。五叔已巡了一次鱼塘，喂完鱼料后在塘基上除草。这时，太阳才懒懒地爬出云边，露出半个脸。狗吠声不时从远处传来，风在鱼塘里吐出一圈又一圈水波。穿着拖鞋、短袖蓝T恤和黑色短裤的陈大阳，站在鱼塘边用手刮着水试温度，水面上空虫子成群地飞来飞去。四周只剩下飞虫，鸟儿也不似之前那么多，香蕉树在一边发着呆，只有风在鱼塘上不断地荡来荡去，似一只无聊至极的野狗。

陈大阳没想到胡秋花来得那么早，当他还在不断地测试鱼塘水温时，胡秋花就来了。陈大阳以为是她自己租的车，胡秋花说是关来田安排车接送的。陈大阳一听，就明白了几分。

一直待在省城做技术的胡秋花，气质比黎秀芬更雅致一些。"雅致"是陈大阳心里的想法，原本自己也算是一位"雅士"公子，在家没什么压力，但接手鱼塘后，他觉得自己的农民气质十足，黎秀芬回家当了村干部，也与自己的性格更像了。别人说，唯有比较才能显出不同。在陈大阳的眼里，胡秋花就是一个技术人员的样子。但此次，见到长发披肩、身材高挑、瓜子脸、唇红齿白的胡秋花后，陈大阳才开始发现她的不同。

今天似约好一般，昨晚聚完后，关来田和几个朋友就到附近一家酒店住下。今天一早，关来田又带着吴林来鱼塘。他们到来的时候，黎秀芬也到了。

关来田要给黎秀芬介绍胡秋花。

"秀芬，这就是我们专家宝贝。"关来田把"宝贝"说得重些，显得很亲密。胡秋花听了，咧嘴一笑，露出雪白整齐的牙齿，显得大方可爱。关来田搞气氛的能力很有一套，黎秀芬忙招呼大家坐下喝茶。

　　胡秋花将了将耳边的碎发，点头和大家打了招呼后坐下来。胡秋花穿着白色短袖T恤和黑裤子，配上运动鞋，由于今天出门早，经过一路上的奔波，脸色也没有往日靓丽。她不认识关来田带来的几位朋友，也没心思与他耍嘴皮子。黎秀芬叫她来帮忙，先得了解了解情况。

　　"来田，你们昨晚没休息好吗？"陈大阳问。

　　关来田说："睡好了，就是太安静了，睡着心里不踏实。"

　　关来田这话一出口，黎秀芬就"哈哈"笑起来。

　　"你这个城里人不习惯乡下的安静，那是自然的，以后多回来住住就习惯了。"黎秀芬还没说完，陈大阳接着说："人家吴老兄可不像你，他在这睡一晚就能找到回家的感觉。"

　　吴林听了也笑起来，接着陈大阳的话讲："这里好呀，空气清新，水乡秀美，我已经做好回来投资的准备了。"

黎秀芬听了，心中的欢喜一下就表露出来，她站起来说道："欢迎投资喜隆村，这里就是你们的家。"

黎秀芬讲完，大家都笑了起来。

胡秋花不想耽误正事，她主动提出要陈大阳带她去鱼塘看看，先了解情况。陈大阳带着胡秋花往鱼塘走，把之前如何实验罗非鱼的过程讲给她听。

陈大阳领着胡秋花走出办公室，关来田的眼睛直勾勾地望着胡秋花的身影，被一旁的黎秀芬全看在眼里。

"走远了，走远了……"黎秀芬笑着对关来田说，此时关来田才觉得自己有些失态。

但在秀芬面前，关来田没觉得不好意思，他和陈大阳、黎秀芬就像自家人。

关来田凑近黎秀芬，小声说道："这个可是我心目中的对象，我就认定和她在一起了，我也可以摘掉王老五的身份了。"

黎秀芬一听，说道："你们上次一起去扬州，还合拍那么多靓照，不是已经同居了。"黎秀芬不失时机又调侃起关来田，她要报关来田不告诉自己陈大阳回村发展的仇。

"没想到你这么记仇的，你现在不是很好吗，能天天与大阳在一起，朝见口晚见面。"关来田说完，眨眨眼睛，又看了一眼旁边喝茶的吴林，眼睛骨碌碌地转着。

"秀芬，我讲真的。"关来田肯定地说。

"你不是只想玩玩吧？"黎秀芬也不避一旁的吴林。原本像这样的话，在陌生人面前，黎秀芬是不会这样讲的，但这时她也不避讳了。

"秀芬，你信我，我是认真的，帮我了解一下人家有没有男朋友。"关来田认真地讲。

"真的？你到现在还不知道人家有没有男朋友？"黎秀芬再问，眼睛定定地望着关来田，一脸严肃。

"珍珠都无这么真。我就是没问过她。"关来田回答。

"好！"黎秀芬举起手，关来田一掌拍过来，两人的默契就在"啪"的击掌声中达成了。黎秀芬说完起身，走出办公室朝鱼塘那边走去。

"关总，你这次回喜隆桥收获很大呀，是不是顺便抱得美人归。"

"吴总，还要看人家有没有男朋友呀。"关来田一边回答吴林，一边望着门口。

他们商量着到村里转转，主要是带吴林熟悉环境。

不到五分钟，黎秀芬就回来了，脸上表情有些失望。关来田一见，心也跟着沉了下来。黎秀芬坐下，用手扇着风，关来田赶紧凑上去。

"你跑哪里去了？大阳不在，村干部得招呼我们呀。"关来田问。

黎秀芬沉着脸，端起茶喝了一口，才慢慢开口，故作神秘地说："我刚才去找秋花了……向她问了一个大问题，有关你的。可以说，你们有戏。"

关来田一听，心花怒放，两手一合，大声喊出"真有你的"。

黎秀芬此时才笑了起来，打趣道："关总开心成这样，还没到手呢，就心花怒放了。"

"关总人逢喜事精神爽。"吴林也在一旁说。

"关总，若成了，得送个猪头给我呀。"黎秀芬得意地说。

"猪头妹，成的话一定送。"关来田开心地笑了。

"我作为媒人婆，一个猪头还不够，得再送一双鞋。"黎秀芬又补充说。

"送鞋，送拖鞋，三耳拖。"关来田哈哈大笑。

"什么三耳拖，人家说媒人婆为了牵成红线，做媒跑到鞋都烂了，所以结婚时得送鞋给媒人婆。"黎秀芬一说，室内的笑声更大了。关来田与黎秀芬本来就相熟，讲起话来也随意。

三人正说笑着，陈大阳与胡秋花看完鱼塘回到工棚。

关来田起身打了个响指，说："我们一起到村委会办公室了解村里的情况，之后去吃饭。胡专家就不回广州了吧，过两天我送你回去。"

黎秀芬眉开眼笑，说道："老孔雀开屏，果然不见外，这都安排好人家姑娘的行程了。"

胡秋花刚进门，一听这话，也感觉气氛有些不一样。

第九章　吃

　　陈大阳一门心思放在鱼塘上，自己在茶台边煮水，并没察觉刚才的一幕，只是顾着招呼大家。胡秋花毕竟是客人，要关来田做主，黎秀芬觉得自己过意不去。

　　黎秀芬决定带胡秋花、关来田、吴林到村委会办公室。一路上，陈大阳像一个作陪人员。在村委会二楼黎秀芬办公室，关来田对黎秀芬说："自己还是第一次到班花的办公室，你要请我们多来坐坐。"黎秀芬边倒茶边说："就怕到时候，请都请不来呀。"

　　大家坐下来，气氛很融洽，关来田与胡秋花坐在一起。黎秀芬将村里的历史与乡村振兴的设想详细给大家讲，吴林不时提问题，看来他是真心实意想到这里投资。当黎秀芬讲到早年村里的万元户时，说当年村里方圆十里只有一名兽医，很多家庭都养鸡、养牛、养羊、养猪，发现家畜出事都得找兽医，村民都会把兽医当宝贝供起来。

关来田听到，不失时机补充一句："我们胡专家就是现在的万元户。"他一说，所有人都笑了，胡秋花也哈哈大笑起来。

黎秀芬接着说："胡专家是难得的人才，我们求之不得。只要不嫌弃我们这个小村子，我们当然欢迎您多过来，同时当我们村里的顾问。"

关来田也开口承诺再加大对陈大阳养殖项目的投资。黎秀芬又接着说："陈大阳，不仅有了专家还有了资金的支持，你不表示一下？"

陈大阳忙说，有了技术的支持，解决了自己一大难题，当然要表示一下。他说："胡专家来喜隆村，是喜隆村养殖户的福气，我要聘她为我们养殖场的首席专家。"

陈大阳话音刚落，原本不作声的吴林也来了兴致，接上话说："今天真是喜事连连，看来我也得在喜隆村做点什么，要不我开个咖啡屋吧。"

一言一语间，室内的气氛也热闹了起来。胡秋花原本就是货真价实的技术专家，能得到村里这样的待遇，心里也挺乐呵的。虽然这里比不上大城市，但自己的技术只有在农村才能发挥作用。她对黎秀芬说，没问题，只要村里有需要，她一定全力支持。

时间快到12点，黎秀芬忙招呼大家说，找个地方用餐。关来田马上接话："喜家美食V6房，我订好房了。"

真没想到，关来田的动作如此神速，边与大家聊天，边用手机订好了房。

黎秀芬一时也没有注意到这些细节，她觉得在待人处世方面，陈大阳比起关来田差了一大截。就说这事，胡秋花是他请来的专家，这次又是专程来帮陈大阳解决问题的，陈大阳一早就应该做好招待客人的准备。可这些都还得黎秀芬去想，有时，黎秀芬觉得陈大阳的脑子就是根木头，竖起来雷打不动，用广东话说就是"一碌木"！

"关总，你也不留点面子给我，胡专家来帮我忙，应该我来安排才对呀！"

陈大阳终于冒泡开口了。

"都是兄弟，何必客气，见外了、见外了！"

关来田说完，眨眼给大阳使了个眼色，被黎秀芬瞧到了，她心里也很乐意。陈大阳不知内情，还想接话，被黎秀芬及时打断。

"关总说什么就是什么，大阳，你先去开车开空调，别热着我们的胡专家。"黎秀芬说完就起身，将陈大阳拉出门。

一出门，黎秀芬挨在陈大阳耳边，低声笑着说："快走快走，留点机会给来田和胡专家。"还不忘挤眉弄眼，陈大阳这才反应过来，对着秀芬"哦"了几声就笑着下楼了。

陈大阳载着秀芬和胡秋花，关来田和吴林坐另一辆车，一会儿，两辆车都到了餐厅。一行五人进了房间，黎秀芬就安排位置，先让胡秋花坐主位。胡秋花不肯坐，与黎秀芬拉拉扯扯。三个大男人就站在一边，望着这两个女人。胡秋花说自己不能坐主位，主位应该由秀芬坐。

"村书记是村里的领导干部，应该坐主位。"胡秋花大声说，可黎秀芬就是不肯。

"你是我请来的客人，当然得坐主位。"

两个人还要推让，三个男人都觉得谁坐都一样，大家一起吃饭聊天，不必这么见外。

但在黎秀芬心里这可是大事，估计是职业习惯，自从做了村书记，她就很注意这些细节，主次有分，长幼有序，在村委会工作后，一些规矩她还是潜移默化地接受着。

"我来坐，不要争了。"

两个女人还推让着不肯落座，关来田突然蹦出一句，帮胡秋花解了围。她见关来田泰然落座，求之不得心头一松。

她忙拉开关来田旁边的椅子并坐下："关总都坐了，我就坐关总旁边。"

关来田打破了尴尬的局面，黎秀芬原本想让胡秋花坐主位，以表地主之谊，没想到关来田倒不客气，主动坐下来了。她看了一眼坐下的关来田和胡秋花，一脸的无可奈何。

大家各自落座，黎秀芬见一旁的胡秋花因为关来田的解围，两个人倒是热络起来。关来田适时抓住机会，说了几个不咸不淡的段子，惹得大家笑声不断，胡秋花笑得格外开心。

"胡专家，来到这里你得听我们的，虽然我不常在村里，可有什么好吃的我都知道。"关来田对胡秋花说。

"必须得听关总的。关总让我们吃什么，我们就吃什么，叫我们吃鱼，我们绝不会吃豆腐。"胡秋花接着关来田的话说下去。

"我们今天不吃吴总的豆腐，我们只吃大阳的豆腐。"关来田加重语气，胡秋花和黎秀芬听懂了，都红着脸笑了起来。

"关来田你注意言辞，我们这里有两位女生。"黎秀芬瞪了一眼关来田说道。

关来田笑着说："大阳，你家里的宝贝，要收好呀。"

陈大阳还没明白，黎秀芬就接话了："大阳哪来的宝贝？"

就这样，几人来来往往嘴皮子不饶人，但气氛融洽。关来田叫了一瓶荼薇酒，他说这酒专门给两位女士点的，这酒有香、蜜、清、净、绵、滑、甘、醇八大特征。"喝花酒不是男人的事，是你们女人的事。秀芬，你陪一下胡专家。"

黎秀芬也没想到关来田这么会公关，还特意叫了这种特色酒。这酒是用荼薇花酿成，因用了花，所以当地人都爱称之为"花酒"。

妙龄乳鸽、脆肉鲩、鱼饼……关来田点了十几道菜，都是本地特色菜。他点完菜，还不忘说，今天他来买单，大家不要跟他抢。

黎秀芬说："我来吧！"

关来田说："秀芬，你还有很多机会请我和胡专家，不急。"

听到关来田把自己跟胡秋花拉在一起，黎秀芬也没话说了。

酒菜上桌，胡秋花与秀芬尝了尝味道，都不断点头称赞。陈大阳与吴林也喝了一些酒，唯独关来田不喝。

"关总，你不喝点？"胡秋花问。

"我要开车护送你们，当护花使者。"关来田回答说。

胡秋花见关来田不喝，怕扫了他的兴，又说："你送我回广州就可以有理由不喝？要不还是先喝三杯。"胡秋花一说完，关来田就起身大声说："胡专家，真有你的，我当护花使者就是要把你安全送回广州，但三杯也得喝。我找兄弟帮你代驾可以不？"

关来田说完盯着胡秋花。尝了酒的胡秋花脸上泛着红晕，眼睛水汪汪的，可爱动人。

"没问题，你找哪个兄弟都行。"胡秋花一边夹菜一边说。自从扬州一游后，他们显得很熟络。

"大阳，此时你是不是该讲点兄弟情谊了？"关来田对陈大阳说。

"三杯，没问题！"陈大阳爽快地说，然后起身从关来田那边拿过酒杯，斟了三杯放在自己面前。黎秀芬见气氛这么好，不断鼓掌凑热闹。

"什么叫兄弟？这就是兄弟！"关来田侧过脸对着吴林说，右手竖起大拇指对着陈大阳。

"什么叫情谊？这就叫情谊！"关来田又对着黎秀芬表扬陈大阳。

"什么叫啰唆？这就叫啰唆！"关来田的幽默让胡秋花呵呵笑起来，弯弯的眉眼，雪白整齐的牙齿让关来田心动。

吃喝了一轮，关来田兴致不减。见大家吃得差不多了，关来田叫服务员收拾餐桌，又沏上一壶新茶，让几个人都醒醒酒，一边喝茶一边聊天。关来田与胡秋花越聊越投机，完全不当黎秀芬他们存在。

胡秋花是广州花都人，自从华农毕业后就到省农科院下属的一家养殖技术公司做技术员，平常工作主要是到珠三角各地市做技术支持。陈大阳脆肉罗非鱼实验不成功，主要是没有解决鱼的消化问题，但要解决，就得花时间调配饲料，让鱼的消化系统适应新饲料。这个过程前后得花几个月的时间，如果顺利的话，时间可能会短一点。虽然胡秋花查出了鱼发病的原因，可陈大阳脆肉罗非鱼的实验还不算成功。

饭局结束，黎秀芬和陈大阳各自回去，关来田找朋友代驾送胡秋花回广州。吴林留下过了一夜，第二天就回澳门了。

第十章　失败

这天一早，黎秀芬没回村委会，她骑着摩托车先到喜隆桥南边，查看河堤的情况。抬头望着河堤变电站的电杆，几只鸟儿停在上面，"吱吱"叫着，见到人来，一下子全飞走了。

太阳热辣辣的，没戴帽子的黎秀芬只能抬手在额头遮太阳。喜隆河的水在宽大的河床里慢慢流淌，清澈透亮，波光闪闪，不远处有一个乱草堆，废石、垃圾堆在一边，看着很不雅。

巡完河堤，见鱼塘塘基都算坚固，黎秀芬才骑车回村委会。还没进门，就见到七婶呆呆地靠着村委会一楼大厅的墙。七婶见到黎秀芬进来，忙拉着她往楼上走。

"七婶，什么事呀，神神秘秘的。"

黎秀芬不解地问，可七婶只顾低着头拉着她往办公室走。

"你不知道吗？村里都传开了，大阳养鱼的事吹了？"七婶拉着黎秀芬悄悄地问。"他投了那么多钱，这下搞垮了，说不定要破产。"七婶说到这，表情凝重，很是为陈大阳担心。"唉，也不容易，养鱼亏三年赚一年，别人说，开着宝马进、骑着单车出，就怕大阳也这样。"七婶忧心地说。

"七婶，你从哪里听来的？"秀芬问七婶。

"唉，全村都知道了。我早上从榕树头经过，村里七伯、九叔在那里聊天，就在说大阳养鱼失败的事。"

"这些老人家又不养鱼，他们知道什么？"

黎秀芬说完就准备回自己的办公室，七婶拉着她不放手，说道："你不知道，他们都说不想找大阳做合作社了。"

黎秀芬听到这里，才觉得事情不简单。村委会牵头做养殖户合作社，就是想大家能在村委会和陈大阳的带领下，共同致富，既能降低风险，又能把村里的资源整合起来，发展壮大村里的养殖产业。看来是有人不配合，不想创建合作社。

"你带我到村头找一下七伯，我想了解一下情况。"

七婶与黎秀芬立即下楼，两个人各自骑上摩托车，很快就到了榕树头。此时，七伯还在榕树下乘凉，与几个阿叔在一起聊天。

"七伯，好精神呀！"

黎秀芬在一旁停下摩托车，就径直走过去。七伯是村里的长者，七十多快八十岁了，平时就爱在榕树下乘凉打发时间，这个时节有些热，七伯穿着短袖短裤坐在石凳上。

"秀芬书记，你是大忙人，难得一见啊！"七伯颤抖抖的声音一出口，两颗亮晶晶的金牙就露了出来。

"七伯，你穿这么少，小心着凉啊！"黎秀芬说。

"不怕，我怕热，不会着凉的。"七伯说。

"今天血压高不高？吃药没？"黎秀芬经常和大家聊天，村里家家户户的情况都很清楚。

七婶此时也跟着到了，关心七伯问道："血压高不？"

七伯转头对七婶说："高呀，刚吃了降压药才出门的。现在的药贵呀！"

七婶说："降压药要按时吃呀，可别忘了。"

七伯点点头，黎秀芬在七伯旁边坐下就问："我听说大阳的罗非鱼实验又失败了？"

"传开了，村里人人都知道了。"七伯说。

黎秀芬又问："你听谁说的呀？"

"早上周三根在这里讲的，村里好多人都在说不想跟大阳干了。"

"周三根是谁呀？"黎秀芬又问。

"罗铁仔的跟班呀，每天进进出出到哪儿都跟着罗铁仔的。"听七伯这么一说，秀芬心里就明白了，是有人故意放风声要针对大阳。

"七伯，大阳是你看着长大的，他是个有想法的人，上次实验新品遇到难题，前几天我们请了省里的专家来帮他解决了。"秀芬对七伯说。

"解决了？这么快？"七伯有些不相信。

黎秀芬也不管他信不信，继续跟他说。

"村委会要办养殖户合作社的目的，就是让大家一起合作共赢，只有大家拧成一股绳，才能有更多的收入。我们村人口多又是以养殖为主，得有年轻人来带头，带领我们村集体增收，收入多了才有分红，大家才能有钱建房养老。"

七伯一听，心里有触动，嘴里念着："好呀，分红多，生活好，有盼头。"

七婶说："是呀，村里集体收入多年都不增长，大家都没有分红，连敬老活动都搞不起来。快到九月初九重阳节了，村里敬老活动还缺钱呢。"

　　"你们年轻人得加把劲呀，我们老人家手脚无力，做不动了。"七伯说。

　　此时，坐在榕树下的村民都围了过来，听黎秀芬与七伯聊天。

　　"七伯，乡亲们，年轻人来挑重担，你们等着享福就行，所以还要大家多多支持他们呀。"黎秀芬对围过来的村民说。

　　"村委会想把重阳敬老活动搞起来，家里有90岁以上老人的，村委会每年每人发1000元；有80岁以上老人的，每年每人发800元；有70岁以上老人的，每年每人发600元；有60岁以上老人的，每年每人发500元。每年重阳搞一次酒席。"

　　黎秀芬的话还没说完，围在一起的村民就鼓起掌来，还有人大喊："好，支持村委会！"

　　"叔伯们支持我们，村委会才好开展工作。大家齐心，不要听信谣言。陈大阳为了支持这个活动，是第一个答应捐钱的。"黎秀芬说。

七伯一听，大阳也捐了钱，心里嘀咕："他不是亏钱了吗？哪里还有钱捐？"

　　黎秀芬忙说："他不是亏了，只是碰到一些技术上的困难，前途好着呢。"

　　七伯他们相信黎秀芬，只要村集体有收入，村里能分红，他们就一定支持。

　　榕树下的村民你一言我一语，就这样传开了，九月九村里有活动，老人们有钱分了。

　　刚才，在黎秀芬心里，这只是一个计划，还没真的决定要实行。从榕树下走到停摩托车的地方时，七婶问黎秀芬："书记，我们筹到钱了？"

　　"还没，不过明天就会有了。"黎秀芬信心满满地对七婶笑笑。她知道，这笔钱数目不大，一定能筹到。她让七婶回去做一个筹钱的方案，自己打电话给大阳。

　　电话那头一接通，黎秀芬就对大阳说："大阳，你支持村里工作吗？"

　　大阳那头回答："支持"。

　　"我们村委会要筹备重阳节敬老活动，现在要筹钱，你捐多少？"黎秀芬这边问。

　　"你说多少就多少！"大阳很爽快地说。

"好，要的就是你这句话。认捐五万有没有问题？"

"你什么时候要，我转给你。"

黎秀芬没想到陈大阳这么支持自己，很开心也很感动。

这一天，黎秀芬的工作特别顺利，她看着窗外的阳光，远处的鱼塘波光粼粼，清风拂过树梢，鸟儿在枝头"吱吱"叫着，一切都那么美好。

农历九月初九的前一天，村委会决定在喜隆小学球场上举办重阳节敬老活动。下午6点，学生都放学回家了，趁着这个空当，罗铁仔带着周三根来到学校门口。

喜隆小学离村委会不到一千米，门外的水泥路还算宽阔，平时村里的车辆多从这里经过，下午6点的校门外已经没多少车辆经过，罗铁仔的本田小轿车一停下，校门口的保安就走了出来。

"不准停，不准停！"保安不认识罗铁仔，挥着手大声地赶他们走。

周三根开门从驾驶室出来，忙迎上保安，从裤袋里掏出一包红双喜香烟："老哥，我带老板来看场地。"话音还没落下，香烟就塞进保安的上衣口袋。保安看了一下口袋，声音没那么大了，就问是什么老板。周三根说是村里的，来看看九月初九活动场地的布置。

"哦，那进去吧，在球场，要快点，门口不能停车。"口袋里揣着香烟的保安态度缓和了不少。

原本罗铁仔的饲料生意每年都有一百多万的利润，自从陈大阳回到村里搞养殖，罗铁仔的年利润减少了差不多一半。养殖这门生意，要说有门道也有，要说没门道也是，就像九连环一样，一环扣一环。村里养殖户平均一人有鱼塘十多亩，一年下来，有赚有赔，可罗铁仔总能旱涝保收，全得益于一个"扣"字。鱼每天都要吃饲料，一天都不能少，喂少了鱼养不大，卖不起价。可要是养殖户多买饲料，又没有那么多现金，只能赊欠，只有家里多囤一些饲料，养殖户心里才有底气。

这门生意并不是罗铁仔自己想出来的，而是早期他在村里养过 30 亩鱼塘，自己没钱买饲料，就向饲料厂赊过饲料。当赊到 20 万元左右的时候，饲料厂就不再给他继续赊欠了。罗铁仔想用塘里的草鱼去抵饲料，可饲料厂不同意。就那一次，罗铁仔悟出了养殖产业的生意经，知道这是一个包赚不赔的买卖。

那一年，他欠着饲料厂的 20 万元，自己用鱼塘作为抵押，向银行贷了 40 万元，随即花 25 万元买了辆货运卡车。罗铁仔还清楚地记得，买车那天是一个夏天的中午，他在鱼塘忙活，老婆拿到银行贷款后，他就骑着摩托车兴冲冲地赶到 105 国道上销售江铃运输车的门店。他的脖子上围着蓝白相间的汗布巾，上身穿着湿漉漉的水衣，脚上的水鞋还滴着水，站在汽车销售门店的门口。正是午饭时间，门店里人不多，前台有一位女销售员，见到浑身湿漉漉、散发着鱼腥味的罗铁仔，女销售员连忙用手捂住鼻子。罗铁仔也不理会女销售员的态度，把手中提着的饲料袋直接放在前台的桌子上，指着门外停车场一辆江铃运输车就说："我要买这辆车，今天就要。"

女销售员一脸无措，定睛打量着罗铁仔。粗声粗气的罗铁仔见她傻愣着，有些不耐烦："叫你们经理出来，我要买一辆 25 万元的车，今天就要开走。"

女销售员似乎刚回过神，一边点头一边往销售大厅里面走，还说："好的，你等等，我去叫经理。"

罗铁仔站了几分钟，里面走出来一个自称是门店经理的男人，白衬衣黑西裤，平头，嘴上油乎乎的，想是在里面吃着饭被叫了出来，嘴都还没来得及擦。

"先生，有什么可以帮你，想买什么车，预算多少？"

男经理一出来就热情地迎了上来。女销售员站在一边说:
"这是我们黄经理。"

"有生意你们也不想做?"罗铁仔瞟了一眼女销售员。

"当然想呀,就是不知道您要哪款车?"黄经理说。

"钱在这里,"罗铁仔把放在桌上的饲料袋推了一下,"我要25万元左右的运输车,有没有?"

罗铁仔把"有没有"放大了音量。黄经理忙说,有的有的,他转身让女销售拿来各款车型的介绍单,向罗铁仔介绍。

罗铁仔看了一下,指着一款蓝色的农用运输车,问道:"就这款,多少钱?"

"这款不到24万元,加上保险、税费,差不多25万元。"黄经理说。

罗铁仔就这么霸道,他提了一个要求,就是车要现在提走。

"车还没上牌,您又没驾照,现在拿不了。"黄经理没想到这位客人提出这么怪的要求。

"这是你们的事,与我无关。"罗铁仔冷冷地抛出一句。

难得有生意，对于卖车的黄经理来说，客人现金都带来了，一定会成交，到手的生意不能放过。

"好的，我们想办法，你等等。"黄经理急忙处理这单生意。终于，他办好了临时牌，又找来一名开运输车的司机。罗铁仔仅用了一个中午便买好了车，这可是他最得意的一件事，逢人都讲。

运输车是罗铁仔发家的起点，他用运输车去收村民养殖户的草鱼，运到佛山生鲜批发市场，从中转手赚差价。初时，罗铁仔收的鱼很少，他自己养鱼又无法做大规模，即使请了一名司机还有三个工人，加上老婆帮忙，也没能做起来。但他想好了，串珠才能成链，于是就找了一家江门的饲料厂，自己做岐城的总代理。

他找了几个养殖散户，以低过其他饲料厂的价格把饲料卖给他们。见到便宜货，村民自然不会放过，一来二去，就都用了罗铁仔的饲料。村民多是赊罗铁仔的饲料，半年后，罗铁仔就上门催收欠款，村民还没卖鱼，无法还钱，罗铁仔就和村民谈，不还钱就去告他们。村民怕事，主动要求协商解决。最终的结果是，村民的鱼不愁卖，但必须以低于市场价格每斤五角钱抵给罗铁仔，以结清饲料钱。

短短三年间，罗铁仔就靠这种方式赚回了200多万元，不但还清了银行贷款，买了四辆运输车，还入股了江门一家饲料厂，成了大股东。村里无人不认识罗铁仔。可陈大阳回村养殖后，他的生意变得不行了。

村民把鱼卖给陈大阳做瘦身鱼，价格还更高，都不想再卖给罗铁仔。这让罗铁仔心里痛恨陈大阳。之前搞不定陈大阳五叔的鱼塘，现在村委会又要陈大阳牵头搞养殖合作社，到时自己还不是竹篮打水一场空，得个"桔"。

周三根进到学校，罗铁仔一晃一晃地跟着进去，校内的树木靠着教学楼，落叶散发着淡淡香味，罗铁仔一脚踏上吱吱作响的干树叶。远处的灯光没有照到操场上，有几名工作人员在搭架子，并将已摆出的椅子搬来搬去，椅子脚在地上擦出刺耳的声音。罗铁仔望着宽宽的操场，傍晚的风迎面吹来，白天吵闹的校园现在显得有些清静。学校的围墙挡住了喜隆村与远处鱼塘的身影，只有村里不时飘起的白烟的烟火味传到罗铁仔的鼻子里。

罗铁仔就是从这间小学毕业的，当年的旧校舍已经变成三层的教学楼。

工人搬动桌椅的声音不断传来，再带几声呼喝，罗铁仔眼中晃晃悠悠的影像，似是光影中的幻觉，让他在这里不由自主地心慌。他开始感到一种不适，似吃饭时鱼骨卡了喉咙而说不出的痛与痒。

他开始仔细查看操场上的摆设，十围桌，中间一个舞台，写着"喜隆村九九敬老暨乡贤基金捐款活动"几个大字。帐篷下，大桌子十分显眼。

十围桌就能坐100人，全村100多人在一起，这种场面是近年少见的。

"罗总，全村的敬老活动，怎么也得花四五十万元吧？"周三根愣愣地问罗铁仔。

"阿根，不用，十几万元就行了，吃饭一围1500元，十围则15000元，村里90岁以上的老人不超过十位，给他们的利市也就一万多元，加上其他人的利市不超过三万元，活动场地、灯光算起来也不多。"

罗铁仔分析得头头是道，他今晚与周三根夜访，就是想了解村里想把这活动搞成什么样，因为村委会的七婶今天一早就打电话来请他出席活动，也让他捐助老人基金。

捐多少？

少了不行，多了，罗铁仔不干！凭什么让老子捐那么多，村委会又没关照过我，我的生意近几年都被陈大阳这小子搞到"鸡毛鸭血",除非村委会有什么项目支持自己。他见了村里的活动现场,知道明天也是小打小闹,没有什么大影响,自己心里有数了。

"三根,小儿科,没什么搞头,明天下午 4 点,我来参加,你早点载我过来。"罗铁仔对身旁的周三根说。周三根忙回了三个"好",两人一前一后出了校门回家了。

第二天是星期天,学校放假,这也是为何村委会敲定在这一天举办这场活动。

一早,村委会的志愿者就在学校张罗。七婶是这次活动的主要协调人,无论何事,从大到小她都要一一过问。黎秀芬不担心活动场面,只是担心筹措老人基金的事。村里出外的乡贤也不少,但回来捐款的不多,来的都是做小生意的乡贤,之前让七婶向他们摸了捐款的底,多数人都认捐了 5000 元左右。这次回来的乡贤只有十几位,这样认捐的数目加起来都不到十万元,再加上陈大阳的五万元。镇里很重视这场活动,吴副镇长也要过来参加。镇领导出席,黎秀芬不敢大意,尽心尽力去做好各项准备工作。可是募捐结果不太令人满意,要是可以募集到更多资金就好了。

　　下午的太阳跑得老快，村里的小孩还来不及在榕树下玩耍，西边就透出了晚霞。学校操场上倒是一片光亮，成群的人像蜂群采集花蜜一样聚在一起，长长的影儿在抚摸着教学楼的墙边，不断爬行，一点点释放它的能量。慢，有时是一种态度，目标总会达到，只是时间上急不得，就像煮一锅粥，你想早早煮好，试了几次，米还是生的，加了几次水，米还半生不熟，加大火，又恐烧煳。只有将心放下，慢慢来，小火慢熬，粥就好了。

　　红色的晚霞和明黄的灯光映在黎秀芬的脸上，照得她格外迷人。从下午3点多开始，村里的老人就陆陆续续来了，这时候已经来得七七八八。

　　村里这么多老人，七婶都认得。见到七婶一一向村民打招呼，黎秀芬觉得自己的工作还做得不够好。

　　七伯到了，黎秀芬招呼他坐下，嘘寒问暖一番。

　　七婶就像一位酒店大堂经理，在校门口迎接各位老人和客人。黎秀芬打电话给陈大阳，陈大阳说会准时到。

　　黎秀芬走到七婶那边，在校门口和七婶站一起。"你来迎接你的大阳了。"七婶百忙之中还不忘跟秀芬开玩笑。

"七婶，陈大阳可不是我的，是村里大家的。"黎秀芬说完笑了起来。

"吴镇还没到，不会不来了吧？"七婶有些担心。

"不会的，吴镇是个讲信用的好领导，你看他哪次失约了。"黎秀芬说完向门口望去，一眼就见到远远走来的陈大阳。他今天不像平时在鱼塘的样子，西装合身，没有系领带，皮鞋擦得锃亮。

黎秀芬边打量边迎上去，对着陈大阳竖起大拇指，笑着面对眼前的人。陈大阳也快走几步迎上来，关心说道："辛苦了，办个活动不容易。"陈大阳跟黎秀芬打招呼。此时，七婶也把罗铁仔迎进门，找位置坐好。

这边，陈大阳还在与黎秀芬说话："我今天捐了十万元。"黎秀芬顿时愣住了，之前大阳说捐五万元的，没想到会多捐五万元。虽然很意外，黎秀芬还是很高兴："不是说捐五万元，怎么又捐了十万元？你捐那么多，养殖场有钱周转吗？"

陈大阳笑着点点头，但没说话。黎秀芬又问："你真有那么多资金吗？"

"有的，我还有私房钱。"

私房钱？黎秀芬转头眯起眼看着陈大阳，等着陈大阳的答案。

"结婚以后就不会有了。"陈大阳适时来了一句。

"真有你的,还学人家存私房钱?"黎秀芬娇嗔一句,"那我代村委会先谢谢你了。"她又补了一句:"你几时叫你爸妈到我家提亲呀?要快呀。"

黎秀芬没想到每在关键时刻,这个男人会给自己惊喜,她也得制造点惊喜给这个男人——让他来提亲这件大喜事。

上次在河堤救自己是惊喜,今天也是惊喜。正是这份惊喜让她对今天的活动有了更多信心。

吴副镇长到了,黎秀芬忙着去招呼。到场的都是熟人,陈大阳在这里见到村中叔伯,都一一打了招呼。他坐在乡贤那一桌,紧挨着村里90岁以上的老人那一桌。罗铁仔也在其中。桌上摆满了瓜子、花生、橘子、香蕉、果汁、菱角仔,这些都是七婶操办的。每一桌的菜式也是七婶斟酌定的,乳猪、莲藕汤、脆肉鲩、乳鸽、白灼虾、生菜、蕉蕾鸡丝粥、鱼饼、炒福寿螺、香菇,十全十美的菜式,围坐的村里老人都乐呵呵的。主持人也是七婶,黎秀芬致辞后,吴副镇长代表镇里讲话,肯定了喜隆村的敬老活动,表示以活动来带动乡贤为村里的建设出钱出力的办法值得肯定。一番讲话后，就开始捐款环节。之前，只是让大家认捐款数，而现在，志愿者给陈大阳这一桌每人派了一张纸，各人在纸上写上姓名与捐款数目。写完后，志愿者收上去，由七婶当场宣布各人的捐款数目。

"周天成 5000 元。"

"罗铁仔 5000 元。"

"陈汉武 5000 元。"

……

一连九个都是 5000 元。

"陈大阳十万元。"

全场一听，静止片刻就响起了久久的掌声，黎秀芬也起身鼓起掌来。

这时，吴副镇长站起来走到陈大阳身边，和他握手："好样的，我们年轻人的榜样！"

唯有罗铁仔没有鼓掌，只是一个人呆呆坐着。

当晚捐款就有 15 万多元了，吴副镇长在活动结束离开时，不断向黎秀芬祝贺。此次的活动非常成功，大家都向黎秀芬表示祝贺，好像这是黎秀芬的婚礼一样。

陈大阳的捐款让村民都知道他养鱼赚了钱，大家都想找他合作。不久，村里的养殖合作社很快就成立了。

半年过去了，村里又成立了港澳青年创业示范基地，吴林的乡村咖啡书屋也开了起来。

吴林的咖啡书屋就开在村中榕树头旁，是重新修缮改造的农屋，棕色的外墙，通透的玻璃，从外面就能看见工作台上的咖啡机和各种器具，休闲椅围着圆桌，书柜靠着墙。开业那天，这里成了村里的焦点。

黎秀芬那天穿着一件紫色的旗袍来参加开业典礼，在那个场合，格外引人瞩目。陈大阳是第一次见到黎秀芬穿这种衣服。吴林与关来田都到齐了。吴林还邀请了几位澳门的朋友，一起来的其他女孩都染了发，穿着新潮，反倒显得黎秀芬有一种东方的古典美。

剪彩典礼热闹非凡，村里的老人都来围观。对喜隆村来讲，这间咖啡书屋有些格格不入，但今天是全场免费喝咖啡，七伯没喝过咖啡，剪彩完后，也笑呵呵走进店里。只见店里人多，他找到一位女服务员，指着摆在一旁现做的咖啡，问是不是可以要一杯。女服务员帮他拿了一杯咖啡，他一口喝下去，皱了几下眉。

"苦，真苦。"好不容易咽下了，手里拿着又不好意思放下，左顾右盼。店里人多，小孩跑来跑去，有些村民拿了咖啡就回家，七伯也准备往家走。

七伯刚出店门，黎秀芬见到他，上前打招呼。

"七伯，咖啡好喝吧？"

"苦，比艾草叶汁还苦，外国佬的东西，没茶好喝。"

"以后这里还有茶和果汁，今天只送咖啡。"黎秀芬接着对七伯说。

七伯拉黎秀芬到一边角落，手里的咖啡才喝了一口，但他也想带回家，不舍得扔掉。

"秀芬，咖啡开在村里，有没有人'帮衬'啊，又苦，又贵！"七伯担心地问秀芬。

黎秀芬听到，乐呵呵笑了起来。

"七伯，看不出你还知道行情。"黎秀芬说。

"呵，我当然知道，你不要当我是老古董。"七伯说话有些颤颤巍巍的，但认真起来，额头的青筋会很明显。

"不用担心年轻人，让他们闯一闯，说不定就成功了呢。"黎秀芬继续对七伯说，"村里的小朋友真的需要一个书屋，平时可以到这里看看书，多好的事呀。以前人家都说我们村没文化，现在不同了，我们有书屋，孩子都上学读书，当然都有文化了。"

七伯听了，认真地点了点头，感叹道："搞文化是要有点新手段，那得多搞几个书房。读书多才有文化，好事。"

　　黎秀芬和七伯聊着天，吴林就找来了，对黎秀芬说："关总找你过去一下。"

　　黎秀芬和七伯道别后就与吴林走进咖啡书屋，见到陈大阳与关来田。

　　"祥仔刚才来电话，在喜隆村头的港澳青年创业示范基地的鱼塘，死了好多鱼。"关来田严肃地说道。

　　祥仔是关来田带回来创业的朋友，之前关来田介绍他与陈大阳认识。祥仔也想回家乡创业，就跟着陈大阳做养殖，刚在村里投资了一个养殖基地，养脆肉鲩，专门做供澳门的水产，谁知这么快就出事了。

　　"大阳，我们去现场看看吧。"来不及换下旗袍的黎秀芬问大阳，"今天有开车吗？"

　　陈大阳点点头，黎秀芬就拉着大阳走出咖啡书屋。"好，我们走。"

　　开车就十分钟的路程。车上，陈大阳不断给黎秀芬介绍情况，高密度养殖看起来很好，但养殖的风险还要可控。

黎秀芬坐在陈大阳旁边，望着外面的村景。车子走的是村道，一拐一转，过一座桥又转到鱼塘，而咖啡的味道还在黎秀芬的嘴边。正是秋日的时节，村里鱼塘的景致是那么和谐，远处偶尔出现在鱼塘一侧排着队列的树木，似站岗的哨兵。

　　"开慢点。"

　　黎秀芬对陈大阳说，声音里带着温度。

　　"嗯。"陈大阳下意识地将车速放慢。

　　"大阳，转到那片空地停一下。"

　　"好。"

　　车子一转就停在空草地上，远远能见到港澳青年创业示范基地的鱼塘。陈大阳不知道黎秀芬为什么要停在这里，正想问，黎秀芬就开口了。她笑眯眯地盯着陈大阳，说："亲我一下。"

　　陈大阳有点蒙蒙的，他环顾四周，除了车内的两人，窗外只有和煦的清风吹过，他转头靠过去，亲上黎秀芬圆润的脸颊。

　　黎秀芬的脸蛋红润润的，阳光照在她的脸上，泛着淡淡的光。

　　"好久没有和你单独在一起了，每次都是工作有事才找你，真是过意不去。好吧，我也亲你一下，算是赔罪了。"

黎秀芬头一转，身子一侧，就亲了陈大阳一口。

车内的空气顿时升温，两个人难得亲密。

陈大阳此时也觉得自己平常冷落了黎秀芬，一个女人内心深处还是脆弱的，别看黎秀芬平时做事风风火火，与村民聊天谈工作干劲十足，但当她见到自己心爱的男人，无意间流露的温情，又回到小鸟依人的小女人状态。她多想像其他女人一样，依偎在自己心爱的男人怀里，撒娇、淘气、任性，无所顾忌。

趁十分钟路程的空当，黎秀芬望着车外的景致，释放心中的柔情。她想任性一下，因为身边这棵大树让她觉得可靠、安全，似回到避风的港湾，那种感觉是一种幸福。

他们再次发动汽车，到了港澳青年创业示范基地。祥仔已经等在门外，领着陈大阳和秀芬走了进去。三个高两米多、半径三米的水泥池，就在基地后面的大棚中，几个工人正在一个鱼池中捞出死鱼。陈大阳从搭的梯架上跨上去，从鱼池中捞起一条草鱼，湿湿滑滑的，他不戴手套，翻着肚皮的死鱼带着腥臭味，但他毫不在意。

黎秀芬还穿着旗袍，不方便跨上梯架，站在下面问："鱼还有救吗？"

　　"基本上都死了。"陈大阳摇摇头无奈地说。

　　"三个池一共有多少斤鱼？"陈大阳问祥仔。

　　"9000多斤，损失了五万多元呀。"祥仔沮丧地说。

　　"喂蚕豆多久了？"陈大阳又问。

　　"喂了十多天，之前几天鱼吃得很好。"祥仔接着说。

　　"密度过大，天气变化，突然缺氧。"陈大阳说出初步的判断。祥仔说："之前都没事的。"

　　"这不好说，刚开始可能没事，本来密度就大，加上鱼又长大了，就出问题了。"

　　祥仔心痛得眼泪都出来了，工人还在不停地把死鱼捞出来。水声哗哗，死鱼落进桶里所发出的"嘭嘭"声有些刺耳。

　　遇到这种事，损失都是惨重的。

　　此时，关来田也过来了，在三个鱼池间转了一圈，又询问了一下祥仔的情况，然后就与黎秀芬他们一起走进基地的办公室。黎秀芬坐下沏茶，陈大阳去洗手了，祥仔坐也不是站也不是，踱来踱去嘴里不断地说："损失惨重，血本无归。"脸上全是失落和沮丧。

陈大阳洗完手进来，黎秀芬招呼他坐下，又问起这段时间的情况。陈大阳说："这种高密度的养殖方式太冒进了，'好彩'就赚，'不好彩'就赔大了，还是要以安全为主。"

黎秀芬因为工作关系，和村里养殖户接触多了，对于养殖也有些了解，知道这种高密度养殖的风险较大。

关来田是在这个基地成立后投资的，他担心祥仔的事会影响到其他港澳人士回乡投资，就询问这事有多少人了解，他的目光落在祥仔身上。

祥仔说："就我们几个人知道。"

"那就尽快处理死鱼，不要扩大事情的影响，我怕消息扩散出去，吓到其他投资人。"关来田讲了自己的担忧，又看着陈大阳。

陈大阳默不作声。关来田又望着黎秀芬。

"好不容易才把创业基地搞起来，现在还没有多大起色，这件事恐怕会对基地造成负面影响，还是不传出去最好。"黎秀芬很认真地讲。她很同意关来田的看法。养殖户出问题，亏钱了，如果传出去，对基地的发展不是件好事。

"关总，你有机会带大阳到澳门见见他们，多宣传一下我们的政策和养殖的经验，如果我们这个基地能成为供澳的水产基地，那就是一个成功的好样本。"

关来田点了点头。

大家商定事情的处理事项，祥仔处理完死鱼，高密度鱼池还是保留，但今后养多少鱼，要研究后再定。

"我一会儿就与吴林回澳门去。"关来田说。"那好，你先回去，我与大阳过一会儿再走。"黎秀芬送走关来田不久，她与陈大阳也离开了。大阳开车将黎秀芬送回家。每次送黎秀芬回家到楼下小区，陈大阳都有一种想上去的冲动，但都没有开口向黎秀芬提出。秀芬家住4楼的404房，陈大阳一直记得黎秀芬的房号，广东人都爱"6""8"字开头的房号，可黎秀芬就喜欢与"4"字有关的号码。陈大阳有问过黎秀芬，为何喜欢这种数字。黎秀芬讲，客家话说"4"字与"实"同音，实实在在，有得吃，吉利。陈大阳听了还觉得有点儿意思。

站在楼下，陈大阳没有下车，关心地问："住得怎么样？比我的鱼塘好多了吧？"

"不好，没人陪。"黎秀芬笑着对陈大阳说。

"好呀，那下次我搬过来，就有人陪了。"

"想搬过来住呀，那可有条件，几克拉的钻戒呀，'999 金'的全套首饰，还有车子票子都要！"

黎秀芬一边数着，一边左右晃着，眼睛笑眯眯地带着光，陈大阳见了她这样就想笑。

"好了，到时候变成老姑婆，没人要，还不是得找我。"陈大阳在车上看着黎秀芬，伸出手跟她道别。

"谁说我没人要！"黎秀芬瞪了一眼陈大阳。

"好了，我走了，你赶紧上去吧。"陈大阳挥挥手，一踩油门，车子就跑远了。黎秀芬看着车子出了小区，转身上楼了。

陈大阳的父母真的到黎秀芬家提亲了，是陈仁威找强叔搭的线。强叔在村里也是德高望重的人，陈仁威觉得让他当牵线人，成事可能性大。那天上午，强叔约双方家长一起到喜家美食店喝茶，他把房间订好，讲好到时就由陈仁威买单。约好上午 9 点，陈仁威夫妇早早到了，把提前准备的礼物也带上。当强叔来时，黎秀芬爸妈也就到了。强叔听人说过两家有过节的事情，但当陈仁威找到自己来做和事佬，他也没有过多考虑就答应了，一切要往好的方面看，过了这么多年的事，能放下就放下。

刚开始，两家人只在忙着点餐，没有多讲话，场面有些尴尬。房内有一股难以散去的闷热。后来讲到了正题，大家才放开胸怀。

陈仁威说，当年的事不必重提，只希望小孩有一个好的未来。

黎大南倒是干脆，说秀芬长大了，也是村里的干部，她应该能拿好主意。他说，只要秀芬愿意，他们两位老人不反对。

那一天上午，大家聊得愉快，可惜没有把陈大阳与黎秀芬叫上，如果叫上，说不定就直接成事了。强叔当年在村里也是一位有名的人，黎大南也找过他帮忙，所以，强叔成了两家人之间重要的调和剂。走时，黎大南夫妇收下了陈仁威带来的礼物，陈大阳妈妈心里也踏实了。

第十一章　瞧不起

罗铁仔打心眼里瞧不起陈大阳，尤其是在上次的敬老活动上，出尽风头的陈大阳让他心里很不爽。

你陈大阳有什么本事，不就靠一个跛脚老爸，还是做超市的，你自己在外面混不下去才回到村里，养什么鱼，搞什么合作社，就是与我过不去。一想到陈大阳，罗铁仔心里很不愉快。

离清明节还有一周，春天的绿意在村头的榕树上又浓了几分。本该是踏青的好时节，但喜隆村像少了点生气，榕树头一旁的咖啡书屋人不多，榕树下聊天的老人孩子，也没像以往那样三五成群地闲聊。

天边的霞光觊觎着喜隆桥，桥边的草地嫩嫩的，长出了一大截。一蓬蓬的野草里，藏着几只蹦蹦跳跳觅食的小鸟。桥下青色的河水无声地向东流去。

罗铁仔的鱼塘离港澳青年创业示范基地不远，与陈大阳的鱼塘也只隔了两道河涌。他回到鱼塘的办公室，身后跟着的周三根和三五名弟兄，似往日一样，躺在沙发上，跷着二郎腿抽着烟，七歪八倒的。罗铁仔也是一样，坐到沏茶的茶几位，脚就直直地搭在一边，一副懒散疲惫的样子。昨晚一夜间，他们将大六周的鱼苗收完，今天又忙了一天，现在才收工，个个都累得受不了，腿脚发软了。

　　春天田地播种，好的秧苗是一年收成的关键。最先发现控制鱼苗市场的是周三根，罗铁仔有时很佩服这位手下，这么难想的事，他都能想到。

　　当罗铁仔听到周三根的提议后，心里的豪气又提了起来，这是一个很好的机会，他通过多方打听，终于知道附近有六成养殖户都是在大六周那里买鱼苗。

　　别的方面罗铁仔不行，可是对于控制局面的事，罗铁仔可是无师自通的。罗铁仔在周三根的提醒下，他很清楚，从今天开始，他就等着这些村里的养殖散户主动找上门了。

　　第二天一早，罗铁仔还没起床，就听到外面吵吵嚷嚷的声音。

罗铁仔昨晚与几个弟兄在鱼塘边的棚屋里打边炉，闹到很晚才睡，早上的吵闹声把他吵醒了。

朝霞映着一片片的鱼塘显得格外远，阳光从云朵间透出来，唤醒沉睡的大地和勤劳的村民。

罗铁仔很快洗漱完，从里屋出来，七叔与另外三位养殖户已经坐在屋里喝茶了。他的两个弟兄在一边坐着，聊什么不要紧，因为这些弟兄不会拿主意的，得由他来。

"三根呢？"罗铁仔从办公室出来，他似乎没看到七叔和其他养殖户，只是回头问另一个在抽烟的弟兄。心中有数，自然就不理会，他知道七叔这几个人来的目的，无非就是想要点鱼苗，大六周的鱼苗没有货，哪来的鱼可以养，自然都要找他。抽烟的弟兄说三根昨晚回家了，还没过来。

七叔见到罗铁仔，脸上立刻堆满笑意，他们要从他这里买到鱼苗，就得要罗铁仔同意才行。

"罗总，听说你这里有鱼苗卖。"七叔先说。

"对呀，罗总，我们想买点鱼苗。"另外一个养殖户也开口了。

"我又不做鱼苗生意，哪有鱼苗！"刚刚坐下的罗铁仔边倒茶边说。

230

他知道七叔他们心急，可他一点儿都不急。罗铁仔就是不卖鱼苗给他们，要让这些养殖户心急。谁让他们都跟陈大阳合作了，让自己白白损失那么多钱。

七叔和几个养殖户用恳切的眼神看着罗铁仔，但铁了心的罗铁仔无动于衷，就算养殖户们一起围上来嚷嚷，罗铁仔也仍然就是两个字——没有！

"大六周说鱼苗都给你收光了，现在要鱼苗，只有找你买了。"七叔说。

"大六周真的这么说？"罗铁仔反问。

"是呀，他手上都没货了，全给你买走了。"七叔接着说。

"我买回来养的，不是拿来卖的。"罗铁仔就是不松口。

"罗总，这么多年，我们都在大六周手上拿鱼苗，今年他说没货了，你转点给我们，价高点我们都可以接受。"七叔恳求道。

"真没有！"罗铁仔斩钉截铁地说。

七叔低声下气说得口干舌燥，也没能让罗铁仔心软下来。如果从外地买鱼苗，不仅价格更高，运输成本也高，还要花更多时间，所以从罗铁仔手上买是最合算的。

花了一个多小时，七叔几个人最终还是失望地离开了。望着走出门的几名养殖户，罗铁仔心里挺高兴的。这一仗，他赢定了。

七叔与几名养殖户一路上都在商量，转头到村委会，刚好黎秀芬不在，接待他们的是七婶。七婶给秀芬打了一个电话，说了大致情况。这几名都是合作社的养殖户，秀芬让七婶带他们去找陈大阳。

陈大阳的脆肉罗非鱼实验成功了，他近几天都忙着观察实验结果，并没有留意到草鱼鱼苗的价格变化。在关来田的追加投资下，陈大阳的养殖规模扩大了，与港澳青年创业示范基地的联动更多了。当七叔与七婶来到陈大阳的鱼塘时，他正在办公室制订养殖产业的计划书。不久之后，他要将这个计划书带给黎秀芬。按照计划书的内容，村里的养殖产业会得到更好的发展，村委会的收入会有所增加。

七叔他们日常的养殖在一夜之间被阻碍，当然无法让人接受，没有鱼苗就意味着今年的收入无望。

一路上，七叔不断地向七婶诉说，必须买到鱼苗，他们全家还指望着鱼塘的收入过生活。

七婶不时骂罗铁仔不是人，又要出来搞事情。

七叔在办公室见到陈大阳，像见到救命恩人一样，少了嘘寒问暖，直接表明来意，要陈大阳帮忙买到鱼苗。

陈大阳对鱼苗的情况还不太了解，无法立刻解决问题，他一脸严肃。七婶在一边对陈大阳说："你们养殖合作社，都帮不到养殖户？"

陈大阳有些无奈，还没搞清楚事情的原委，一时也想不出解决办法，但如果养殖户无鱼，也同样影响他这边的瘦身鱼供应。

还没到中午，外面的天空只剩下云朵，远处的喜隆桥伴着田埂、鱼塘，格外显眼。陈大阳没有心情去欣赏景色，他的心思都在如何解决七叔他们几个养殖户的鱼苗问题。

"七叔，你给我点时间，我来想办法解决鱼苗的问题，好吗？"陈大阳对七叔他们说道。这话当中，有商量也有请求，知道七叔他们着急，可这事情不是心急就能解决的。

陈大阳问了七叔和其他几名养殖户需要鱼苗的数量后，就让他们先回去了。

七婶还在一边东拉西扯，本来只是解决鱼苗的问题，现在又说起合作社能否做得下去的事。

广东的天气说变就变，春天本来该回暖了，可一夜之间，北风一吹天气又变冷了，这让陈大阳倍感压力。在阴冷的春天，七叔他们的心更急了，昨天他们已经来过一次了，可还没等到陈大阳想出解决的办法，今天早上七叔又来鱼塘找陈大阳，还好这次只来了他一个人。

陈大阳招呼七叔在办公室坐下，给他冲了杯茶，打开了办公室的音响。张小爱昨天搬了一套音响过来，说就算是养鱼的人，也要来点音乐陶冶情操。昨晚张小爱在这里倒腾，陈大阳也试了一下，感觉还不错，就趁早上起来再感受一下音响的效果。

陈大阳挑了一张古典音乐的唱片，音乐悠然响起。七叔可没心情听这些玩意儿，对着陈大阳说："鱼苗价格今天又涨了，再这样涨下去，我们是买不起的。还不知道饲料会不会涨，电费是没办法减了，这一年养下来，根本赚不到钱。"

七叔算账的能力挺强，自从加入合作社，他利用20亩鱼塘，一年至少赚五万元。这算是很省心的，没有风险，不像以前，赚一年赔本一年，几年下来，白忙活了。

日捱夜捱，砧板破晒。

家中无食，拼命来捱。

日做工，夜做工。

腰骨弯了，背脊烂晒。

破裤穿着，汗水流完。

耕田人仔，无日欢容。

七叔念起自己旧时的顺口溜，陈大阳也笑了起来，这笑声与古典音乐的旋律有几分契合。

就算七叔不说这些话，陈大阳也会想办法帮助他们解决鱼苗的问题。

"放心，七叔，我一定想办法搞定鱼苗的问题。涨价是市场行为，我们没办法控制，但我有办法搞到鱼苗，到时候价格自然会降下来。"

陈大阳给了七叔信心。七叔也没什么好说的，离开时说了一句："好，大阳，我们等你的消息，但过了下种苗的时间就真的没得赚了。"

关来田与陈大阳在村口租了一块50多亩的地，建起冷冻库，村委会帮忙办理报建的各种手续，陈大阳忙得不可开交。他还在喜隆桥附近租了1000平方米的厂房，改造后做起了喜隆隆餐厅。可冷冻库不时遭到投诉，说那里是农地，不能用来建其他设施，这把黎秀芬他们忙坏了，不断有住建部门的人来调查了解情况，陈大阳的事业正遭遇着各种难题。

鱼苗的事一定得先解决。

陈大阳找到湖北的朋友打听那边鱼苗的价格，但运输成本过高，没办法解决。陈大阳又找到江门的朋友，好不容易找到一家鱼苗公司，终于，陈大阳买到了鱼苗，分发给了合作社的养殖户。

陈大阳的喜隆隆餐厅开业了。

开业那天，来祝贺的朋友都盛装出席。餐厅的大股东是关来田，这天来了一帮关来田的朋友，一大半是来自港澳的朋友。醒狮拜门，锣鼓喧天，点睛，派红包，喜隆隆餐厅热闹开张。黎秀芬在开业礼上被欢呼声包围着，她见到了胡秋花，两人见面亲如姐妹。

喜隆隆餐厅有两层，一楼是大厅，二楼是包房。餐厅主打菜式是脆肉鲩，一鱼十味，一条脆肉鲩的腩、头、尾等各个部位都有不同的做法，这是陈大阳与关来田他们一起开发的新品菜式，脆肉罗非鱼也是这种做法。陈大阳的主要办公地点也从鱼塘那里搬到了喜隆隆餐厅，有时会两边办公。

黎秀芬是独自去参加开业典礼的，她知道办一场开业礼得四处打点、忙前忙后，心里一直想着陈大阳。但到了开业的现场，见他忙得不可开交，她也就按流程出席剪彩环节。想着结束后自己就去旁边的超市逛一下，因为是星期六，她难得空闲。村委会的事务多，村里各种琐碎的事情都会找到她，自己也没时间关心陈大阳。倒是胡秋花，她和黎秀芬事先已经通了几次电话，毕竟是村委会邀请的专家，黎秀芬得服务好。

见到胡秋花，黎秀芬悄悄问："你与关来田是不是要'请饮'呀？"

胡秋花瞬间红了脸，笑着说："快了快了。"

佩戴在胸前的迎宾鲜花映着脸颊，让胡秋花显得更加美丽迷人。黎秀芬对胡秋花说，摆酒时自己要做伴娘。胡秋花不好意思地笑了笑说："如果你比我早，你就当不了伴娘了。"黎秀芬听了说："你要比我早，要抢我前头，老关可急了。"胡秋花只笑不答。

关来田要招呼朋友，没空理黎秀芬，而胡秋花则一直跟着关来田与朋友聊天，十足女主人样子。

陈大阳一身西装，招呼着各位嘉宾和客人。黎秀芬见他忙前忙后，自己一个人悄悄离开去逛超市了。

超市里第一层是服饰，各种漂亮的小裙子，短不及膝，可惜黎秀芬没机会穿。她又看到一双不错的鞋子，可是高跟的自己又用不上……一个人闲逛，很好打发时间。

不一会儿，手机响了，是七婶打来的。"什么？有人投诉喜隆隆？"黎秀芬又追问一句，"七婶，你确定吗？"

"千真万确，刚才还有人在喜隆隆门口闹事呢。"

黎秀芬一听喜隆隆被投诉，心里一紧，今天刚开业就被人投诉，很不吉利啊！

"什么原因呀？"秀芬一边想一边问。

"说是有人吃鱼时卡了喉咙，被送到医院了。要赔偿。"

"人没事了吧？"黎秀芬在电话里问。

电话那头的七婶说："应该没什么事了，但要陈大阳他们赔偿。"

周围人影晃动，灯光闪烁，超市里的情景在黎秀芬眼里变得虚幻。

她心里念着，陈大阳要平平安安顺顺利利的，哪有开业就遇到这种事的。

挂了七婶的电话，黎秀芬拨了陈大阳的电话，可电话一直占线，打不通，也不知道那边怎么样了。随后，她打通了关来田的电话，急促地问道："来田，餐厅那边怎么样了？说是有人投诉。"

"没事，没事。我要送秋花回广州。放心，小事不要放在心上。"电话那头的关来田说得很轻松。

黎秀芬听了关来田的话，心里平静下来。

她再次拨打陈大阳的电话，还是不通，黎秀芬知道陈大阳应该是没空，便收起手机没有再打。

第二天，刚回到村委会办公室的黎秀芬就听到村长来说，今早在鱼塘塘基上有一辆大卡车翻倒了，现在都还没拉出来。黎秀芬正想去现场看看，镇里的电话就来了，通知她到镇里开整修村路建设的会议。

黎秀芬没办法，只能先去开会。她开着摩托车，沿着村路往镇里去，15分钟就到了镇政府会议室。这里她经常来，所有人都认识她。

参加本次会议的其他村的书记都到了，吴副镇长主持本次会议。"全镇各村的道路都很烂，有很多村民投诉，特别是田基、鱼塘路，下雨后烂泥到处飞溅，出行难……"

吴副镇长讲的都是实际问题，但修路就要有资金，现在的解决办法就是每个村都报一个建设任务，今年底修多少公里，镇里补贴30%，70%的资金由村里自己筹集。

吴副镇长这话一出，其他村书记都干瞪眼，心里打着鼓。

"乡村振兴，如何振兴，道路建设是振兴的基础，希望各村抓紧落实。"吴副镇长说到这里，停了一下，看着黎秀芬，说："秀芬书记，你们村带个头，做个示范，认领多少公里呀？"黎秀芬没想到吴副镇长话锋一转，居然落到自己头上，好在她反应快，有所准备。

"我们村的道路主要是田基的硬底化。我刚才来的时候，还有一辆车翻到田里呢。鱼塘田基硬底化，有利于提高养殖经济效益。我认了，田基硬底化今年年底全部完成。"黎秀芬没有多想就表态了。这个任务能不能完成还是个未知数，她决心要做成这个事，既然表了态，答应了镇领导，自己就一定想办法完成。

"好，我们给秀芬点掌声。"吴副镇长鼓掌表扬黎秀芬，"有这种有担当的村书记，哪有做不好的事。"

从镇里一出来，黎秀芬就直接回村委会办公室，马上让七婶算一算，如果把村里的田基都硬底化，大概需要多少资金。七婶很快就做了预算，大约需要150万元。

镇里出30%，那村委会得筹到接近110万元才够。

这边黎秀芬正在想着这事，那边陈大阳也到了喜隆隆餐厅。昨天的鱼刺卡喉事件才刚平息，他答应了客人。赔偿所有的医疗费，另外给客人免单，还赔了五千元。客人家属还说，如果有后遗症，还要他们负责。

一到餐厅，陈大阳先到厨房，三名厨师提出要集体辞职。刚开业，如果厨师都走了，哪有人做菜，这些厨师都还在试用期，说走就走，这很不正常，陈大阳觉得肯定有问题。他要和他们单独谈谈。其中一名厨师吴三是广西人，刚来这里做，他的拿手菜是炒鱼骨，手艺不错。

"你到我办公室，我们聊聊。"陈大阳先找了吴三，吴三是外地刚来的，和村里牵扯比较少，应该比较容易沟通。陈大阳知道，厨师在餐厅就是灵魂，没了厨师，餐厅也开不下去。

陈大阳想，三名厨师一起辞职，在餐厅开业的第二天，肯定是有什么特殊的原因，是钱的问题，还是其他什么事？他不搞清楚事情的原委，就没办法解决问题。

陈大阳与吴三坐在经理办公室，吴三还戴着厨师帽。

"吴师傅，你为什么突然要走呀？"陈大阳开门见山直接问了，他急需知道事情真相。吴三将帽子从头上摘下，就放在腿上。他坐在经理对面，有点像受审的犯人，而他心里的确有几分内疚。

还没等吴三开口，陈大阳的手机就响了，一看，是秀芬的电话。

陈大阳拿起手机，就听到秀芬的声音："大阳，村里鱼塘有辆运输车侧翻，你知道吗？"

"不知道呢。"

"主要是村里的路太烂了。"黎秀芬在电话那头说。陈大阳静静听着，他担心吴三要走了，听着电话，眼睛盯着吴三。

"刚刚镇里开了会，各村的路都要修，田基的路修好了，对我们村的养殖业也大有帮助，但是镇里只能出30%，剩余的70%都要我们自己筹。"黎秀芬还在说着修路的事。

陈大阳有些着急地说："村里要修路，也不是现在就要修。"

"我们在想怎么筹集资金的问题。镇里的补贴不多，还有很大的缺口。"黎秀芬不知道陈大阳这边正焦头烂额，厨师的事还要尽快处理。

"筹钱的事晚点再商量。"陈大阳心里有些着急。黎秀芬听出了陈大阳话里的不耐烦，问道："你那边是不是有事？"

陈大阳有些闷气地说："是有事，我这边要处理一下，有空再联系你。"说完就挂了电话。

黎秀芬听到陈大阳挂了电话，也有些纳闷，感觉今天的气氛有些不对。

陈大阳赶忙挂了黎秀芬的电话，他着急要处理厨师的事。

"是不是钱少了？"陈大阳继续问吴三。

"陈总，不是钱的问题。"吴三眼神有点躲闪。

"那你们想要什么？"

"我们，我们想要股份。"

"这个你们之前也没有提出来，我现在也不能答应你们。"陈大阳觉得事情没有那么简单。

"没有股份，我们三个就一起走，这几天的工钱也不要了。"吴三挺直腰。

"你们要走也行，"陈大阳故意说，"不过我们之前就签了合同，你们现在走就算违约，是要交违约金的。"

"违约金？"吴三瞪大眼睛。

"是呀，而且，你刚来就要走，是有什么事吗？"陈大阳给吴三倒了杯茶，"就算是要股份，也要我们几个股东开会商量，这个一时半刻也没办法定下来。"

吴三开始动摇了，他一手拽紧厨师帽，一手在腿上来回搓着。

陈大阳看出他的纠结，继续说："你有什么难处，说出来我们也好一起解决。"

"老实讲，我还是想继续做的。不是我想走，是有人说，如果我们今天集体辞职，就给我们一人三千块钱。"吴三说了真话。

"荒唐，还有这么好的事，"陈大阳笑了一声，说，"谁这么好，不用干活就给你们钱？"

"村里有个姓周的，昨天找我，说给我们每人三千块钱，要我们集体辞职。他们两个都同意了。"吴三有些紧张，"他还说，过几天你们还会找我们回来。"

吴三全说出来，人也瘫了下去，缩在椅子里。

陈大阳有些无奈地说："想来就来，想走就走，你们想过没有，人家凭什么给你们钱。到时候工作也没了，他还管你吗？"陈大阳知道了事情的来龙去脉，给吴三做好思想工作后，吴三答应留下来。

随后，陈大阳和另外两个厨师也谈妥了。三个人都不辞职了，但这个月的奖金没有了。

真是荒唐，这种事也有。陈大阳知道是周三根他们在背后撺掇。应该是自己之前帮七叔他们买鱼苗的事，打乱了罗铁仔的计划，害他没能高价卖出鱼苗。

鱼刺卡喉的事是罗铁仔让周三根一个朋友去喜隆隆餐厅吃饭时弄的，确实卡了鱼刺，但根本没什么大碍，可他们还是要故意闹事。罗铁仔就是要让他们餐厅开业不顺当。

这次又撺掇厨师辞职，这可真是花了罗铁仔不少心思。他让周三根找到吴三等人，就在开业前一天，原本周三根也无法联系到这三名厨师，结果刚好吴三租房的房东是周三根的朋友，周三根就通过房东找到了吴三。

初时，吴三也不肯，他不想没了这份工作，但周三根送了三条烟给他们，还许诺他们辞职后，给每人三千元的红包。

在利益的诱惑下，吴三他们心动了，当晚就商量好开业第二天一起辞职，这就有了一场集体辞职的闹剧。

陈大阳知道真相后，终于明白最近各种麻烦事的缘由是背后的这一双黑手。他不怪这三名厨师，等餐厅开业一段时间稳定下来后，会更好找新厨师，只是现在刚开业才三天，来不及找更多的人手了。

稳定了，就好。

罗铁仔的阴谋没有得逞，但也让陈大阳经历了一番手忙脚乱，让他在各种压力下变得更成熟了，学会如何冷静处理各种问题。

第十二章　遇上大事了

张小爱在鱼塘帮忙，每天算账，知道养殖业每年的利润丰厚，可建冷冻库还是要投入大量的资金。陈大阳刚答应要捐70万元修路，"呵呵！"张小爱接到陈大阳的电话，就开始不乐意了！她做了个预算，转头就给陈大阳回电话，说现金不够，只有30万元，转不了70万元给村委会。

陈大阳又遇上大事了！

这头，黎秀芬听到只能捐30万元，她的心里也很着急，这个缺口很大，得找人来补上。

自从回到村委会工作，黎秀芬经常遇到复杂艰巨的任务，但无论多么艰难，她都没有退缩，风风火火踏踏实实地做好每一件事。成功的关键在于，每一次都有陈大阳站在后面给她最大的帮助和支持，这让她在村委会的工作能够开展得井井有条。在这两年多时间里，她遇到的风雨都能顺利蹚过去，别人都说她很顺利，可她知道当中的苦楚和艰辛，也知道其中有陈大阳的付出和功劳。

每次，吴副镇长问她能不能熬得住时，她都说："只要有村委会的班子支持，就没有解决不了的难题。组织是强有力的保证，给了我最大的支撑，是我遮风挡雨的参天大树。我能与大家一起历经风雨，也能见彩虹。"

黎秀芬好强的性格在工作上处处表露，遇到困难不服输，咬牙挺住，她很喜欢一句话："打落牙齿往肚里吞。"有了这个劲头，她就有了原动力。

黎秀芬与喜隆村算是血肉相连，她是土生土长的喜隆村人，家族世代都在这里生活。那一片鱼塘上的风飘来荡去，喜隆村人早晨与晨雾一起漫步，这是多么美好的地方。村里这几年缺少改变，特别是村集体的收入太少了，让她揪心，市委和镇里都在推动乡村振兴，喜隆村一定能做好。

黎秀芬父亲是老书记，对村里的情况也很熟悉，农田无法为村里带来更多收益，在珠三角里，乡村虽然与城市只有"零距离"，但也是很容易被忽略的地方。要增加村里收入，算来算去，一是出租鱼塘，二是发展渔业，将优势发挥最大化，才能有改变。前几年，村民都到厂区打工了，村里的年轻人大幅减少，最关键是村集体收益一点也没增加。黎秀芬父亲退休了，但心里一直想着村里的事。

黎秀芬回村里两年多了，各种事务处理妥当，团市委也表扬黎秀芬，团市委办公室主任还不时过来探望黎秀芬。摘掉了"软弱涣散党组织"的帽子，还被评为"全市乡村振兴模范党组织"，村委会工作面貌一新。

昨夜一夜没睡好，这天一早，黎秀芬刚起床，开门去吃早餐时还带着重重的黑眼圈。

早起的爸爸在客厅问她："听说你们解决不了建村路的钱？"一进来，黎大南就把打包的豆浆、鸡蛋、玉米放在客厅的桌子上。

"爸，爱心早餐呀！"黎秀芬没直接回答父亲的问话，而是成了乖乖女，"你做的早餐？"她一边打开包装盒一边问父亲。

"楼下买的，你老妈不做，我也没机会带爱心早餐给你。"刚在椅子上坐下的黎大南回了一句。

边吃早餐边和父亲聊天，像这样的日子，在黎秀芬的记忆里好像隔了许久。

"村委会这两年把集体收入分一点来修路，应该就可以解决了。"黎大南给秀芬出主意。

一边啃着玉米的秀芬听了，接了父亲的话说："那不行，村集体好不容易有了点钱，这钱不能动。我另想办法。"

黎秀芬继续吃早餐。

"当家不容易，日出日落都是柴米油盐，养个鸡都得喂饱，都是钱，你哪里筹得几十万元呀？"黎大南忧心地说。

黎秀芬剥下鸡蛋壳，瞪大眼睛看着对面的父亲："你怎么知道这么清楚的？"

"你管我，我眼线多。"黎大南抬着下巴。

"是七婶，肯定是七婶！"黎秀芬寻思了一下，肯定是她说的。

"你不要管，反正你有什么事我都知道。"黎大南有些得意。

其实，黎大南知道这事，全是张小爱告诉他的。那天陈大阳说要捐钱修路，张小爱就到处找人打听，半天工夫，她就把村委会筹钱修路的事打听清楚了。张小爱觉得，陈大阳不该找黎秀芬做女朋友，每次村委会有事都来找陈大阳要钱，不地道！俗话说，养大的女儿靠不住。把家里的钱往外搬，这钱以后也是黎秀芬的钱，但捐出去后，就不是自己的了。所以，张小爱特意找了黎秀芬老爸，今天一早在村外一家早餐店见到黎大南时，把这事说给他听。

这不，黎大南一直关注着村委会的事，也是出于爱女心切，买了早餐就直接与黎秀芬聊了这事。

黎大南坐在椅子上看着窗外的晴空，一手梳理着头发，这是他每天要做的"早操"。他也没想与黎秀芬讨论，只想知道遇到这些难题，黎秀芬如何解决。

"车到山前必有路。老爸，你不用担心，"黎秀芬安慰着父亲。

"陈大阳哪有那么多钱捐出来，他也不容易，餐厅刚开业，建冷库也投入不少。"黎大南说出这话时，黎秀芬刚吃完鸡蛋。

她转过头惊讶地看着黎大南，很是惊讶！

"这你也知道？你消息够灵通啊！"黎秀芬打量着父亲。

"那你收到钱了？陈大阳捐的钱？"黎大南没好气地问。

"还真的没有收到，上次陈大阳在电话里是认捐了70万元，后来财务张小爱又说没有这么多资金，只能捐30万元。这样，认捐的数目还远远不够。"黎秀芬已经有些不悦了，而且到现在钱还没有到位。

黎秀芬听了父亲的提醒，心里一紧，开始焦虑了起来。

"我不管，陈大阳要是说话不算数我就找他算账！"黎秀芬故作生气，当然，这只是她在跟父亲说笑的。

黎大南要下楼去买菜，走的时候还提醒黎秀芬，得多发动乡贤来捐款，不要把压力都放在陈大阳那里。

黎秀芬吃完早餐就回村委会忙去了。她也觉得应该好好琢磨一下捐款的事。自己太依赖陈大阳了，感觉不管什么事他都能搞定。

从早晨"偶遇"黎大南，把陈大阳捐钱的事都跟他说了之后，张小爱心情舒畅，一路骑着摩托车，风吹发梢。车头挂着一袋豆沙包，她买了十多个，带回鱼塘给陈大阳与童晓东他们当早餐。回到鱼塘养殖基地后，张小爱大声嚷着，像个包工头对着工人喊起床开工一样。连小狗都不吠了，只是静静地望着小爱。

张小爱喊吃豆沙包的时候，陈大阳早已从鱼塘走回办公室了，打趣道："你今天捡到金子了？"陈大阳奇怪地看着异常兴奋的张小爱。

张小爱将豆沙包从塑料袋里倒出来，放在铁盘里，陈大阳洗完手回来，张小爱端着大盆豆沙包摆在他面前。

"食啦，说不定过几日无得食了！"张小爱拿着豆沙包送到嘴里，咬了一口，棕色的豆沙粘在嘴角。

"明天我们食鲍鱼，不食豆沙包。"陈大阳拿起一个豆沙包，同时他也招呼童晓东过来吃早餐，五叔一般要中午才到，早餐不在这里吃。

"大阳哥，我们账上现金不多了，不够转给村委会。"张小爱说。

"差多少？"陈大阳问。

"不是差多少的问题，而是账上现金真的不多了，要不先从你爸的超市那边借点过来。"张小爱给陈大阳出了主意。

超市和养殖场不同，现金流比较稳定，进货出货，现金流都比较有规律，作为做账人员张小爱心中有数。可陈大阳就不同，一会儿投资开餐厅，一会儿又做冷库，还要捐出去一大笔，关来田投资的资金也不能用来捐款，只有陈大阳赚来的钱才能用来捐款修路。

张小爱叹气说："先从超市那边转过来，到时秀芬

253

姐来找我要，我也好讲。你爸也好商量，只要你定了，我就和他说一声。"张小爱说完还故意补充一句，"反正这钱都是陈家出，左手转右手而已。"

陈大阳听了张小爱的话，语气有些生硬地回答："好像这钱你花得一点都不心疼，可这都是我们一手一脚赚来的！"两人的对话铿锵之间一来一往。

张小爱撇着嘴，不说了，免得有人嫌她多嘴。

童晓东此时吃完早餐外出了，五叔刚好来到，进门就问："你们在干啥？"

"陈总要娶新娘了。"张小爱来了一句。

陈大阳听了马上说："你就会造谣，吃着东西也堵不上你的嘴。"说完抬起拳头在张小爱面前晃了晃，不准她再讲。可张小爱偏偏要讲："钱都捐了，还不赢得美人归。"

五叔摸不着头脑，自己着手忙着，眼下他要做的就是去鱼塘看守着。

陈大阳回到办公室，一个人静下来想了想，决定同意张小爱的建议，先从父亲那边转些钱过来，到时再还回去。这事还得先跟父亲通个气，陈大阳拿起手机打给父亲，跟父亲在电话里讲了想从超市转钱的事，父亲没有反对。

刚通完电话，就听到外面有人过来。

一位看上去 30 来岁的瘦小伙，短头发，有些弱不禁风的样子，怯怯地走进来，向陈大阳打招呼，又向着张小爱点了点头。

"我是坦升村的，想过来取取经。"男人躬身作揖。陈大阳礼貌地迎上去，招呼他坐下。他叫黄多多，20 多岁，也是租鱼塘养鱼的，什么鱼都养过，很想在养殖业拼出一番事业，可惜倒腾来倒腾去，也没什么大的起色。他知道喜隆村的陈大阳研究脆肉罗非鱼，很想加入陈大阳的合作社，所以这次是专程来请教的。

遇到同行，陈大阳当然很乐意交流，张小爱不喜欢凑这种热闹，溜了出去，室内只剩他们两人。

"养鱼要'三分满，七分养'，春季就容易发鱼病，病来如山倒，鱼病来时，损失就大了。冬季要做好鱼塘消毒，减少水毒感染，这都要管理的。"

黄多多聊起的养鱼经一套一套的，令陈大阳很佩服。两人聊了很久，陈大阳还跟着黄多多去他的鱼塘参观。

第十三章　好心人

招爱娣每天的工作都是比较规律的，超市下班后，她就对着货架一一盘点：哪些货卖得快，就要及时补货；哪些不好卖，就要调到门口显眼的地方做特价。她在晚上9点前招呼员工挪腾，同时打电话给供货商补货。到了早上7点，补货的车辆一到超市，她就在一旁指挥，嗓门也是在指挥搬货时大起来的。有时，她也上阵一起搬货，多是些较轻的货物，上了年纪腰不行了，一到下雨天，脚也隐隐作痛。脚痛的事，她没有告诉儿子陈大阳，免得让儿子担心，只是有时和丈夫闲聊时提过一两句，人不中用了，脚也不听话了，刮风下雨脚就来事。

招爱娣说得这么含糊，真的难为丈夫了，估计他也没听懂，毕竟作为农村大男人，没有过多的心思去想这事。

七月，龙眼树上挂满果实，天上的雨想下就下，不会让人有过多的准备。这天中午刚下完雨，招爱娣刚从超市出来就见到住在隔壁的雪珍。

雪珍远远站在超市门外，不时向着超市这边张望，像在等人。超市街边，人来人往，电单车不时鸣叫。

招爱娣与雪珍是邻居，年轻时雪珍从清远嫁到喜隆村，生活一直不错。17 年前，雪珍的丈夫确诊精神病，这对雪珍来说，就是天塌下来的事。为了医治丈夫，雪珍只有将家里的房子卖了，换来了四万块钱，搬到村里留下的一间瓦屋里居住。

平时，雪珍在村里很怕见到熟人，她生怕别人瞧不起自己。一家四口住在一厅一房的瓦屋里，自己在村外有一亩多的田地，种些南瓜、油麦菜、蒜，菜多时，就摘些担到喜隆桥市场外摆个摊，卖了菜，换点油盐回家。可到女儿四岁、小儿子七个月大时，丈夫的精神病越来越严重，还经常打她，自己一肚子的苦水倒不出来，晚上听到丈夫叫声，她只能躲到角落里哭。生活，对她来说没有任何希望。一个秋天的傍晚，天黑得快，雪珍在家煎了一条鱼，这条鱼是花了身上仅有的 20 元钱买的罗非鱼。

受不了有精神病丈夫的家暴，雪珍与两个小孩搬到了屋子原来放家什的铁皮棚小屋里住，一张小圆桌子，两张木椅，靠左角落放着干木柴，右角落用石砖砌起的灶，这是她生活的全部。她没胆子见丈夫，中午和晚上做好饭菜就用一个铁盘分一些拿进屋，每次进到丈夫住的屋时，放下饭菜盘，就急着跑。因为丈夫见到她，眼睛就鼓了起来，嘴大声叫着，手也扬起来准备打她。

她没想到丈夫变成了自己不认识的人。

每次送完饭菜回到铁皮棚小屋，她都要哭一会儿。四岁的女儿已经知道了家境，每次只有陪着妈妈一起哭，七个月大的儿子有时在一旁望着，有时也跟着哭。

铁锅内的罗非鱼煮好了，白气阵阵往上冒，浓浓的的鱼香味飘出来，传到她的鼻子里，夹杂着眼泪与鼻涕的味道。花完这点钱吧，留下给两个小孩子，给丈夫也没用，养不活，吃完这一餐，一起好上路。她将最好的鱼腩夹给了女儿，叫着女儿多吃，望着女儿大口大口吃着，她将泪水收入了心底。

她在女儿吃鱼之时，用奶水喂饱了儿子。

随后，背上儿子，牵着女儿出门，铁皮棚小屋门没有锁，不用关了，那些家什，老鼠都不愿来。

他们向着喜隆河的方向走去，沿路没有灯，出了村口，路更暗了。女儿紧拉着母亲的手，草虫在吱吱鸣叫，路边的田地没有生气。走过一条小河涌，就到了一棵大榕树旁，再走一会儿就到喜隆河了。

此时，雪珍忍不住哭出声，她停下脚步，蹲在树下哭。刚巧，下班后的招爱娣开着女装摩托车经过，灯光一照，见到雪珍一家三口在树下哭。

招爱娣停车熄火，留着车灯亮着。

"雪珍，这么晚，你一家子在这棵榕树下哭什么？"

见到招爱娣的雪珍，用手擦着眼泪，一旁的女儿呆呆地望着。"我不想活了，没希望了，我和孩子已经无家可归了。"

雪珍说完继续哭着，眼明心细的招爱娣一听就知道有情况。她拉着雪珍的手，安慰她。

"这个社会是不会饿死人的，坚强一点，努力把孩子供养大。你老公打你，你能避开就避开、能走就走，只要健康就行了。"招爱娣说着就走到摩托车后打开后备厢，从手提袋里掏出一千元，拿过去压在雪珍的手上。

见到这么多钱，雪珍一下子跪了下去，招呼着女儿，感激地说："快跪下，给娣奶奶磕头。"招爱娣还没来得及拦住，母女俩就磕了三个响头。随后，雪珍一五一十向招爱娣诉说着自己的不幸，说今晚准备带着小孩子跳喜隆河。

招爱娣不停给雪珍讲些舒心的话，让她好好带大孩子。

雪珍说，这一千元就当借着，日后有钱就还给招爱娣，等自己日后有能力了，一定会好好报答恩人。

那一晚，招爱娣把雪珍一家子平安送回了家。

见到雪珍住的地方，招爱娣也哭了。她对雪珍说："真的好'阴功'。"雪珍说："我不怕，娣奶奶，我已经习惯了。"招爱娣说："天不会每天都下雨，你始终有出头的一天。"雪珍听到这话，心里无比暖和。

后来，招爱娣时不时都会带些菜或饼给雪珍。雪珍也很努力，自己买了一辆三轮车，平时带着小孩子去市场卖菜，或去帮别人挖地、除草，一个月也有一千几百元收入。艰苦的日子终于熬过去了，一晃过了12年，招爱娣还不时去探望雪珍一家。

雪珍逢人都说："招爱娣是我的救命恩人，那一千元在我心上是无价之宝。"一切终于好起来了，雪珍的孩子已经长大了，女儿上中专了，儿子刚读初中。今天，雪珍来找招爱娣，是因为儿子的事。儿子说家里没钱，为了减轻家庭负担，自己不想读书了。她不知道如何是好，只想找好心的招爱娣聊聊。

招爱娣还没有把雪珍迎进超市办公室，没想到，黎秀芬刚好走过来买东西。

黎秀芬见到招爱娣，上前打招呼。招爱娣见到未来媳妇，两人聊了一会儿，雪珍怯怯地站在一边，招爱娣把黎秀芬介绍给雪珍。当雪珍听到是书记来了，眼泪一下就流出来了。这可把黎秀芬吓了一跳，忙安慰雪珍说，有事好商量。雪珍把儿子不想读书的事给黎秀芬讲了，想找人帮忙给儿子做思想工作。三个人站在超市门口，人来人往的，招爱娣觉得在这里不方便聊，就把黎秀芬与雪珍引到超市的办公室。进到办公室，雪珍也不落泪了，招爱娣给两人各拿了一瓶矿泉水后，就对黎秀芬说：

"雪珍好惨啊，老公有病，子女又小，生活困难。"

雪珍听了又落下泪来。

黎秀芬没想到村里还有这么困难的村民，感到自己的工作还没做好。她对雪珍说，村委会会做好工作，如果有什么困难，只管来找村委会，村委会准备与社工团体合作，定期帮扶这些有需要的人。

"你们都是大好人，娣奶奶也是我的大恩人，她救

261

过我的命呀。"雪珍转过身对着黎秀芬说，"书记也是好人，请帮我说服儿子继续去读书吧。"

那一天，黎秀芬没有在超市买东西，她叫上七婶，一起到雪珍家给雪珍的儿子做思想工作。最终，雪珍的儿子答应继续读书。见到雪珍的住处，黎秀芬心里也不是滋味。她让七婶找关副书记，把村里像雪珍这样的家庭，统计出来登记好，吸收到卫生保洁队里，让他们既有固定收入，又能照顾到家里。不久，雪珍就进到了村里的卫生保洁队，一个月工资1500元，对于雪珍来说，这帮她解决了大难题。雪珍逢人都说，村里有她的大恩人，一个是娣奶奶，一个是黎书记。这话传到招爱娣的耳里，让她心里乐开了花，一家人都做好事，好人有好报。

村里开始规划修路，黎秀芬为了让田基在未来发挥更大作用，与规划人员在村里到处考察、设计方案。日晒雨淋，起早贪黑，有时还帮着抬仪器，又是绘图，又是修改，到了晚上，回到村委会办公室，还要做各种分析、讨论设计施工方案。

万事开头难。都说有钱好办事，可黎秀芬手头上刚收到的只是70万元的捐款。虽然陈大阳说到做到，这一点黎秀芬无话可说，可她的目标还没达到，想找陈大阳商量一下有什么好办法。

这天，黎秀芬原本想到陈大阳父母家开的超市买点日用品，骑着摩托车到了超市，没见到陈大阳的父母，便买了红枣、玉竹、薏米、山楂，还有一些干货，想着带到陈大阳那里，让他平时可以煲来吃。刚买完单出来，就在门口遇到招爱娣。

"秀芬，你过来也不说一声。"招爱娣刚随着拉货的大车回到超市，在卸货区，一边对着卸货工人喊，一边跟秀芬打招呼。工人从车上搬下一箱箱花生油，他们都是熟手工，也不用招爱娣盯着。

"阿祥，记得点好数呀。"招爱娣对着一个中年男搬运工说。那个男人一边搬一边点头。

"来来来。"招爱娣叮嘱完工人，便转身拉着黎秀芬到一边的帐篷下。室外还有些晒，太阳光照得人睁不开眼，到了帐篷底下，两个人刚坐下，招爱娣的话匣子一打开就停不下来了。招爱娣先与黎秀芬讲了一轮雪珍的近况，讲到雪珍可怜处，两人眼里还同时出现泪珠，她们就像家里人一样在聊着。当说到陈大阳，招爱娣还是收不住，急忙地就把心里话讲了出来。

"秀芬，你和大阳最近还那么忙，你们要早点定日子了。你看你们同学，娃都要上学了。事业是干不完的，'拉埋天窗'，成家立业才是正经事，也让我们早点抱上孙子呀！"

招爱娣的话让秀芬越听越尴尬，忙说："婶儿，太急了吧……我们还没准备好。"

黎秀芬没想到招爱娣会催婚。

超市外人来人往，没有让黎秀芬留下太多印象。风从远处飘来，一阵一阵拂过，吹得帐篷"哗啦啦"地响。从超市购物出来的村民，高高兴兴地提着大大小小的购物袋，走在回家的路上。黎秀芬顺着超市对面的街道望去，这里还真热闹，门口的大喇叭放着欢快的音乐，店铺里面的小孩又唱又跳，促销的店员不断将牛奶给客人试喝。逢年过节的时候，这里更是村里最热闹的地方，真想不到，陈大阳父母还真的会做生意。

超市所在的店面原本是居民房，之前杂乱无章，后来经过招租修整，重新招租，陈大阳父亲就租了下来，租期20年，3元多一平方米。便宜的租金，让陈大阳父母才有信心在这里扎根开店。

路上石板被踩得光滑，摩托车发出的声音成了这里的主角。对于岐城，黎秀芬是熟悉的，她在超市墙上的广告语里，辨出这些带着时代的痕迹。对陈大阳家里的超市，黎秀芬也是想了解一下，毕竟村委会未来可能就是他们要面对的管理方。

招爱娣的催婚从秀芬心头掠过，带着丝丝焦虑。

"我跟你说，结婚可是大事，你们要抓紧了。"招爱娣说着，望向超市，"我们也快老了，做不动了，这超市迟早都得给你们打理。如果你不做政府那份工，回来帮我们管超市，该多好。"

招爱娣说得兴起，此时，陈大阳的父亲不知从哪里走了过来。

"你们站在这里做什么？秀芬来了，还不进超市凉快一下。"

陈仁威从外面回来，见到两人后便走了过来。黎秀芬忙跟陈仁威打招呼，嘴里喊着："陈叔叔好！"

"我说让秀芬跟大阳快'拉埋天窗'，最好在今年，我看了有哪些好日子呀！"招爱娣对陈仁威说。

黎秀芬倍感压力，此时此刻她只想赶快逃离，原本只是过来买点东西，没想到在这里碰到了催婚，受不了了，得快点走。

黎秀芬对招爱娣说村委会还有事，自己要赶回去。

"不进去坐一下吗？"陈仁威说。黎秀芬正准备转身去开摩托车，陈仁威又对着黎秀芬喊了一句，"结婚的事得抓紧啊，要不我们介绍个新的女朋友给大阳啦。"

黎秀芬提着购物袋往停放摩托车的地方走去，脚步很快，但耳朵更灵，陈仁威那句"介绍个新的女朋友"的话似针一样扎进她的心里，让她五味杂陈、有些心乱。

"死佬，你不讲话，无人当你哑巴的。"招爱娣听到陈仁威讲这种不中听的话，嘴上骂出来，手一拉就把他拉进了超市。有时，一句听似开玩笑的话，会让听者误会，陈仁威的这句玩笑话，肯定会让黎秀芬心里难受。

不行，我得找大阳。黎秀芬从超市出去，骑着摩托车一路向陈大阳的鱼塘那边驶去。

阳光在路边的树叶上跳跃着，缠绕成一团团的热浪，潜入黎秀芬的心底，让黎秀芬的手紧抓着车把。四周的风都带着热量，让黎秀芬的脑袋有些胀痛，之后又有些眩晕的感觉。

到陈大阳的鱼塘时，已经是10点多了，张小爱正在门外仰着脖子做运动，门口有一只摇着尾巴的小狗。

"秀芬姐，你找大阳哥吗？"见到黎秀芬，张小爱忙打招呼，"进来坐。"她不做运动了。

"大阳在吗？"黎秀芬停了摩托车，但还坐在车上没下来。

"不在呀，他去鸭洲村黄多多的鱼塘。"

"他去邻村做什么呢？"

"熄火进屋坐吧，你等等，可能他就回来了。"张小爱走过来迎黎秀芬进屋。

黎秀芬熄了火，把摩托车停在一边。在村里工作久了，她的小轿车也很少开了，更多的是骑着摩托车到处跑。

"不瞒你说，还得多谢你，那么早把捐款打到村委会。"黎秀芬对张小爱说。她知道，张小爱是公司的"财神爷"，管财务，进多少出多少，都得过她的手。

张小爱笑眯眯地对黎秀芬说："秀芬姐，这可是你们家的钱呀。"张小爱把"家"字加大了音量。

"死妹丁。"黎秀芬没好气地讲。

张小爱一五一十地说了这钱的来历。黎秀芬听了，心里很过意不去，没想到陈大阳的压力这么大。心里想着，得找大阳好好聊一下，被陈仁威刚才那句话刺痛的心又平复了一些。

"早点把田基路做好，村里的养殖产业才能有更大的发展。我们村得靠鱼塘的优势，如果交通跟不上，有鱼也难卖出去呀。"

　　张小爱说："这些道理我们都知道，但大阳哥的资金有些紧张。他不说，我也知道的，能帮肯定帮的呀。"

　　"我请了市里的规划专家来，等规划方案出来，就可以施工了。有钱了就不怕困难了，到时，你这边的田基路做起来，就将其当作样本去推广。"

　　黎秀芬说完，张小爱还不停请黎秀芬进屋喝茶，黎秀芬说还有事。她问黄多多的鱼塘在哪里，张小爱说到了鸭洲村一问就知道。

　　毕竟是邻村，黎秀芬还是比较熟的。她与张小爱道别后，又骑着摩托车去鸭洲村找陈大阳。黎秀芬拐到村道上，顺着喜隆桥堤坝向东一直开，不到十分钟，就见到鸭洲村一处用塑料膜搭的鱼塘，远远就看见陈大阳的摩托车停在路边。

　　这里的鱼塘与喜隆村的有几分相似，都是井字形连成一片，田基就像草原上辟出的绿边，在银白的鱼水之间划出网状的地块。喜隆水波微起，波光闪闪，给鱼塘镶上了无数的希望。

这里的村民很早就懂得如何利用好天赐的自然资源，依水而生，在这里寻觅出养殖鱼虾的好地方。

　　见车不见人，黎秀芬很少来这里，她很想看看鸭洲村鱼塘的养殖情况，摩托车没开到鱼塘边就停了下来。她走进其中一个用四方塑料膜搭的鱼塘，没有看见人，鱼塘里的增氧机关了，估计是刚清了鱼，还没有换鱼苗。她出了这个鱼塘的排栅又进了另外一个排栅，这里的增氧机开着。她看了一下，这个鱼塘分为四个区域，每个区域都有一条路让人行走。其中三个区域上浮着很多绿色浮草，她不知道是什么草，第三个区域种了一些植物，第四个区域是干的塘，这些都是黎秀芬很少见的，就细细地看着。突然，她听到外面有人交谈的声音。

　　"大阳，像你这么优秀的青年才俊，真的少见了，我就喜欢你这种类型的。"

　　一个女生在说话，说得这么亲密，黎秀芬听得耳朵都竖起来了。她在鱼塘边静静地听着，生怕发出响动被外面的人发现。

　　"我这里小，但以后你要多来，我们的感情才会越来越深呀。"

　　啥事？！这女人是谁，女人与女人之间，如果一个认为另一个要来抢自己的男人，那可是水火不容的事。

忍住！忍住！黎秀芬心里有股火在滚动，她告诫自己要压住心火，别让它发出来。

"好呀，我以后会多来，一回生二回熟。"外面传来陈大阳的声音。

"我送你一杯小酒，也不知道你喝不喝酒，这可是我从贵州带回来的。你闻闻！"估计是陈大阳起身去闻酒了，黎秀芬没听见声响。不一会儿，两人便走远了。又过了一会儿，只听见发动机的声音，秀芬听到车开远了，才从一旁探出头偷偷看去。只见到一位年轻的女孩，身穿连衣裙，扎着马尾辫，风吹裙摆，还在向远去的车子挥手，两个酒窝在脸上显得格外动人。

黎秀芬的大脑飞速转动，一个问号跃上心头：这女的是谁？是陈大阳的客户？还是……不会是他父亲讲的新女朋友吧？！

黎秀芬心脏跳动的速度让自己的耳朵都能听见，不可思议的事情，她脑子里想的全是陈仁威讲的那一句——介绍一个新的女朋友。

黎秀芬呆呆地站在塑料棚下，许久没有动。回村当第一书记，出于自己的责任心，她事事上心，无论遇到多难的事，她都能担得起。可是，陈大阳又有新女友了？！不不不，不可能，这肯定不是他的女朋友。黎秀芬心里不断冒出"新女友"这个词，又想努力挥去，可是脑子里就是不停地闪现。女人坠入了恋爱的湖水里，就很难跳得出来。

不知何时，眼里已噙满眼泪。突然，黎秀芬无声地痛哭起来，蹲在地上，这眼泪的咸味混合着空气中的鱼腥味，鼻涕也流出来了。是伤心吗？是怕失去那份爱吗？还是放不下陈大阳？她不知道，情绪就这么莫名其妙地来了。

黎秀芬痛哭了一阵，便整理好心情，抹去眼泪鼻涕。她心想，不能让别人看到自己这副样子。

许久，天上传来雷声，天边刮来的风吹得棚顶的塑料膜啪啪直响。黎秀芬抬头望向天空，像是要下雨了。此时，鱼塘内的鱼不时跃起，塘里的水在急促刚劲地涌动，"啪啪"的水声从塘里传来。黎秀芬忍着心痛，走出棚子，走回摩托车旁，打火启动，向着喜隆村开去。

第十四章　少了她

罗铁仔在等待一个时机。

让周三根出手挑唆厨师辞职没成功，但至少说明，他在这片土地上有自己的势力。

上次鱼苗的事，让罗铁仔对陈大阳的恨又加深了一层。原本就等着养殖户无路可走，最后只能过来找自己。到时，他就会用鱼苗来要挟散户，他又可以收到更多的低价鱼。可陈大阳不知从哪里买来鱼苗救急，让自己的计划落空，白白损失不少。

村里的人都知道罗铁仔是个无赖，但没想到他这么没良心。

前几天，喜隆村坚叔鱼塘的草鱼可以出塘了，凌晨5点多，当刮塘人到了坚叔鱼塘，刚落下网，周三根带着三个兄弟就过来了。他们守在鱼塘边，放出狠话来，要求坚叔将五万多元的饲料钱结清了才能起鱼，否则这塘鱼不能起。

这可急坏了坚叔。

上半夜刚下了雨，泥泞的村路与鱼塘边湿漉漉的田基让人很难行走，灯光映在鱼塘边，大家都知道这里要起鱼，坚叔从棚里拿出锄头要与周三根拼命。刮塘人福源叔忙上去拉开坚叔，福源叔知道，周三根一伙惹不得，坚叔想起鱼，但他们之间有矛盾，这塘鱼他们是不会起的，就算下了水，也不能做。

这方圆十里内，哪家的鱼塘他都去起过鱼，福源叔知道罗铁仔手下周三根一伙是什么样的人。福源叔对坚叔说，今天来了六个捞鱼人，工钱就不要了，他们准备收网走了，等坚叔与周三根谈妥了，他们再来。

这个村子里，鱼塘边都会有一条路，收鱼的运输车停在一边，捞鱼人的身影在闪动，最后，收了渔网的福源叔一行六人或拖着桶或拉着网，走出鱼塘，骑上摩托车，从凹凸不平的烂泥路开走了。

坚叔塘里的鱼还得喂饲料。草鱼到了出塘的时期，卖不出去还得继续喂饲料，到时鱼养老了，价就得掉，没办法，他认输了。

就问周三根想如何。周三根也够坦白，让坚叔他们比收购价低五角一斤用鱼抵饲料钱。

这可不行，一塘鱼得有五吨，这一算亏了五千多元。

坚叔当场就激动地骂起来。周三根可不管，弟兄们的辛苦钱得赚到手，至于能不能有钱带回给罗铁仔，那就另说了。

坚叔坐在棚子外，牙咬得咯吱响。周三根狡黠地笑着，三名兄弟有的站着，有的蹲着。

直到天边的白光冒出地平线，他们才谈妥。坚叔无计可施，鱼儿只好低价被周三根收购。见到周三根开心地骑着摩托车走时，他狠狠地朝他们走的方向骂："不得好死，这帮衰仔！"

坚叔的事很快就在村里传开了，一直用着罗铁仔饲料的养殖户心里都打鼓，不知道何时这事就会落到自己头上，和陈大阳合作的散户则暗自庆幸。

这一天晚上6点多，陈大阳的鱼塘热闹得像赶场一样，张小爱、童晓东还有五叔和大阳父母都过来了，一群人在鱼塘的空地上烧烤。

大家正热闹着，9点多的时候，一辆小轿车驶来，小狗吠着冲过去，童晓东忙叫住兴奋的小狗。

车上下来的是关来田，今天是陈大阳的生日。关来田这次是一个人来的，一来是给陈大阳过生日，二来是想了解一下冷冻库的进展。

陈大阳拉他进办公室，外面的烧烤正热火朝天。

夜色正浓，四周蛙叫虫鸣声不断，外面灯光下的飞虫忽闪着翅膀飞舞，密密麻麻地围在灯光下。

两人齐刷刷地斜躺在办公室的沙发上。

"秀芬怎么没过来？那你这个生日白过了！"关来田先开口。

"我发了信息。她没回。"

"你呀，还是那么顽固不化，就不能打个电话？"关来田有些无语。

"打了，她也没接。"

"你叫小爱去打，或者你自己去打呀。"关来田有些气闷。

"你现在给秀芬打！"关来田越说越气，他对陈大阳真的当亲兄弟，对黎秀芬也是当家人一样。但这两个人真的让人操心，不知道为什么又出问题了，今天大阳过生日竟然见不到秀芬。

关来田在一旁听着，看着陈大阳打了黎秀芬的电话，但还是没人接，一次、两次，嘟嘟声一直响。

"没用！"关来田说了一句，拿起自己的手机打给黎秀芬，通了。

关来田瞪着陈大阳，在电话里和秀芬说："秀芬，今天大阳生日你怎么没来，村委会有事？"

"祝他生日快乐，今天有些忙，没空过来。"黎秀芬在电话里说。

关来田一听，完了！这两个人又不知道在耍什么花腔，那一句"祝他生日快乐"就不得了。

"少了你，那有什么意思。我本来就是来见你的，没想到你还没到，大阳这边就差你一人了。过来吧。"关来田继续努力着。

可电话那头，黎秀芬还是没答应过来。

"那行，你先忙。等有空再跟你联系。"关来田挂断电话，向陈大阳耸耸肩，苦笑道："你又有好果子吃了。"关来田站起身来，走向大门口，望着外面正在烧烤的众人。

"小爱，烤个茄子来吃。"关来田对着张小爱喊了一声。

"好，没那么快，要等等呀！"张小爱回过头喊一声。

关来田走到车后打开后备厢，拿出一个盒子，走回办公室，他把盒子扔给陈大阳。

陈大阳接住盒子看了一眼，是最新款的华为手机。

"不是给你的，是让你送给秀芬的。"

"这么贵重呀！"

"你现在还不知道什么情况吗？这就贵重？这还不一定能搞得定！"关来田没好气地说完，继续躺在沙发上。他接着又说："错！难道你又不知道哪里错了？！"

陈大阳听着关来田的话，心里有点慌了。

关来田给陈大阳分析道："连你生日秀芬都不到场，证明一点，秀芬对你不上心了，是出了什么事？你自己都不知道，这就更可怕了，她又不接电话，更说明问题大了。"

关来田让陈大阳回忆一下，这段时间有什么做得不对的。

"不就是上次要捐款，我就捐了70万元的事。"陈大阳也有些蒙。

"没有了？你好好想想，还有没有别的事。"关来田继续问。

"没有了，钱都转过去了，我好不容易找我老爸从超市转去的。"陈大阳回忆。

关来田边听边思索。

"那你明天就拿这手机送给她，别说我给你的，你就说你自己买的。"

关来田交代完陈大阳，又语重心长地告诫他："大阳啊，女人心海底针，你长点记性了，别天天不当回事。你以为黎秀芬就是你家的人，非得跟你？人家也是很受欢迎的。她图你什么呀，图你养鱼有出息？都不是，你要花点心思在她身上，要关心她，连人家为什么生气都不知道！"关来田说得头头是道。

"好了，你明天抓紧时间去找她，两个人当面好好沟通一下。我们说说别的事吧。"关来田转移话题。

"我们做工厂化循环流水养殖，做一个车间的样子，我找了一个邻村的人来合作，做一个生态养殖系统，这是养殖业的未来，以后提倡绿色生态概念。这个生态工厂化养殖系统要是成功，可以解决我们很多问题！"陈大阳对关来田说了自己的设想。

"你想如何做？"关来田感兴趣地问。

"先筹集资金 100 万元，与邻村的黄多多合作，做20 个桶式的养殖系统进行水循环，把水通过植物过滤到最后的鱼塘水田来灌溉稻田。"

陈大阳很开心地说出了自己的设想。

"那就是要投 100 多万元，但我们的冷冻库还没有进展。上次已经有人投诉，占地的问题还没解决，我就想，你近来脑子都放哪儿了，应该把重心放到冷冻库。你明天找秀芬，让村委会帮忙跟进解决一下。"关来田说。

"港澳青年创业基地还准备叫更多的朋友回来投资，上次我介绍给你认识的康弟，他也准备回来做一个直供港澳的养殖场。我已和他谈好了，投资各一半，你这边要帮忙。"关来田补充道。

关来田讲完之后，再次对陈大阳强调，明天就去办这事。

两个人聊完就出去与大家一起烧烤，炉子里的炭烧得火热，不时发出"啪啪"的响声。见关来田出来，张小爱将刚烤好的茄子送到他手上。关来田端着盘子，在炉子旁边坐下就拿起筷子吃了起来。

陈大阳端了一杯果汁过来递给关来田。

“喝点！”

关来田接过来，能在这种野外烧烤，感受田园气息，望着远空的弯月，关来田说道："月亮如钩。"

招爱娣说了一句"初七呀"！

"娣妈，大阳的婚事得抓紧，别到时竹篮打水一场空呀！"关来田像陈家主人一样。

"大阳不急，我们急也没用啊！俗话说，皇帝不急太监急，我都想抱孙子了，但大阳和秀芬还没动静。"招爱娣与关来田当着陈大阳讲他的婚事，陈大阳就当作没听见一样。

"你都没结婚，也还没有目标，就别操我这份心了。"陈大阳终于开口了。

"嘻，你们看好了。不久，你就能听到我们的好消息了，我不告诉你，是想给你个惊喜。"关来田对陈大阳讲完，又转头对陈仁威说，"威叔，秀芬不错，你们几时上门去提亲，也好让大阳早点抱得美人归。"关来田说完哈哈笑起来，陈仁威也笑了。

"去提过一次了。秀芬老爸也表态了，这事要让秀芬做主，只要秀芬答应，老人家无意见。"陈仁威说。

"威叔，就提过一次？就没有去第二次？"关来田问。

"无呀，在等消息呀。我们找了强哥做帮手，也没见有结果。"陈仁威说。

"有中间人是一回事，还要主动呀。"关来田说完，又问，"大阳没有上门去吗？"

"无呀，就怕这小子不急不慢，好事都变坏事。"陈仁威说。

关来田又望了望陈大阳，好像陈大阳没有听到一样。关来田想，这小伙是没结婚的心思，还是没胆呀。等我找黎秀芬了解一下。

张小爱此时也说："我们等吃大阳哥的喜糖把嘴都等长了。"

炉子边的圆桌上摆着碗碟，几碗绿豆沙热腾腾地冒着热气，加上炉子借风吹来的一阵一阵火热，使夜的清凉增加了温度。

春天将近尾声，夏天的感觉还没到，可湿度已将热气带来了大地。

关来田原本靠炉子近，感到太热了，就将自己的椅子搬得远一些。趁难得的机会，他与陈大阳聊到了基金投资。陈大阳端着一盘烤好的鸡翅过来，油渍渍的，他从桌上一个盛着蜂蜜的塑料碗上，用一个毛刷扫起来，将蜂蜜涂在鸡翅上。

"香喷喷，又甜又滑。"他说完就拿一串递给关来田。

关来田是客人，自然得到陈大阳一家的热情招待。

关来田咬一口鸡翅，"真香！"他嘴里不停地夸陈大阳烤得好，补充道，"如果我们的脆肉鲩与脆肉罗非也能用来烤，那就好了。"

"当然可以呀，到时候我们喜隆隆餐厅开发一道这个烤串。"陈大阳一边吃着绿豆沙，一边说。

另一边，最忙的就是张小爱了，她不断在烤玉米、秋刀鱼，还要给大家盛绿豆沙。

"我们现在做的基金想减少股票投资，转做实业，多数人都看好股票市场。可我们做了这么多年的基金，还是注重规避风险，所以为什么我一直都得靠大阳兄弟。"

关来田讲到这里，笑了笑，他又说，他准备在岐城开一家金融投资公司，很快就可以开业了，在市区尚景中心CBD找好了一个办公室，到时开业要请大家一起去。

陈大阳啃着鸡翅，对关来田说："我还不是有你的关照才有今天的。要不然，单靠我一个人在这里养鱼，养出乌龟都不一定呢。"

大家听了都哈哈大笑，陈大阳可真会开玩笑。可招爱娣不愿意听这话，毕竟大阳是自己生的，当然不能贬低自己的儿子。

招爱娣走到放绿豆沙的桌边，勺子一起一落，碗里就装满了绿豆沙，陈大阳还准备上去帮忙。

"不用你帮，我'得食'！"

招爱娣摆摆手示意陈大阳不用动，她的动作也是很利索，摆好绿豆沙，坐下，话就出口了。

"大阳当你是亲兄弟，这么多年，有你关照，他生意有起色。养殖不容易，你们做起来了，还开了餐厅，又建了冷库，我们都看在眼里，心都安乐。以后，你还得关照我们大阳啊。"

招爱娣对关来田说，这话既表示了对关来田的感激之情，又没有抹杀儿子的努力和付出，一举两得。招爱娣可比陈大阳会说话。

"阿婶，我当年读书时，常到你家蹭饭，你做的柴鱼花生粥世界一流，我都想再来一碗。你们当我似仔一般，我与大阳的事，一句话——'唔使讲'！"

招爱娣没想到关来田还记得小时候的事，已经过去多少年了，她都不记得了，但柴鱼花生粥真的是她的拿手好粥。

张小爱在那边听到招爱娣的话，大声叫了起来："偏心，娣妈偏心，我们这么多年连鱼味都没闻过，我们也想吃柴鱼花生粥！"她噘起嘴来，假装生气的样子。

招爱娣捂着嘴笑起来："就你嘴馋，你手上有秋刀鱼，还想要。"

招爱娣笑着回了小爱，五叔在一边呆呆地想着什么，不出声，只有童晓东走到张小爱那里。

"烤好了，装过去吧。"说完，童晓东接过张小爱手上的秋刀鱼放在盘子里，又拿起一根竹签串起五花肉准备烤。张小爱拦住他，用铁钳夹起烤架，从地上的蛇皮袋里夹起几块木炭放进烤炉里。

童晓东接过烤炉，张小爱拿着烤好的秋刀鱼过来放在桌子上，坐在陈大阳身边，也不拿东西吃。

关来田问张小爱为何不吃东西。

"关总，不是所有人都有吃的资本，我又不像人家秀芬姐，'食极都不肥'。"

张小爱话中有话，她身材也不肥，只是现在每个女孩都注重身材，小爱也一样。

"秀芬身材好，以后好生养。"招爱娣接着张小爱的话说了一句。

"妈，你真是，人家还没结婚，你就知道好生养。"陈大阳冷冷的话想堵住招爱娣的嘴，谁知，招爱娣却说得更欢："你懂什么，秀芬身体好，我一眼就睇到，生四五个都无问题。"

关来田在一边笑着，他听这一家子聊天挺有意思。

"你衰仔无用，自己生日不叫女朋友来。"

招爱娣有些恨铁不成钢。

"阿婶，秀芬有急事，来不了。"关来田来救场。

"急事，急过大阳过生日？我睇不是。"招爱娣不信。

"我打电话给秀芬了，真的。"关来田补充道。

"我当然信，但我觉得大阳诚意不够，如果诚心够，天上仙女都会飞落来与我们一起烧烤啦。"招爱娣继续讲。

"我都觉得是，只要诚意满满能感天动地，秀芬姐一定会感动的。"小爱不失时机地插嘴，这里的事都有她一份。

在招爱娣心里，当然是大阳的婚事让她"心挂挂"，养儿千日，事业不用太过操心，就担心大阳的婚事，如果能早日办成心头大石就落下了。

今晚烧烤的时间有些久，关来田没吃几串烧烤，就到了 11 点。话题继续。

"先买套房子给大阳吧，现在房地产这么火热，以后怕又要涨价，反正结婚都得要新房，喜隆桥有几个新开发的小区不错。"关来田给招爱娣提了一个建议。

"我都觉得好。先前与老头子讲过，可他不同意买房。"招爱娣转头对陈大阳说："你想要房子吧？"

"妈，房子有得住就行了，没什么必要买。"陈大阳说完，陈仁威也对招爱娣说："我也不是不想买，就是大阳不想要。"

关来田说："大阳，你这个观点不对。从经济学的角度来讲，房子也是一份资产，投资讲究的是分散投资，股票、房产和保险，这些都得配置，我觉得买一套好。"

陈大阳听关来田一说，有些动心，他觉得关来田说得也没错。

"投资你比我在行，听你的。"陈大阳说。

陈仁威听到买房，就对招爱娣说："在秀芬住那里买一套给大阳也好呀，到时我们老了可以住一个小区，好照应呀。"

招爱娣听了，也连说了几声好。

关来田又对陈仁威说："我觉得大阳是能成大事的人，你知道为什么吗？"他回头看着陈大阳。陈大阳也竖起耳朵想听听关来田怎么说。

"就是很听话，他遇到不懂的就听人家懂行的，就凭这一点，他一定能成功。"

关来田表扬陈大阳的话一出，陈仁威心里也有些开心，可想想自己的儿子只是一个听话的人，又觉得没什么出息，他听了弯弯嘴角笑了一下，就没有说话了。

"我与秀芬讲了，还想在村里找闲置厂房开一家家具厂，专做办公家具，为村里提供更多的就业机会，还有就是给村集体增加收入。秀芬前几天发微信说村里还有一个两万多平方米的空置地方，只要租金谈得合适，做个十年长租，我们就可以给村里带来固定的收益。"关来田讲了这个情况给大家听，大家都觉得是好事。陈大阳想到自己与林波看好的就是这个产业，可以邀请林波来岐城，一起做。

"你对村里的贡献太大了，又投资又办厂，那我们村以后就是全镇的标兵了。"张小爱抢着说，"到时候，家具厂的财务也让我做。"

"你是孙悟空呀，又没有三头六臂，做得了那么多吗？"陈大阳打消了张小爱的念头。张小爱听了努努嘴，不讲话了。

"讲回买房的事，你就到秀芬那个小区看还有没有新的，如果没有就买个二手的。"关来田对陈大阳说。

对于陈大阳一家来说买房的钱还是有的，父母一直住在超市，陈大阳住鱼塘这边，村里的老屋是两层小楼，是在20世纪90年代建起的，马赛克的外墙，200多平方米，住起来也很舒服。对于房地产市场，陈大阳时不时在关注，他认为自己有房子住就可以了，没花心思把买房子当成投资。父亲陈仁威对陈大阳说："我们来付首付，你自己供。"

"大阳供楼没问题，关键是买在什么地方，如果是秀芬姐那个小区，当然是全款买了。"张小爱又来插话。

这一夜，直到炉里的木炭烧完，大家才散去。关来田留到最后才开车离开。凌晨3点，夜虫的鸣叫更欢了，鱼塘里的鱼倒是没什么动静，陈大阳29岁的生日就这样过了。

第二天早上，黎秀芬去镇政府开了一个小时的会才回到村委会。刚到村委会办公室，手机就响了，她怕是镇领导要找她，快速掏出手机就接了，原来是张小爱。

"秀芬姐，一会儿我到你办公室找你，别出去啊。"还没等黎秀芬问什么事，张小爱就挂了电话。

黎秀芬心里纳闷，这丫头有什么急事，还不能在电话里说。黎秀芬一边琢磨一边进了办公室，刚倒了一杯水，七婶就进来了。她给黎秀芬讲了冷冻库的进度问题，说已经理顺了，之前有人投诉，现在都按规定把手续补齐了。另外就是，村口的大市场空置房租金问题还得开个会讨论出一个方案，再招租。

黎秀芬正想交代，办公室门口就有一个脑袋探进来。

乖巧的脸蛋，笑嘻嘻的张小爱闪身进来。

七婶见了"哦"一声，还想跟黎秀芬说下去，黎秀芬已经对着张小爱说："你这么快？进来吧。"黎秀芬说完，张小爱身后又一个身影跟进来，大阳哥，他也来了！

黎秀芬没想到大阳会来，见到他时脸上的笑容僵了一下，又扬了一下嘴角，当是打招呼了。陈大阳貌似没察觉，和张小爱坐到黎秀芬办公桌对面的长条椅上。老实说，陈大阳之前每次来都是到村委会办公室，反而没有多少机会到黎秀芬的办公室。

七婶见他们来，说自己还有事，与陈大阳寒暄几句就出去了。

张小爱感觉自己在这个场合有点多余。早上，陈大阳要带她一起来，也没说啥事，就让她联系黎秀芬，她心想，昨晚的烧烤秀芬姐都没到，今天大阳哥必定是负荆请罪来了，自己成了挡箭牌。

黎秀芬办公桌上养着一盆红如意，透着一种娇嫩明亮的色彩。

张小爱靠近桌子，小鼻子闻了闻花香，叹了一声："为何我就养不出这么好看的花。"

陈大阳与黎秀芬都望向张小爱，黎秀芬先开口："都是七婶打理的，我也没时间管。这花好养，有水就行了。"

"秀芬姐，你说得倒轻松，花如人，都得花心思去呵护的！"张小爱边说边用手碰了碰红如意的叶子，粉红间透着深红，"嫂子，啥时候送我一盆吧。"

张小爱这一叫法是在试探情况，说完，便傻笑着看看黎秀芬。她心里正在打鼓，想缓解气氛，就壮个胆来个童言无忌，这声"嫂子"是在提醒陈大阳。

陈大阳听了张小爱的话，自己也有些回过神来。今天是带着任务来的，昨晚黎秀芬没去，最近这几天都有意避着自己，电话也不接，陈大阳心里也有点蒙，不知道自己哪里惹黎秀芬生气了。

今天一进办公室，就感觉气氛突然冷了下来。他心里一直寻思着，突然听张小爱叫"嫂子"，整个人都紧张起来，他想知道黎秀芬的反应。

没想到，黎秀芬竟然没接话，反而问小爱："小爱，你今天来有什么事？还是找我聊天的？"

"是我们大阳哥找你谈正事！"张小爱立刻把陈大阳推出来，恨不得自己马上消失。"我去找七婶，有点事！呵呵。"她说完就飞快地跑出去了。

"这是关来田让我带给你的手机。"陈大阳把昨晚关来田给他的手机从手提袋里拿出来，放在黎秀芬办公桌上。

黎秀芬吁了一口气，还是坐在椅子上，看着桌上装手机的盒子，拿起来转了几下。

"华为最新款，挺好的。但我不需要，现有的手机也挺好用。"

黎秀芬开了口，拒绝接收。昨晚，关来田让陈大阳说是大阳自己送给秀芬的，现在陈大阳倒是直接表明是关来田送的。

见黎秀芬拒绝，陈大阳尴尬地笑道："我只是转交给你。"他见秀芬这种公事公办的样子，心里也难受，小爱这个挡箭牌跑了，他跟黎秀芬这紧张的气氛不知道怎样才能化解。

陈大阳并不知道黎秀芬和他父母见面的事，也不知道黎秀芬误以为他有了新的女朋友，就感觉黎秀芬的态度突然转变，无法摸清黎秀芬心底怎么想。他见到黎秀芬冷漠的样子，有些束手无策。

陈大阳干脆说起工作上的事，和黎秀芬说冷库的进度问题，而黎秀芬则把村委会解决冷库问题的情况跟他说了。坐在黎秀芬对面，陈大阳完全感觉不到往日黎秀芬对他的柔情蜜意，他心里想黎秀芬是不是因为最近太忙而累到了。又想是不是在办公室的缘故，她不好意思表现得太热情。

就在陈大阳心里默默揣测黎秀芬心思时，黎秀芬冷冷地来了一句："听说你在鸭洲村又开了一个基地？那我们村的合作社是不是得放弃了？"

陈大阳没有一点心理准备，听黎秀芬这样说，忙解释："我们是想在那边搞一个生态养殖实验，但喜隆村才是我们的主要基地，我们当然不会放弃！"

陈大阳明确表了态，他又补充道："未来的养殖是朝生态养殖发展，如果这方面做好了，我们村的养殖业就跟上了时代发展，不会像老的产业那么被动。我是想将这个生态养殖先在鸭洲村做实验。"

"我们的港澳青年创业示范基地也可以发展生态养殖，放着这里的不做，要跑到鸭洲村那么远，那边有什么吸引你的？！"黎秀芬打断陈大阳的话，反过来问他，一点面子也不给陈大阳，"你要把主要精力放在我们村里，别人村你少点去掺和。""我只是去那里取取经，说不定还有合作。""合作？可以让他们到我们村来学习呀。"两人你一言我一语，针锋相对。

陈大阳还没来得及反应，黎秀芬心一横，实在忍不住就问："大阳，你给我个准话，是不是又找了新女朋友了？！"

陈大阳一脸蒙。"新女朋友？！"他从椅子上站起来，一手摸摸自己的后脑勺，"我没有啊！"

"没有？"黎秀芬当然不信。

"你把这个手机拿着，我不要！"黎秀芬把桌上的手机递给陈大阳。

陈大阳把手机放回桌上，急切地问："秀芬，你听谁说的，我天天在鱼塘，去哪里找新女朋友？我心里只有你一个，唯一一个！"

陈大阳被黎秀芬这一问，好像自己做了什么亏心事一样，亟须证明自己。他一口气说完，表明自己的态度。

黎秀芬听陈大阳态度坚决，气也消了一点，但自己亲眼所见、亲耳听到，难道会错？！

"唯一一个？谁信啊，你那天到鸭洲村见的靓女又是谁？"黎秀芬终于说了出来。

陈大阳一听，想了想，笑了起来。

"你说那个琼琼啊……"

陈大阳还没说完，就被黎秀芬推着出去，"你走你走，我现在不想听你解释"。生怕被村委会的其他同事听见，她故意压低声音。

黎秀芬气还没消，不想在办公室听陈大阳解释。今天明明就是他来道歉的，没错，什么送手机，还借口解决冷冻库的事，还让张小爱帮他打马虎眼。你陈大阳也太小看我了。

黎秀芬有了这个念头，就很难打消，推着陈大阳出门。陈大阳不肯走，又不好弄出太大声响，无奈地被黎秀芬推了出来。

把陈大阳推出门后，黎秀芬自己也下了楼，大步走出去，一下就消失在村委会门口。

陈大阳又不敢大声喊，正想追出去。张小爱听到动静后就和七婶一起出来，刚好看见黎秀芬消失的背影。

"大阳，秀芬呢？"七婶问。

"走了，也没说什么就走了。"

七婶在黎秀芬办公室门口看了看，问陈大阳："你们这是闹哪一出呀？"

陈大阳也很无奈，他有口难辩："我也不清楚，秀芬说我找了新女朋友，我都不知道。"

"啊！"七婶和小爱异口同声，两个人大眼瞪小眼。

"不是吧？"小爱自言自语。

"完了！"七婶一边急得跺脚一边搓手，"大阳，你不是讲笑吧！"

"我没有啊！"陈大阳也很冤枉。

"你一个大老板，怎么在谈恋爱的事情上总是那么幼稚呀。"七婶有点恨铁不成钢。

张小爱显出一副古灵精怪的样子，细细地从嘴里逼出一句："大阳哥，你真的脚踩……"

没等张小爱把话说完，陈大阳扬起手，拍她脑袋瓜："你还火上浇油！我哪有？"

"哦……"小爱眼睛骨碌碌地转。

"大阳，秀芬到底说了什么？"七婶很关心地问。

陈大阳把刚才两个人的对话复述了一遍。

七婶大致听明白了，秀芬一定是误会陈大阳了。

七婶安慰陈大阳，这个事解释清楚就好了，两个人有什么事要说清楚，不明不白地各自生闷气有什么用。七婶又让陈大阳先找黎秀芬认个错。

"认错？！"陈大阳听七婶说要自己先认错，他也不知道自己哪里错了。

"我又没错！"陈大阳还委屈着。

七婶拉着张小爱说："小爱，你说说，这男女朋友之间的事，不都是男人哄着女人的嘛。认个错就是让女孩子消消气，气消了错也没了。但你要是赌气、死扛，那就是错上加错！"七婶说完，张小爱跟着点点头，陈大阳在两个人的目光注视下开始思考起来。

七婶打发陈大阳和张小爱先回去了。七婶让他把手机留下，她会转交给黎秀芬。七婶见到陈大阳与张小爱走出村委会门口，望着远去的身影说："年轻人，就爱耍花腔。"

黎秀芬生了陈大阳一个月的气，还是林波来了喜隆村谈办家具厂的事，才让她改变了态度。

　　陈大阳打来的电话，黎秀芬都不接，搞得陈大阳没办法，他把在湖北认识的好兄弟林波叫到村里，想谈办家具厂的事情。林波来了，村委会要有人出面洽谈，陈大阳找到了关副书记。以往，关副书记都知道黎秀芬在对接陈大阳的，可这次陈大阳直接找到自己，他也不好推脱。加上关副书记也准备恢复原职，他也就更加主动做事了。可是，关副书记还得向黎秀芬报告，黎秀芬没办法，还是要与林波见面。那天，陈大阳带着林波，还有黄多多和他的未婚妻琼琼。林波原本就做着家具业务，也想扩大珠三角的业务，现在可以在这里设厂，还有兄弟陈大阳在这边帮忙打点，自己也没有顾虑。就这一个项目，给村里带来租金收入就有 50 万元，村集体收入增加了不少，以后还能长租长有，这对于黎秀芬来讲，也是一个天大的喜事。更让黎秀芬开心的是，原来，那天她真的误会了陈大阳，琼琼是别人的未婚妻，不是她的情敌。

第十五章　喜隆隆餐厅

喜隆隆餐厅的营业状况并不稳定。

陈大阳忙到脚不沾地，鱼塘的管理还是比较平稳的，冷冻库也开始施工，镇里的农业农村部门都当他这儿是一个示范点，经常有外地的团队过来参观。

陈大阳心想，有这么多人来喜隆村，得多开发一些本地特色菜来招待这些客人，也好为养殖基地的鱼打出品牌。

陈大阳在喜隆隆餐厅有间睡房，在二楼办公室旁边，平时工作太晚他可以在这里休息。这一天晚上，餐厅都打烊了，他找来厨师吴三到自己办公室。

自从上一次吴三答应留下，餐厅的事陈大阳就开始管得比较少了。他名义上是总经理，但他专门请了做过餐厅的榕姐过来管理，大小事都交给榕姐了。

榕姐是喜隆村的一名寡妇，40多岁，身材粗壮，做事风风火火。丈夫在她30多岁时得肝癌去世了。之后，榕姐就到广州打工，从餐厅服务员做到经理，自己带着一个女儿生活。早年，女儿留在村里让亲戚照看，经过十多年，她总感到自己对不起女儿，就辞工回到村里，做一些七零八碎的散工。喜隆隆餐厅开业招工，她觉得自己可以胜任，离家又近，就来应聘当了副经理。也是这一年，她女儿考上了本地的中专学校，读会计专业。榕姐想花更多时间陪女儿，她很珍惜在喜隆隆餐厅做事的机会，陈大阳也放心把餐厅交给她。

喜隆隆餐厅在管理上没问题，就是营业额不稳定，有时一天五六万元，有时才一万多元，这巨大的差额让陈大阳有些担心。他寻思，餐厅的主要问题不在于服务，榕姐经验丰富，这方面没什么问题，可能在于菜式不够丰富。开业时热闹了一回，日子久了，街坊村民对菜式没有了新鲜感。这天，陈大阳想着晚上不回鱼塘那边了，他专门找吴三来聊聊这个问题。

吴三一进办公室，先问了个好。他不知道陈大阳叫他因为何事，还在担心自己是否犯了什么错。上次的事，自己心里还有点儿过不去，这回又被叫来，不是要"炒"自己"鱿鱼"吧？吴三提着一颗心，也只好硬着头皮对付了。

刚坐下的吴三见陈大阳在办公桌上对着电脑打字，他盯着陈大阳老半天，沉默不语。他如果自己被"炒"了，就提出要赔偿，要不就带其他厨师再来一次集体辞职。既然别人不给活路，凭啥让我给别人活路。

吴三一直在等陈大阳先开口，心里胡乱寻思着。

"你们吃过自己做的菜吗？"陈大阳终于开口了。

吴三回答，当然吃过。

"好吃吗？"陈大阳又问。

这不是废话吗，哪有说自己做的菜不好吃的，做厨师的，如果觉得自己的菜不好吃，那就是拆自己的招牌，那不得卷铺盖滚蛋。陈大阳这两问明摆着准备拿自己开刀。

吴三心想。

陈大阳从桌上拿出几张彩色的菜式照片，问："这些菜能做吗？"

吴三起身拿到手上一看，"这不是烧烤鱼尾吗？"

拿着照片，吴三又细看了一会儿，说能做。

"这个不是烧烤用的鱼尾，只是用来油炸后，再将鱼尾用来做焖鱼。"陈大阳说。

"这个可没有做过，不过可以试一试。"

吴三说完再翻翻照片看着。

陈大阳说，想在餐厅做几个主打菜式，这焖鱼尾可以做成餐厅的招牌菜，一条鱼只有一条尾，但餐厅现在做的一鱼十味，没有把鱼尾做得很精致。

吴三说："陈总，广东人的嘴很刁的，吃脆肉鲩专爱吃鱼腩，所以没那么爱吃其他的部位。"

"不不不，"陈大阳说，"不用脆肉鲩做。餐厅本来的菜式还是不变，这是新加的菜式。我们要多创新，经常换新菜式，这才能吸引更多的客人。我们还要做好宣传。"

"你知道湖北公安煎鱼尾吗？"陈大阳问。

"听说过。"吴三回答。

"你没吃过，我在湖北做事时吃过，那可美味呀。一条鱼尾要十多块钱，可以借鉴这个做法。他们是用油煎的，我们要做油炸，选草鱼，大条的，油炸后，再加调料焖，入味。"

陈大阳在讲，吴三在听，他没想到这个老板还真会吃，能够想到这些新菜式。

"鱼头有什么好的做法？"陈大阳又问。

"都是那几种做法，要不就煲汤，要不就用来煎，或做鱼头砂锅。"吴三说。

"都不新鲜，你们要有点儿创新意识，以后每月都要研究一款新菜式，你负责当组长，我每月加你500元工资，行不？"

陈大阳看着吴三问道。

吴三没想到，这次不仅没被炒，还能加工资，当即爽快地答应了下来。他确定自己今晚得到陈大阳的重用，这个老板是值得信赖的。

陈大阳又从桌面拿了一张照片出来，递给吴三说："你看看，这种鱼头能做吗？"

吴三接过来细细看，"这不是鱼头做的吧？"

"是鱼头做的，只是把鱼头骨全拆下来，再摆好，做成一小碟，放上调料。"陈大阳说。

吴三怀疑地问："这样做好吃吗？"

"味道一流，关键在于这样做适合老年人吃。"陈大阳继续说。

"陈总，这是哪里的菜式？"吴三问。

"我在一家淮扬菜馆吃过这个菜，很高级，得先将鱼头煮熟拆骨，这个对厨师的要求很高。我想，如果我们餐厅能做成这道菜，就完美了。"

陈大阳说完，凝视着吴三。

得到老板重用，那当然要好好表现才行。吴三毫不犹豫地答应回去一定试出这两款新菜品。

"我知道陈总用心良苦，菜式是餐厅的命脉，我会把新菜品做好的。"吴三说完就想回厨房，陈大阳却叫住他。

"鱼头我们用鲢鱼，这样大些，做成分装，要一位一位上，加点鲍鱼汁。再做一款升级版，就加一条海参搭配。你让榕姐把这两款新菜的价格定一下，到时试做出来，推广一下。"

陈大阳不忘在细节上再三交代吴三，按道理这些菜式都应该让吴三来做，但上次事件后，吴三只需要做好基本的日常菜式就行，没心思去创新。餐厅开了大半年，仍没有多大起色。

不到一个月，新菜式试验成功。

一个星期天中午，黎秀芬带父母到喜隆隆餐厅吃饭，原本黎秀芬不想到这里，她还在生陈大阳的气。虽然她已收下陈大阳送的手机，但还没打开包装。这段时间，她都不想见陈大阳。这么久，他连一句认错的话都没有，微信没给自己发一条，电话也不打一个，那今天还到这里来做什么？不想去！

可母亲听村里人传言，喜隆隆餐厅出了新菜式，味道不错，她就想来尝尝。黎秀芬平时工作太忙，也没空陪父母出来走走、吃吃饭，难得母亲有这个想法，必须满足呀。星期天不上班，黎秀芬就带着父母来喜隆隆餐厅了。

三个人到了餐厅，才发现今天人特别多，她之前以为没多少人，就没有提前订位。进了门到一楼大厅，发现里面满满的人，还要排位。

母亲这时对黎秀芬埋怨道："来这里还要排位，你打个电话给大阳呀。"

门外一排的椅子上还有十多人排排坐着等位，门口人来人往，黎秀芬去服务员那里问了一圈，真没有位。

这个新来的服务员不认识黎秀芬，如果认识，说不定能安排位置。

黎秀芬找服务员拿了排位的号准备和父母到一边等

304

位时，一个声音从后面传来："叔叔阿姨，你们过来吃饭啊，到楼上吧，员工餐厅。"

是大阳的声音。黎秀芬回头见到大阳正走过来，原本不想见他，没想到他也在这边。

没等黎秀芬开口，陈大阳就已经招呼她父母向二楼员工餐厅走去。

"不好意思，叔叔阿姨，今天人多，包房都订完了，只好将就一下来员工餐厅吃饭了。"

黎秀芬父亲边走边说："没想到这么多人，有地方就可以了。"母亲也跟着喃喃道："做得好才人多，无人去的餐厅肯定做得不好。大阳，你们做得不错。"

黎秀芬无奈地跟在后面进了员工餐厅。

除了墙上少了些装饰画，员工餐厅的设施与包房的没有两样。陈大阳招呼秀芬一家坐下，黎秀芬母亲就对陈大阳说，要试试那个新出的菜式——炸鱼尾。

黎秀芬一路走来没有与陈大阳说一句话，直到陈大阳叫来榕姐点了炸鱼尾和其他几道菜后，她才开口。

"你现在春风得意啊，餐厅做得风生水起，今年可以多捐些钱给村委会修路了。"

黎秀芬等榕姐出去后，冷冷地对陈大阳说。陈大阳关上房门，黎秀芬父母对着门坐着，黎秀芬挨着母亲，陈大阳走过来靠近秀芬这边坐下。

他得给两位长辈推介新菜式。

但黎秀芬的话冷冷的，没有温度，陈大阳知道她还没消气。之前，七婶与黎秀芬说过，陈大阳的事是个误会，还说陈大阳是她看着长大的，是个老实厚道的人。黎秀芬听了七婶的话，心结还是没有解开，自己亲耳听到的事，还能有假？更何况，也没等到陈大阳给自己一个解释。

微信不发，电话也不打，更气人了。

黎秀芬来了脾气，那也是很难消的。

"餐厅就是赚个辛苦钱，等赚了钱一定再捐。"陈大阳顺着黎秀芬的话说，他想到七婶教的，要哄着。

"我们研究了几个新菜式，很不错。炸鱼尾就是其中一款，还有一款也是新研究出来的。你们今天都试试，给点意见。"

陈大阳给黎秀芬父母倒茶，又走回来给黎秀芬倒茶。没一会儿，房门被打开，服务员端着三个盖着的盘子进来，送到三人面前并打开盖子，香味瞬间散开。每个盘子上都是一份拆骨鱼头，滑嫩多汁，看着就觉得美味。

306

"做得不错呀！"黎秀芬父亲见了忍不住夸赞了一下。

　　"叔叔，这个拆骨鱼头，您先尝尝，再给点意见。不好的话，我们改进。"陈大阳笑着说。

　　黎秀芬母亲准备找服务员要刀叉，陈大阳却说，不用刀叉，直接用勺子就可以了。

　　黎秀芬母亲拿起勺子尝了一口，鲜嫩顺滑的口感让人满足。

　　"好食，一级好味！"黎秀芬母亲赞不绝口。

　　"我介绍一下，这鱼头吃到中间才更好味，中间有海参，外面淋了鲍鱼汁，全部鱼骨都拆完了，无骨鱼头，营养丰富，又清补。"陈大阳认真地介绍新菜式。

　　"什么东西到了你这儿都是大补吧，这鱼头就只是个鱼头。"

　　黎秀芬还没吃，听了陈大阳的话，自顾自地生着气，要不是母亲今天特意要来，她真不想见到他。

　　"再好吃，也就只是个鱼头。爸妈，你们小心骨头，别卡了。"黎秀芬冷眼瞟了一下陈大阳说。

　　"秀芬，真的没有骨头，好食，合我口味，又清淡。"黎秀芬父亲边吃边说。

黎秀芬母亲早觉得这俩人有问题，也不挑明。

"你也吃吧。"陈大阳侧头看着黎秀芬。他想，难得黎秀芬过来吃自己新研发的美食，他心里很开心，面对黎秀芬的冷眼也不在乎，只要有心就一定能哄得黎秀芬开心。这段时间，他一心在做生态养殖循环系统，又要抓冷冻库的进度，还要操心餐厅，没时间去找黎秀芬，自己心里过意不去。黎秀芬今天能来，自己一定得好好表现一下。

这时女服务员打开门探进头来："陈总，榕姐叫你过来。"陈大阳跟叔叔阿姨和黎秀芬说出去一会儿就回来。

黎秀芬吃了一口无骨鱼头，清香可口，里面还真有海参，鲜嫩顺滑清香多汁，味道真不错。

黎秀芬边吃边对父母说："还真的不错，这么好的菜估计只有这里才能做到。"她父母也赞不绝口。

陈大阳进来时，三人的菜已经吃得差不多了，此时服务员又端进来三道新菜，分别开盖，香味扑鼻。

"这道是炸鱼尾。"陈大阳又开始介绍。

"我就是专门来吃这道菜的，村里人吃过的都说好，介绍我来吃。"黎秀芬母亲笑着说。

"趁热吃！"陈大阳说着，看向黎秀芬。

他的关心被两位老人看在眼里，可从黎秀芬这里还是没有得到好脸色。

"香到出汁？我怕是花心到出汁才真。"黎秀芬又来了一句，两位老人也不清楚年轻人在闹什么，也管不了了，有好吃的，吃了再说。

陈大阳听了黎秀芬的话，心里很不是滋味。他想找机会跟黎秀芬说清楚。

三人对这顿饭的菜品心满意足。可是饭后三人离开时，陈大阳坚持不收钱，黎秀芬坚决不同意。后来黎秀芬找到榕姐收了钱。

陈大阳送三人出去时，悄悄靠近黎秀芬说，自己有什么做得不对的请多多包涵，晚些时候再去找黎秀芬，还承诺会多捐一些钱给村委会修路。

"我们今天是来吃饭的，陈总，不是来找你捐钱的。你的爱心我代表村委会谢谢你。"

黎秀芬这样说完就和父母离开了。

之后，如果有外地人来村里，黎秀芬都会推荐他们到陈大阳的餐厅品尝美食。

上次提亲没成功，现在陈大阳有了自己的餐厅，事业有成，陈仁威与招爱娣都觉得是时机了，现在谈婚事就更有把握了。

这次，是陈仁威指示陈大阳来办这事。说是指示，倒不如叫盯着。陈仁威见儿子这么忙，而黎秀芬也专心做村委会的工作，不是开会就是走访，他也很少见黎秀芬到超市买东西。老人家心急，就不断打电话给儿子，要他邀请秀芬全家人一起吃饭。黎秀芬还没有和陈大阳家人一起聚过，也有想聚一下的想法，但不能自己主动呀，女儿家这么主动，会不值钱的。

两家想要在一起吃饭，就只有陈大阳来召集了，可偏偏陈大阳一心扑在事业上，这可急得两位老人有点吃不消。陈仁威只有天天打电话给陈大阳，要他约秀芬全家，也当是二次提亲了，这次一定要成功。

快到中秋了，一天下午，陈仁威又打电话给陈大阳，刚好陈大阳在餐厅里试菜。在电话里，陈仁威一通说教，说陈大阳只懂做事、不懂人情，开了餐厅也不请人家吃个饭。陈大阳是个孝顺仔，听老爸说自己一通，也就说请谁都可以。电话那头，老爸说："你就打电话给秀芬，请他们一家人过来，我们也一起去，也当是见面。"陈大阳也很久没有见到秀芬了，挂断老爸的电话后，便直接打电话给秀芬。在电话里，陈大阳说餐厅开业这么久，也没有请她来过，也请叫上两位老人家。黎秀芬在中秋前也挺忙，她还要安排时间与村里80岁以上老人吃饭，她还没想好到哪里，接到了陈大阳这个电话，倒想到将敬老活动放在陈大阳的餐厅办，到时让陈大阳送点东西给老人。黎秀芬在电话里说，自己可以去，但不保证自己父母能去。

回到家后，黎秀芬对父母一说，两位老人家立马答应去聚餐，秀芬也有点惊讶。

黎秀芬在中秋节前三天，把村里敬老活动放在陈大阳的餐厅里举行，村里摆了三围，80岁以上的老人有二十多人，吃的是村里养殖的鱼和其他各种新菜式。活动由村委会出费用，陈大阳赞助了每位老人一袋米和一盒月饼，老人们吃了菜都说好，个个都说村里养的鱼比别处的好吃。

敬老活动结束后的第二天晚上，陈大阳与黎秀芬全家人一起聚餐了。黎秀芬没想到，在这天，一个难题抛给了她。

陈大阳父亲现场提出，两家结为亲家。父亲黎大南说，这个事就让秀芬定。

本来吃着各种美食，大家都在不断地说美食的事，突然，陈仁威抛出这个话，让黎秀芬心惊。做书记时，处理什么事务都觉得很自然，但听到这个话，让自己来决定，黎秀芬也有些措手不及。她望着陈大阳，想让这家伙给自己解围，谁知这家伙当作没听到一样，只一味地给她父母夹菜。最后，黎秀芬红着脸轻声讲："你们老人家定就好了。"

陈仁威听了这话，踮着跛脚，向秀芬父母敬酒，开心地举杯说："那就这样定了，到时找个好日子办喜事。"陈大阳听了也很开心，那一晚，一家人其乐融融。黎秀芬也不知道自己当晚吃了什么菜，心里只剩下开心。

第十六章　好事多磨

黎秀芬没想到关来田与胡秋花真的结婚了，而且选择了旅行结婚，连亲戚朋友都没请。那天，关来田在电话里与她讲结婚的事时，黎秀芬并不觉得惊讶。老关这人呀，总爱搞点新花招，旅行结婚也好，省事儿，也不用招呼那么多人，他自己也轻松。她祝福了关来田与胡秋花，说到时等他们回岐城再一起补请吃饭。

不知不觉间，黎秀芬到喜隆村工作两年多了。陈大阳的事业也上了正轨，合作社、冷冻库、村里的家具厂，加上餐厅和供港出口的鱼类，可以说是样样精彩。喜隆村也大变样了，到处都是网红打卡点，岐城的年轻人平时喜欢过来，喜隆村的老榕树下，每到周末，人头攒动，这让黎秀芬他们每天都忙得不可开交。而陈大阳则是在更多的时间里与厨师研究新菜品。黎秀芬想，陈大阳这个家伙居然是一个吃货，与他同窗这么多年，一直没留意，自从他开了餐厅，才知道这家伙这么爱研究美食。

喜隆村的塘头田间，活跃着一批港澳青年创业人。康弟回到喜隆村后，对农田和鱼塘产生兴趣，每天在塘头田间穿梭，还研发出生物乳酸菌产品拌入饲料里喂鱼，明显改善了鱼的肠胃健康，在村里得到推广。阿星与陈大阳在一起做供港鱼鲜，喜隆村的水质在岐城范围内是数一数二的好，因为有足够的场地给鱼吊水、瘦身，水产品养殖更加注重科学化和生态化，这些都符合供港需求。有一次，市里的媒体来采访报道喜隆村的养殖业，黎秀芬就推荐了从澳门过来的阿星接受采访。对着镜头，阿星说："我们有这么好的'喜隆鱼'，要第一时间运到港澳同胞餐桌上，让他们品尝，这就是我专心做好这件事的心愿。"

每到出鱼季，喜隆村的脆肉鲩养殖基地便是一片繁忙的景象。

2019 年年中的一天，全镇召开经济工作会议，黎秀芬在会上做经验汇报，总结了村里的情况：村委会实现村民收入稳步增长，统计得出，2019 年全村人均分红3712 元。村里结合乡村振兴战略，通过"脆肉鲩"这条

"富民鱼"，探索出一条属于自己的"特色乡村之路"。目前，村里的脆肉鲩养殖面积有 6000 多亩，约占全镇养殖面积的 40%。希望通过村集体的增收，让村文化、产业、生态环境等方面有更大发展，打造"美丽宜居"新农村，通过高标准农田建设、脆肉鲩深加工产业链完善等带动增收。而生长在这片土地上的村民也在发力，全力做好"十个一工程"，即挂好"一块牌"、建好"一个群"、算好"一本民情账"、建好"一张民生保障网"、开好"一次会"、确定"一个口号"、养好"一条鱼"、办好一批民生实事、盘活"一块地"、唱好"一首歌"。通过大力实施综合性的民生工程，改善了村居环境和投资环境，村民经济收入明显增加，享受到了绿水青山。

开完会后，黎秀芬就回喜隆隆餐厅和陈大阳一起用餐。两家人准备为他们办婚事，日子定好了，就在 2020 年 1 月 28 日。

黎秀芬选调到村委会三年任职期快到了，团市委也与黎秀芬打了招呼，问她回单位的想法。在黎秀芬心里，她越来越爱喜隆村，这里的人、这里的水、这里的鱼塘，都让她难以割舍。她和组织讲了，想多留一年。那天，办公室主任让她回到团市委，专门聊了这个事。办公室孙主任说，她会向组织反映这个事，但能不能多留一年，还得听组织的安排。

这半年里，胡秋花帮助陈大阳攻克了脆肉罗非鱼的难关，把鱼从一公斤顺利养到两公斤了。从2018年到现在，终于突破了罗非鱼脆化技术。陈大阳注册了商标，又申请了"饲料及制备方法"技术专利，销路也迅速打开了，合作社基地也扩充到500多亩，脆肉罗非鱼月产量达到15万公斤，按60%的批发价上市也比普通罗非鱼贵8元/公斤，但仍不愁卖。陈大阳的生意越来越红火。

可没想到，突然受到疫情影响，黎秀芬与陈大阳的婚事没办成。就要过年了，黎秀芬还想农历年前值班，正打算休假结婚。可在这个节骨眼上，市防控新型冠状病毒感染的肺炎疫情工作领导小组决定启动重大突发公共卫生事件一级响应，黎秀芬收到通知，第一时间给陈大阳打电话："你那边还好吧？餐厅和养殖场都没办法正常开工了？""我也在头痛这事，在处理中。""婚事要推后办了。""好，我让老爸再择个日子。"……两个人在通话中都讲得很轻松。黎秀芬在村里做防控工作，全天都待在村委会。给陈大阳打完电话后，她就给父母打去了电话，告诉他们自己这几天都要待在村委会，让他们也不要外出了。

好在餐厅的员工都回家过年了，只有冷冻库与养殖场的一部分人在值班。关来田在广州，也给陈大阳打了电话，让他安排好，他们即将要面对一场前所未有的难关。这个年过得有点不像往年的样子，陈大阳待在养殖场里，塘里还有十万斤的鱼，自己还得喂养。不行，得提早行动，路都封死了，出不去又进不来，这些鱼得用冷冻收储。陈大阳来了个大胆的决定，当晚，他就找到福源叔，帮忙找刮塘人连夜起鱼，没想到，福源自己不做，却能叫来三十多人帮忙。三天内，陈大阳他们就完成了十万斤脆肉鲩的收储工作。

第四天一早，黎秀芬给陈大阳打电话，说村里一些养殖户没有饲料，像陈灿、明哥、大勇找村委会帮忙解决，现在路都封了，车进不来，不知如何是好，就问陈大阳如何解决。

"让他们打电话给晓东联系，他们的鱼如果能运到我们冷冻库，我们都收储。"陈大阳很坚定地说。

"这个价格如何算呀？我们也不能让这些散户亏了。"黎秀芬问。"照上个月的价来收，只要能运得过来。"黎秀芬听了，就说村委会将组织人来跟进，要不然，这些散户就血本无归了。

黎秀芬把收购价定在与上个月一样，散户听到这个消息，都像吃了"定心丸"。

一下子，陈大阳的冷冻库又收了 50 万斤的脆肉鲩和草鱼。陈大阳深知，前面的路不好走，他给关来田打了电话，让他准备一笔资金，专门用来应对这场突如其来的疫情。关来田说，要保证港澳青年创业人员的鱼优先收储。陈大阳说没问题。

真的没想到，周三根也给陈大阳打了电话，也不知道他从何处要到陈大阳的号码。电话里，他哭着要陈大阳帮忙收储罗铁仔的鱼，说只要能收，价格好商量，比市场价低都能接受。

陈大阳问他们有多少货，周三根说有 30 万斤的脆肉鲩。陈大阳说，只能收一半，主要是资金不足，他要先保证合作社的散户。

陈大阳把能召回的人都叫上了，五叔、福源叔、小爱、晓东等，大家在冷冻库都不外出了，日夜赶工，宰鱼，宰鱼，宰鱼……